快楽《けらく》

（上）

TaiJun
TaKeda

武田泰淳

P+D
BOOKS
小学館

目次

両国橋の、赤黒い鉄の板と、鉄の柱、組みあわされた鉄材のあいだを、電車が走りすぎる。ひろびろとした隅田川の水面と、うすにごりした川向うの空が、白っぽく光って、柳をむかえる。

ふくれあがるほど湛えられた河水は、しめった感じが少しもしない。はち切れんばかりの元気、灰色の殺気のようなものが、金属的に光る水面から、たちのぼっている。

秋葉原の駅の、あの上下三つのコンクリートの高々とした階層を持った、異様なホームで乗りかえをしたときから、いよいよ、またもや川向うへ行くのだという、気がまえで胸がはずむ。あんまり明るい気持ではないが、さればと言って、それほど暗く沈んだこころでもない。

「ともかく、おれは、坊主なんだ」

何百回、何千回となくくりかえしてきた、植物的なつぶやきが、川風に吹きさらされて、穂さきをなびかせる。何も、今さらのコトではないのだ。

だがやはり、目黒川に沿った、狭い谷間の樹々の緑にかこまれた寺に、くすぶっているときと、こうやって川向うの江東組の寺院へ出かけて行くときとでは、おなじつぶやきにも、ちがったゆらめきがあるのだ。

「ともかく、おれは、浄土宗の大寺のお坊っちゃんだ」

背広にソフトで、法衣と白足袋のふろしき包を、かかえて行くときもある。黒の改良服の上から、インバネスをひっかけて行くときもある。若い坊さんであることを恥ずかしがって、かくすようにして吊革にぶらさがっているときもあり、きれいサッパリ「さあ、おれさまは坊主なんだ。どうとでもしてくれ」と、一分刈りの頭部に、念力《ねんりき》をこめて立っているときもあった。

両国の駅を降りて、国技館の円屋根《ドーム》の方へ歩いて行く。両国駅のホームは、風とおしがよくて、吹きさらし、吹きあげられる感じだ。そして、ホームに立つといつも目につくのは、四階建のホテルだった。

それほど堂々としたホテルでもなく、また、それほどチャチな安建築でもない。ホームの高さが、ちょうど四階の窓と向いあっている。午前の十時か、十一時、ホテルの窓はかたくとじられて、赤いカーテンがかかっている。たまたま開いている窓から、女中さんの、いやいやながらの後しまつの姿が見えることもある。窓の外へはみ出したカーテンだけが風にそよいで、室内の男女の姿は見えないこともある。どんな男女が、そこで、どんな楽しい一夜をすごしたのか、柳には想像もできない。「きっと、あそこの窓の内側には、今さっきまで、一組の男女がいたのだ。いや、まだあそこに現にいるのかもしれない」

俗悪でもなければ、上品でもない、赤みをおびたクリーム色の壁にはめこまれた、八つか十《とお》の小さな窓が、いつも柳に「おまえさんの知ったこっちゃないさ」と、冷たいそぶりを見せる。ホーム側は、ホテルにとっては明らかに裏側か横側かなのだから、路面には穢《きたな》いゴミ箱があり、あぶなっかしい非常梯子があり、はげた壁があり、見られたくない側面だった。ことさら、見せつけたい意志などあるはずがないのに、「見せつけられた」ように感じるのは、柳の勝手だった。

一の橋、二の橋、三の橋と、順番に名のついた橋のうち、どの橋なのか、柳にはよくわからなかった。問屋の店や、倉庫や小工場の多い路を歩いて、二つばかり木橋をわたる。青黒い水は、よくもこれだけ人工的に染めたと、あきれるほど青黒い。そんな青黒いものの色は、いくら東京でも、このへんの河水のほかにお目にかかれない、毒薬じみた色なのだ。水の満ちひきは、かなりはげしいから、石垣や橋杭、河底の泥と小石と汚物までが、この特別な河水の色と、そっくり同じに染められているのが、よく眼につくのである。

一週間に少くとも一回、多いときは三回も、西方寺から電話がかかる。

「明日は、十時と二時と二つ法事がございますから、また御めんどうでも、若先生にわき導師をおねがいいたします」

光田の叔母の、ばかていねいで、いくらか浮きうきした声が、目黒の寺の電話口につたわってくる。

と言うことは、それだけ江東の寺院が、目黒の組寺《くみじ》にくらべ、景気がよい、いそがしいと言うことだ。なかでも西方寺の檀家《だんか》には、綿布の問屋、新薬の製造業、ミシン針の販売元など、急に金まわりのよくなった商人や工場主が多いので、叔母は自然と張りきらずにはいられないのだ。

冬でも、うすい浴衣《ゆかた》一枚、チョンマゲをのせたせきとりや、山賊あたまのふんどしかつぎが、つまらなそうな顔つきで、すれちがう。横綱の住宅があり、相撲部屋の稽古場があるからだ。赤煉瓦の塀でかこまれた西方寺のぐるりは、すっかりアスファルトで鋪装され、左右にひらく西洋式の鉄柵の扉をひらいても、ほとんど石畳である。墓場くさい泥の匂いが、全くない。もとは、この西方寺が「梁山泊」と言われたものだ。水滸伝の豪傑がたてこもった山寨《さんさい》のように、苦学生とも徒弟とも、玄関番とも居候ともつかぬ、坊さんのような書生ッポのような若者が、十人ちかくたむろしていた。

先代は女っ気なしの、独身の住職として、信者をあつめていた。男世帯のあらあらしさと、家族ぬきの清潔さの入れまじったふんい気が、寺ぎらいの宗教ずきを満足させて、先代には熱心なファンがついていた。

そのあとを受けついだ、光田の叔母と、その若い息子、今の住職、つまり柳の従兄《いとこ》は、気骨《きぼね》のおれる立場にあるわけである。

「まえの先生が、なにしろえらすぎたから。先生とくらべられちゃ、誰だって見劣りがするさ」

「光田の奥さんなら、何をやらしたってまちがいないけどな。小っぽけな貧乏寺から、急に西方寺に入ったんじゃ、はじめは大へんだろう」

「まア、おれたちで、秀ちゃんを立てて行くようにしなくちゃな。秀ちゃんは、あれでクソ度胸があるから大丈夫だ」

「これからは何て言ったって、若いもんの世界だよ。組寺の年寄り連中がうるさいこと言ったら、おれたちが声援してやりゃいい」

江東組は、二十、三十の若い住職が多い。そのため、五十、六十の住職のそろった目黒から川向うへ行くと、のんびりとした活気が、いかにも現代風にみちている。

現代風と言ったところで、なにしろ僧侶なのだから、現代風そのままと言うわけにはいかない。現代風になればなるほど、僧侶らしくなくなると言う、困った矛盾はハッキリしてくるわけであるが、ぬきがたい矛盾があって、世の中の変化につれて自分たちも変って行くわけにはいかないからこそ、かえって、「現代風」と言うものが、ほんの少し取り入れても目立つ事情もあった。

「現代好きの僧侶」と言うだけで、もう、おかしな話なのである。「現代」どころか、過去にしろ未来にしろ、「この世」「俗世間」「現世《げんせ》」が好きなようでは、何もことさら僧侶になる必要はないわけだ。

しかし、いくらかくしたところで「現世が好き」という気持は、あらわれてしまう。どうせ、あらわれるものなら、何もビクビクしてかくそうとしたりしない方がいい。僧侶も職業の一種だ、と割り切ってしまえば、こういう主張もなりたつのかもしれない。現世と密着している自分たちの現状を、あっさりさらけ出して、こだわらない点で、江東組の若い連中は徹底していた。

したがって柳は、両国橋をわたって西方寺の玄関をあがり、川向うの坊さんの仲間入りするたびに「現世の快楽《けらく》とは、すさまじいもんだなア」と、感じるのだった。

「おれはまだ、快楽《けらく》について、知ってはいない。人間の快楽にかんするかぎり、おれはまだ一人前どころか、半人前にもなっていやしない。広大無辺な快楽の、ほんの一かけらの、またそのはじっこさえ味わわないうちから、快楽から解脱《げだつ》する任務をもつ、特別の人間になるなんて。まだすっかり生きてもいないうちに、生きることは空しいのだの、ばかばかしいのだと決定してしまうなんて、実際ヘンなことではあるが。ゴータマ・シッタルタという、三千年も昔のインドの王子はたしかに偉かった。彼の悟りによれば、いわゆる快楽なるものは、実は迷いや誤解にすぎないのであって、たのしくもなんともない。むしろそれは、人間をしばりつける重荷なのだ。釈尊はたしかに、徹底した、うそいつわりのない、気持のいい奴だったにちがいない。おれは、釈尊も法然上人も好きだ。彼らのような人間がいてくれたと思うと、ホッとする。彼らの一生について、特にくわしく知っているわけではない。法然上人は、父親を殺されてもカタキを討たなかったそうだ。武士の子として、ずいぶん思いきった無抵抗主義者だ。とにかく、えばらないところがいい。宗教家のくせに、えばったり、押しつけてくるのは実際イヤなもんだ。さて、それにしても、今すぐ法然の教えにしたがうのは、むずかしいのだ。もう少し、待ってもらいたいのだ。もう少し、いろいろと体験したり、考えたりして……」

十畳、十二畳、十四畳の部屋を突っきり、廊下を折れまがって、奥へ入って行く。

秀雄は、いつも蒼白い顔をしている。目鼻だちのととのった顔面も立派だし、頭部も男らしく大きく張っている。しかし柳はいつも、この従兄の顔を一目みると、すぐ「神経のイライラしている、不幸な青年」の感じをうける。

柳が到着すると、

「ああ、どうも御苦労さん」

と、うれしそうに迎えるが、秀雄の表情には、責任者の緊張、「めったなことで他人に気は許すまい」という警戒のようなものがただよっている。

「ああら、さっちゃん。どうも、たびたびすみません」

と、叔母は、柳をたのもしがっていた。彼女はさかんに、命令を下す。

「あ、Mさん、お塔婆の方はどうなの。大丈夫ね。ドッと来て、まごつかないようにね。それから、本堂の方の入口、ザッとでいいから雑巾《ぞうきん》かけておいて。え？　どうして？　またHは、今日にかぎって。だめよ、一時間ぐらい手つだってくれたって、いいでしょ。そりゃ、学校も大切だけどさ。今日の法事は、一週間もまえからTさんの番頭さんが来て、書生さんにもって、金一封おいてったじゃないの。宝屋さんは、よくして下さるんですから、それだけのことはしなくちゃね。もらうときばっかりニコニコして、勧めるところ勧めなくちゃ困るわよ。どうしても出かけなきゃ、ならないのかどうか、Mさん、Hさんにきいてちょうだい」

「いいじゃないか」

と、秀雄は不機嫌に言う。

「Hだって、用があるから出かけるんだろう。仕方ないじゃないか」

「そうかい。だけど、出かけるなら出かけるで、奥へ挨拶に来てくれなきゃ困るよ。フラッと出て行かれちまったんじゃ、書生さんのお弁当は何人前ですかって、番頭さんにきかれたって、答えられやしない」

「ハア、それじゃア、Hにもそのように申しましょう。その方がいいですよ。今日の法事は特別なんですから」

奥の間の入口、唐紙の向うの廊下に小腰をかがめた院代《いんだい》のMが、とりなすように言う。

「そうしてちょうだいよ」

「待てよ。Hは学校へやれよ」

と、カンシャクの青すじを額にあらわして、秀雄は母にさからうように言う。

「お母さんが、あんまり口やかましく言うから、いけないんだよ。だからみんな、動こうとしなくなるんだよ」

「わたしは、お寺のためを思ってやってるのよ。そりゃ、前の先生の時代には、みんなゴロゴロして、大言壮語してりゃよかったかも知れませんよ。豪傑きどり、国士きどりで、大きなこと言って遊んでたんでしょ。今は、そうはいきませんよ。役にもたたない書生さんを、おおぜい養っとくわけにいきませんよ。お寺やさんは、お寺やさんらしく、お檀家を大切にしてやってかなきゃならないのよ」

「ちがうよ。ぼくの言ってるのは、そんなこっちゃない。お母さんには、ぼくの気持がわからないんだ」

「ハイ、ハイ、そりゃ、このお寺は、方丈《ほうじよう》さん（光田の叔母は、自分のひとりっ児を、こう呼んでいる）のものですからね。方丈さんの方針どおり、やらなくちゃね。ハイ、それじゃ、Mさん。Hは学校へやってちょうだい。そのかわり、書生のお弁当は一つへりましたからって、番頭さんに、よく申し上げてね」

「ハイ、では、そのように」

院代は、唐紙をしめて立ち去る。

「さア、さア、目黒の若先生、コロンバンの洋菓子でもめしあがってちょうだい。早くから、すみません。コロンバンの奥さんが、特別にこしらえて下さったんですから、おいしいはずよ。ええと、ああ、そうだ。方丈さんの足袋がきていない」

と、叔母はいそがしく、ヨビリンを押す。

女中の松やが、北国育ちらしい、まっかな頬をしてあらわれる。

「足袋なら、持ってきておきましたけど」

「え？　ああ、これか。これなの、これじゃしょうがないじゃないの。このあいだ買ったばかりの、どうしたの」

「あの、それだけしきゃ、ありませんけど」

「これは、ひどいわ、これじゃ、しょうがない。すまないけど、松さん、いそいで買ってきてよ。あなた、方丈さんの文数《もんすう》知ってるでしょ。ハハア、これじゃア、しょうがないや、なんぼなんでも」

叔母はクスクス笑いをしながら、いそがしく小銭を、女中さんにわたす。小寺から連れてきた女中だけが、ほんとに彼女の心の許せる、腹心の部下なのだ。可愛い秀雄をまもるためなら、江東組ぜんぶでも敵にまわす覚悟が、彼女にはあるのだ。

「深川の叔母さんは、まったくけなげだなア」

他人の心理を理解したり、他人の悩みに同情したりする能力が、いちじるしく欠けている柳も、そう感ぜずにはいられない。

秀雄の三つのとき、叔母の愛する夫は死んでいる。それ以来、貧乏寺で、夫の老父母と、残された愛児を守りそだててきた。毎年のように水害に遭い、関東大震災では、やっとのことで焼死をまぬがれている。

もしも秀雄の父と、結婚さえしなければ、こんな苦労はしないですんだ才女なのである。

「肺病やみで、弱いとわかってるのに、大さわぎして結婚するから、バカなのよ」

と、柳の母は、妹の不幸にあまり同情していない。

「秀雄さんのお父さんは、器用人でね。色白の美男子だしさ。ヴァイオリンもひけるし、芝居だってうまかったしね。ハムレットをやったりしたもんだから、あのひと、すっかりほれちまったんでしょ。そうでなきゃ、アメリカへ連れてって、勉強させたいというアメリカの未亡人もいたのよ。そうしてれば、今ごろは、女社長ぐらいになれてたのよ。バカなのよ」

柳の母は、そうやって「わたしは、なんて幸運なんだろう。これからさきも、運がいいにきまってるわ」と、現在を自慢し、未来をたしかめるために、妹の不幸を利用するのであった。

母も、叔母も、西洋人くさい美女として、少女時代から騒がれている。ただ、柳の母の方が背が高くて、可愛がられる性格だった。

「しかし、いずれにせよ、二人とも女性なんだからなア。女性がそんなに、寺の経営にはばをきかすのは、ヘンなんじゃないかなア」

と、十九歳の柳は、どうしても考えずにいられない。

「ほんとは、女性が寺にいないことが、寺の清浄の証明みたいなもののはずなんだ。少くとも、明治初年までは、まちがいなく、そうだったんだ。明治政府が法律で、肉食妻帯をゆるしたから、寺に女がいて違法ということはない。しかし、それにしても、おシャカ様の教えの根本は、つまらない欲望からはなれろ、脱出せよということだった。女性というものが、男性より劣ったものだとか、わるい奴だとか、ぼくだって思ってやしない。しかし、女性が男性の欲望の対象、それも一ばん大物の対象であることはたしかなのだ。欲望があるからこそ、女性をそばにおきたいんだ。寺へ入れたいんだ。だから住職の妻が、かいがいしく立ちはたらいて、お檀家の世話をやいていると言っても、それは『欲望』が着物を着て、動きまわっているようなもんなんだ。それは、やっぱり何となく、恥ずかしいことなんじゃないだろうか。きれいな女、働きのある女、目立つ女であればあるほど、具合がわるいんじゃなかろうか。いくら善意と熱意で、寺のためにつくしても、男に欲望をおこさせる女が、寺にいることは、どこか根本のところで仏教精神に反するんじゃなかろうか」

そう感じている柳は、母や叔母との会話では、いいかげんな態度しかとれなくなる。さからう気も、共感するつもりも失せてしまう。

「ひとのほしがる物を、所有する者は、罰せらるべきである」

古代インドの集団生活で、仏教教団の長老たちが、きびしく弟子たちをいましめたのは、この戒律である。

盗人でも盗みたがらないほど、まずしい衣服。それが僧の着ることを許された、たった一つの衣である。少しでも良い布地、少しでも目をよろこばせる色、少しでも人の気をひく形をした法衣を、もつことは罪である。それも、着たきり一枚でなければならない。ほかの一枚を貯えること、それはもうそれだけで、俗世間に対する妥協であり、聖なる集団に対する裏切りなのである。

とすれば、ひとのほしがる美女を所有することは、どんな寛大な「長老」も大目にみることのできない、大罪ではないか。

俗世の快楽（カイラク）から脱《ぬ》け出すことが、仏弟子たるものの快楽（ケラク）である。

「身心《しんじん》快楽《けらく》にして、禅定《ぜんじよう》に入るがごとし」

と、教えられた、あの「けらく」とは、俗人の熱望する「カイラク」と、正反対のものなのである。「カイラク」をほしがる者は、永久に「けらく」を得ることができないのだ。カイラクの密林をさまよい歩くことが、もしも極楽《ごくらく》への前進であるとしたら、おシャカ様は、なぜ別に、精神的けらくのレールを、その密林に敷かせる必要があったのだろうか。仏教のレールを走る法の車のみが、救いの地に到達する「乗物」だと教えられているのに、車の窓の外の、欲望つまりはカイラクの花々に手をさしのべるとは、おかしい仕業ではないのか。

「宝屋の御隠居さまと旦那さまが、御挨拶したいと、申されていますが」

「ああ、そう、お早いのね」

と、叔母は急にいきいきと、腰をうかす。

「こっちはまだ、こんな恰好してるのに。松や、早くそこら片づけて。方丈さんは、よろしいのね、それで」

「よろしいのねッて、何がさ」

と、秀雄は、いそがしがる母を、わざとじらすように言う。

「そう、それならよろしいけど。このひと、かまわないタチだから困るのよ」

「いつだって、よろしいよ」

と、叔母は柳の方に言う。

しかし、叔母の言い方は、まちがっている。秀雄は若いに似あわず、気がつきすぎるほど、万事にソツのない若者なのだ。かまわないどころか、衣服のこと、金銭のこと、交際のことで抜け目など、ありっこないやり手なのだ。叔母はそれを承知の上で、うちの息子は欲がなくて、飾り気がなくて、茫漠とした大人物だと言うように仕立てておきたいのだ。

やがて院代に案内されて、宝屋の老夫人と当主が、うやうやしく入ってくる。

「宝屋」は、当主の代になってから新薬を発売して、大もうけした金満家であるが、もともと三代も前から有名な質屋さんなのだ。

小柄で色黒の主人には、才気走ったところは一つもない。御隠居さまを大切にする、平凡な養子のように見える。

老夫人につづいて、宝屋の主人はもっと低く、畳にこすりつけんばかりに頭を下げる。

「まア、まア、どうぞ奥へお入りになって。そこじゃ、なんですから、どうぞこちらへ。これ、このあいだ寄附していただいたお座蒲団でございますから。それから、さきほどは、みなの者に一々御丁寧に下さって、おそれ入ります」

老夫人は、叔母の到れりつくせりの応対に、よく調子のあったうやうやしさで、塗り盆にのせた、お布施をさし出す。

白い上質の和紙で包んだお布施は、宝屋のお経料と塔婆料、親族たちの塔婆料、女中さんや爺やさんへの心づけ、わき導師（その一人は柳である）や、よその寺から来る坊さんたちへの特別の御出勤料、方丈さまとその御母堂さまへの、お土産の包み金などで、つみかさなって、こぼれ落ちそうになっている。

お布施の紙づつみは、信徒たちの心がまえを、いろいろとあらわしたものだ。茶色の封筒に、ペンで金額を書いたのもあり、あわてて鼻紙にくるんで、なかの紙幣がすけて見えるのもある。半紙をつかうのがふつうであるが、宝屋のは、トリノコという厚地の和紙を、作法どおりにたたんである。包装だけ立派で、中身の貧弱なのは、華族さまのお布施である。宝屋のは、中身も包装も申しぶんがない。筆の文字も、個性をむき出しにしない達筆である。

羽二重の白衣をきた秀雄は、するどい神経を、ひろいひたいにかくしている。秀雄だって、そんなにうやうやしくされるのは、恥ずかしい、気持のわるいことなのだ。しかし彼は、決してしりごみしたり、ソワソワしたりしない。

「こちらが、目黒の若先生ですの。ああ、御隠居さんは御存じでしたわね」

「ハイ、存じあげております」

と、老夫人は柳にも、丁寧に挨拶する。

「姉とは、何度もお会いになっておりますわね」

「ハイ。あちらさまも、ほんとに上品でお綺麗で、お若くて。こんな立派な御子息が、おありになると、思われないくらいで。うちの者とも、よくおうわさしております」

「ええ、そうなんですの。子供みたいなところが、ありますでしょ。苦労しておりませんから、姉の方は。わたくしの方が、年上のようで」

「ハイ。こちらは、お母さまが菊五郎に似ていらっしゃるし、方丈さまは、羽左衛門がたでいらっしゃる。目黒様の方は、お母さまが羽左衛門がたで、御子息さんは菊五郎がたでいらっしゃる。ほんとに、いつもどちらさまも、ほれぼれさせていただいておりますです」

「まあ、まあ、とんでもございません」

「いいえ。ほんとでございます」

と、宝屋の主人が口ぞえする。

「母は、それもあって、お寺さんへ来るのを、なによりの楽しみにしております」

「まあ、まあ、大へんでございますね」

そのうちに、江東組の若い住職たちが駈けつけてくる。一日に、二つや三つの法事がない寺はないし、寺参りの時間はどこでもかち合うから、みんないそがしそうにしている。

「秀ちゃん、このあいだはどうもありがとう。たすかったよ。うるさい爺さんでね。おれの書いた字じゃ、墓へ彫れねえって言うんだ。おれにはよくわからないが、秀ちゃんの字は、とてもいいそうだ。爺さん、喜んでた」

彼らは、仲間同士では、わざと乱暴な言葉をつかう。

「あたりまえだよ。ポンちゃんの字は、ありゃ字なんてもんじゃない。絵だよ。あれじゃ、お墓がおどりだしちまう」

「人ぎきのわるいこと、言うなよ。おれだって、手のスジはいいんだぜ。なあ、秀ちゃん。おれ、こんど秀ちゃんの書道のお弟子になったんだ」

「むだだよ。時間つぶしだ」

「来年は、お前さん。おれだって上野の美術館の展覧会に出すよ。文句をえらべば、いいんだよ、文句を。時代ですよ。時代と言うものを考えなきゃいけませんよ。昨日のポンちゃんは、明日のポンちゃんにあらずさ。君子《くんし》豹変《ひょうへん》す、だよ」

「じゃあ、どんな文句を書けば、入選するのさ。テンショウコウダイジングウ（天照皇太神宮）かい。教育勅語かい」

「あんたね、今の時代をどういう時代だと思ってるの」

「そりゃ、もちろん、われらの時代だと思ってますよ」

「われらって、誰なのさ」

「われら、若者、青年の時代だよ」

「プフッ、あんた、それでも青年のつもりなの。いやらしいわね、ほんとに」

いらただしげに、叔母が縁側のガラス戸をしめて廻っている。近くのガラス工場から、白いものはなんでも黒くする、ひどい煙がふきおろしてくるからだ。

「たしかに、文句は大切だよ」

と、秀雄は、掛合をやっている二人に言った。

「文天祥《ぶんてんしょう》の『正気の歌』を楷書で出すと、かならず買って行く人があるからね」

「それみなさい。字ばかりうまくたって、だめなんですよ。字の表現する内容ですよ」

「じゃあ、南無阿弥陀仏か」

「そりゃ、だめ。それだったら、あんた、知恩院か増上寺の大僧正じゃなきゃ、通りませんよ」

「ナムアミダブツじゃ通らんかね、やっぱり。それじゃ、南無妙法蓮華経はどうなの。だめだろうな」

「ナムミョウホウレンゲキョウの方はね」

秀雄は、柳の顔をチラリとすばやく見やりながら、注意ぶかく言った。

「案外、買って行く人がいるんだな。軍人だとか、右翼なんかに、案外、人気があるんだから」

「ふうん、そうかなあ。なぜかなあ」

と、ポンちゃんは「坊や」のように邪気のない、大きな顔をかしげて言った。

「そうかなアって、あんた、わからないの」

と、もう一人が自信ありげに言った。

「仏敵退散でしょ、日蓮宗は。やっつけちまうんだよ、気に入らない奴は。敵を討つんだろ、ハッキリしてるんだよ。今の世の中は、ハッキリしてなきゃだめなんだ」

「ナムミョウホウレンゲキョウの方が、いいのかねエ」

と、ポンちゃんは腕ぐみをして、不安げにしている。

「ぼくらとしては、ナムアミダブツの方が正しいと思うけどね」

と、秀雄はしずかに言った。

「悪人でも、善人でも、金持でも貧乏人でも、のこらず極楽往生させる。えこひいきなしに、人間ぜんたいを救ってやる。日本人ばっかりじゃない。南洋の土人も、支那人もアメリカ人もロシア人も、ナムアミダブツと一声となえさえすれば救われる。この方が、たしかに正しいことは正しいんだ。だけど、軍人や右翼は、これじゃ困るんじゃないかな」

「……ふうん、なるほどねえ」

「な、そうなんだよ。仏教で世界じゅうを救おうなんて、お前さん、京都の大僧正だって、増上寺の管長さんだって思ってやしない。できっこないんだよ、そんなこと。そうだろう。アメリカ人やロシア人に、ナムアミダブツって言えったって言う方がむりだよ」

と、もう一人はポンちゃんに言ってきかせる。

「そりゃ、あんた、人間はぜんぶゴクラクへ行く。この考えの方が大きいよ。だけど日本人としてさ。日本がほかの国と戦争した場合だ。どうしたって、日本国を守らなきゃならない。日本人を勝たせなきゃならない。そうなれば、どうしたって蒙古を打ちはらったように、外から来る敵をやっつけなきゃならんだろう。そうなれば、人間は誰でも救われるからと言って、念仏ばかりしていればいいと言うわけにはいかんだろう」

「だけど、浄土宗の坊さんが、ナムミョウホウレンゲキョウって、今さら言えるのかい」

と、ポンちゃんは困ったように、よわよわしく言う。

「だから、お前さんはポンだって言われるんですよ」

「オイオイ、おれの強いの知らねえんだな。ポンちゃん、ポンちゃんて気やすそうに言うけどね。おれは、ポンに見せかけてるんだよ」

「わかった、わかった。誰も本気で、あんたがポンだなんて、思ってやしませんよ」

と、もう一人はなじみの芸者でもからかうように、肉づきのよいポンちゃんの肩をなでおろした。

「そうだよ。仏教は平等論だものな。他人を軽蔑することなんか、ありえないよ」

と、秀雄は微笑しながら言った。

「われわれ、みんなの問題として言ってるんで、なにも、あんた一人を馬鹿にしてるんじゃない。救われるときは、あんたも秀ちゃんも、柳くんもみんな一緒に、救われなきゃな。ただ、認識不足じゃ困ると言ってるんだ。宗務所だって、管長さんだって、ニンシキフソクなんだと、おれは思ってるんだ。もう少ししっかりしないと、バスに乗りおくれるって言ってるんだ」

「ニンシキフソクか……」

秀雄はまた、柳にだけわかる眼つきで、柳の方をチラリと見た。

「だけどなあ」

と、ポンちゃんは自信なさそうに、さからった。

「右翼とか、左翼とか言ったって、今までみんな一網《いちもう》だじんになってるじゃないか」

「……今まではな」

「おれは、やっぱり、お念仏やってお寺を守ってる方が無事だと思うよ。他のことに気イつかって、乗り出すよりはだな。まず、寺の仕事を満足にやるこった。寺を出るなら、別だよ。寺にいて寺で飯をくっている以上は、それだけの義務ははたさなきゃな。ええと、柳くんなんか、どう思う。ぼくらより若いんだから、何か考えてるんだろ」

ポンちゃんは、けむったそうな顔つきで、柳の方に向きなおった。

「ぼくはまだ坊さんの方は、小学一年生だからな。まだ、阿弥陀経をソラでおぼえられないんだから」

柳は実際のところ、袈裟《けさ》をかけても、裏がえしに引っかけて、ひきずって踏んづけてしまうような状態だった。

「増上寺の加行《けぎょう》のときは、だいぶあばれたってきいてるぜ」

「そう、そう。柳くんだろ、髪捨山で穴山と決闘したってのは」

「穴山と？　そうとうなもんだな、奴とやりあうとは」

「穴山って言えば、奴こそ右翼の方で凄いんじゃないのかよ。そうだろ、君、知ってるだろ」

「そうだな、まあ、右翼と言うのかな」

と、柳はわざと、あいまいに答えていた。

本堂の方から、ゆっくりと大木魚を叩く音が陰にこもってひびいてきた。つづいて、熱心なお婆さん連中の叩く小さい木魚の、やや高めの音が、せわしなく鳴りはじめた。

「そろそろ、はじめますから、みなさん御支度を」

と、院代が知らせにくる。

柳にはまだ、みどり色の衣しか着る資格がない。柳のもらった「律師《りっし》」の位の下は、「権律師《ごんりっし》」だけである。

それだのに叔母は、

「目黒さんは、これを着てちょうだい」

と、紫の衣をさし出す。

「みどりで、いいじゃないですか」

「それじゃ、困るのよ。今日は、これ着ていただかないと」

「さっちん、紫衣《しえ》を着てくれよ。宝屋さんが、そうたのんで来たんだから」

と、荘厳な金襴《きんらん》の七条袈裟の紐をむすびながら、秀雄が言いにくそうに言う。

律師の上に、僧都《そうず》と僧正《そうじょう》の位があり、そのおのおのが、また権、小、大の三つぐらいに分れている。紫色は、僧正の位にならないと、着てはいけないのである。紫色を着たくても、着られない住職は、「たま虫色」の衣を、法衣店に注文する。みどり色とも紫色ともつかぬ、あの幻怪な昆虫の甲の色で、それなら檀家は「紫衣をきて下さった」と満足するし、宗務所の規定にもそむかないからだ。

いつのまに来たのか、愛想のよい法衣店の主人が、秀雄のうしろに廻って、着つけを手つだっていた。歌舞伎役者の着つけに似て、「七条」ともなればむずかしいのである。

太いうち紐を象牙の輪にとおして、むすぶ。そのむすび方が、柳などにはとてもおぼえられない。ローマ法王の装束のように、ズシリと重く、金銀の織糸の光りかがやく「七条」は、よほど金持の檀家に寄進してもらわなければ、調達できない高価なものである。

「五条」の方は、横に長い長方形を、前うしろにたらし、肩から一本、帯をかけるだけ、それもホックどめであるから、不器用な柳でも気楽に着用できる。

「たいしたものでございますなア。今これだけのものは、いくらお金をお出しになっても、とてもできませんです。ハア」

重ね具合に気をくばりながら、衣《ころも》屋は、感嘆したように指さきをすべらせている。

やけになって、ひっぱたくように、長廊下のはずれの大太鼓が鳴りわたる。

つづいて、半鐘。強くしたり、低めたり、速くしたり、ゆるめたり、鳴物のつづいているうちに、勢ぞろいした僧侶たちは、立ち上って輪をつくり、経文を口ずさみながら、順序正しく、廊下へ出てゆく。

中庭にとじこめられた、黒のエアデルテリアが、縁の下の支柱をかじったりしながら、すべり足ですすむ僧侶たちに、吠えかかる。性欲の吐けぐちのない飼犬は、白い牙をむき、桃色の歯ぐきをあらわし、せつなそうな呼吸で、狂ったように走ってくる。そして、とりすました僧侶の行列に、ガラス戸ごしに、いまいましそうに、おどりかかった。

中庭の樹々は、煤煙をかぶって黒ずんでいた。青黒い池の水、池をかこむ岩、岩の上にのっかった亀の甲羅。すべては、黒く陰気に、くすんでいた。

玄関の方で、かすかに遠く、電話のベルがひびいていた。

「おれのところだな、きっと、そうだ」

と、柳は、穿きつけない袴《はかま》のさばきに困りながら、秀雄のあとにつづいて行く。

柳の予感は、正しかった。

本堂からもどると、松やが、

「お経ちゅうに、柳さんに、電話が二本かかりました」

と、告げた。

一本は、目黒の寺から、もう一本は穴山からだった。

西方寺の電話は、ボックス式にドアをひらいて入る。

穴山の寺には、電話がない。柳は、送話器に目黒の寺の番号を言った。

女中の末子が向うの電話口に出た。声が、うわずっていた。受話器が手渡されたらしくて、執事の小谷の声にかわった。小谷の声も、妙によそよそしく緊張していた。

「何なんだい、用は?」

「今日はすぐ、まっすぐ帰ってきて下さい」

「だから、何なの? 用は」

「あの、ともかく、重要な用がありますから、どこへも廻らずに、まっすぐ目黒へ帰ってきて下さるように」

「ふうん……」

「いいですね、おねがいします」

「……ああ、いいよ」

警察だな、向うの電話口のそばに、目黒署の刑事がひかえているんだな、と柳は推察した。

「何なの、目黒からの電話。何かあったの」

甲冑《よろい》のようにこわばった、白地の袴をぬぎながら、秀雄は、声をひそめて柳にたずねた。

「うん、何かあったらしいよ。ぼくのことで」

「あんたのことで？　ふうん」

警戒するように、秀雄は考えこんでいた。

叔母は、広間の客の接待でいそがしかったし、坊さんたちは、脱いだ物をとりまとめたりして、雑談にふけっていた。衣屋は、なめらかに喋りながら、お顧客《とくい》の僧侶たちの世話をやいて、器用に法衣や袈裟をたたんでいた。

「花電車にはおどろきました。当人は芸術だと言っておりますが、ほんとにバナナを切ったり、煙草を吸ったり、字まで書くんでございますから、ハア、たいしたもんです」

「どんな顔して見たの、あんた」

「どんな顔と言って、この顔でございますけど」

江戸風のやさ男の法衣屋は、きまじめそうに「冒険」の報告をしている。

「花電車」は見たくないなア、と、柳は考えていた。その女性が自分の特技を「芸術」と称して自慢しているのは、それは職業人の誇りみたいなもので、けなげだし、元気がよくて、わるいことではないだろう。しかし、それを見に行くのが、どうして「快楽」なんだろうなア。見に行くのが悪いとは思わないが、どうしてそんな便所臭いような見世物を、見たい気持がわくんだろうかなア。性的に成熟すると、そういう気持が自然に発生するもんなのだろうか。

「このあいだ、つかまったね。リンチ共産党事件とか言って、新聞に出てたろ。あれ、アジトは目黒だったね……」

「……うん、そうだ。おれんちの寺から、そう遠くないところだ」

　十七歳、十八歳と二年つづけて、柳は留置場入りをしていた。秀雄ばかりではなくて、目黒でも江東でも「柳のあとつぎは、困った奴だ」と、組寺の坊さん仲間に知れわたっていた。もし柳の寺が、地代のたんまり入る大寺でなかったら、また、柳の父が仏教大学の部長で、宗務所でも地方寺院でも、顔のきく宗団の大先輩でなかったら、当然、柳は坊さん仲間で爪《つま》はじきされたり、意地わるされたりするところだった。柳の母が、坊さん仲間に人気のある交際上手で、世間知らずのわがまま息子の失敗を、うまくかばってやらなかったら、誰だって柳の次男坊には、鼻もひっかけないところだった。そのへんの事情は、柳自身より秀雄の方がよく知っていて、柳の兄代りになって心配してくれている。その親切は、柳にもよくわかっているのだが、目黒からの電話を気にする秀雄の、蒼白いひたいや、彫りのふかい眼のあたりにあらわれた緊張は、柳の身の上を気づかうためばかりではなさそうだった。

「さっちん、また何か、やってるんじゃないのかね」

「いいや、何もやってないよ」

柳には、秀雄にウソをつく必要がなかった。

「おれはなんだか、さっちんがあの事件に、関係があるような気がするんだ」

「いいや、ぼくは今のところ、ほんとに何もやっていないからね。つかまる心配はないよ」

「そうかね、そんならいいけど」

「しかしね」

柳は、いかにも重大事件をうちあけるように、声をひそめた。

「どうも、さっきの電話の様子では、目黒署の奴が、今、うちに来てるらしいよ」

「…………」

秀雄は眉根をけわしくして、だまっていた。

「それで、君は、まっすぐ目黒へ帰るかね」

「ああ、だって逃げかくれする必要はないもの」

およそ逃げたり隠れたりするのが、下手くそな柳は、警察の眼から見れば「池に養《か》っている金魚」みたいなものに、ちがいなかった。それに柳には、中学時代から「ぼくは大海にうかんだボートのようなもんだ」という、たよりない感覚がつきまとって、何かまずい事がおきると、大きなうねりに身をまかせた小舟の動揺に甘えて、すましてしまうクセがあった。勇気も忍耐心もない柳が、いざとなるとわりあい平気でいられるのは、技巧的に、そういう「あなたまかせ」の放心状態を、つくりだすことができるからだった。そんなとき、柳はいつも、自分がまるで自分の意志でうごく「生物」ではなくて、何か大きなちからでうごかされる「物」そのものに、なってしまった気がするのだった。一青年として、そうなってしまうのは恥ずかしいことであった。だが、ある意味では「そうなってしまえば、もうしめたものだ」と考えるのだった。

「方丈さん、宝屋の若奥さまが、ちょっと」

と、叔母がサービスで酔ってしまったように、声をかけた。

「はい、はい、ただ今、そちらへ参ります」

「あの奥さん、きれいだね。西洋美人みたいだね」

なんの気なしに柳が言うと、秀雄はくすぐったそうに苦笑した。

「そうか。感じがいいからな。そうか、さっちんでも女に関心があるのかね」

「あることは、あるさ」

と、柳は顔に血をのぼらせながら、言った。

「だけど、あんまり女っ気のあるはなし、きかないからさ」

「つとめて、我慢することにしてるんだ」

「好きは、好きなんだろ」

「女のこと、よくわからないよ、まだ。だけど、どうなのかな。坊さんが女のこと、よく知ってるってのは、自慢にならないんじゃない？」

「……うん、そう」

「蔭でコソコソなら、ぼくにもできるけど。大っぴらというのは、何だかイヤだよ。だって、女のことのほかに、坊主と俗人を区別する方法がないだろ。坊主は坊主だからこそ、お布施がもらえるんで、坊主が俗人とおんなじになっちまったら、お布施をもらう権利がないじゃないか」

「ほんとに、我慢できてるのかい」

「ううん、できてない」

柳のできてないの意味は、手淫《マス》をかくことについてであった。また、玉の井や、新宿に、酔っぱらったいきおいで、ほとんど無意識状態で突進することであった。それも一人では行けないで、穴山に同行してもらうことであった。そんな種類の肉欲の発散が、ほんものの恋愛とはまるでちがった、醜行為にすぎないと、柳は信じていた。もしも立派な（俗人）青年だったら、柳ぐらいの年齢で、美しい「恋」の相手を持っていないのは屈辱のはずだった。だけどその「美しい恋愛」すら、困ったことに仏教では、「みにくい執着」ということになるのだった。

「女に、好かれたことはあるだろ」

「さあ……」

と、柳は自信なさそうに答えた。

「好かれたい、好かれたいと、思ってはいるよ。少しは、好かれたこともあるかも知れない。だけど、好かれていい気になることは、反仏教的なことだからな」

「好かれたいけど、好かれることを拒否するか」

「だって、そうじゃないか。好きだとか、好かれるとか考えることが、そもそもいけないじゃないか。理論的には、人間の肉体はすべて醜骸にすぎないんだろ。仏教は、平等論だろ。男も女も、誰もかれも平等に視《み》なくちゃ、いけないんだろ。そんなら、ある一人の女を好きになることは、平等論から言っても、いけないじゃないか」

「うん、そのとおり。しかし、いけない、いけないで通せると思ってる？」

「いや、思ってない」

「フフン」

秀雄は、年下の柳の正直さを可愛がるような、可哀そうがるような仕方で、かすかに笑った。

「宝屋の彼女は、君のこと好きなんだよ」

耳たぶに唇がふれそうなほど、秀雄の声は、柳の脳の中枢部にちかいところでささやかれ、電流のように二本の腕と一つの腹、一つの腰、二つの股のわれ目までつらぬきとおった。

「……彼女って？」

と、わざとらしくききかえすのが、やっとだった。

「若奥さんさ。だけど、彼女だけじゃない。彼女の妹も、君が好きなんだよ……」

ああ、もうダメだと、柳は感じた。何がダメなのか、よくわからなかった。ともかくダメであって、そのダメの甘美さにしびれてしまいたい、一刻も早くしびれてしまいたいと思うのだった。

「君とぼくは宝屋さんで、東芳園の支那料理によばれてるんだけどね。どうする。目黒の方へすぐ帰らないと、まずいかな」

「……別に、まずいことはないだろうけど」

刑事たちが、もし柳を「大物」とにらんでいるのなら、西方寺まですぐ手配するはずだった。

それでも、目黒へ帰れば、参考人として話をきく程度ではすまないで、一週間やそこら拘留されそうな予感もあった。帰宅をひきのばしたところで、和服のまま沼や池の、どろりとした水に漬かるような、重くるしい気持のわるさにかわりはなかった。

「秀雄と目黒さんは、およばれで東芳園へ行かなくちゃなりませんけど。みなさんは、どうぞ御ゆっくり……」

と、次の間で、叔母が坊さんたちを接待している。

「方丈さん、早くしてちょうだい。お車が、待っているそうだから。さっちゃんも、一緒にね。ね、行ってちょうだいよ。あちらさんは、あなたのファンなんだから、ぜひとも行っていただかなくちゃ。おいしいわよ、あそこの支那料理。食べのこしたら、折詰にしてもらってきてちょうだい」

「まア、行けよ。行ってみろよ。行っても、別にどうということはないだろ」

秀雄はおそらく、女のことと警察のこと、二つにかけて言っているにちがいなかった。

(天国と地獄か。どっちが天国で、どっちが地獄なんだろう。畜生め)

玄関に出ると、宝屋の一族は礼儀ただしく、石畳の上で待ちうけていた。番頭が「ナンバンの車は」と、店の若い者を指図していた。若奥さんは両眼をかがやかして、スタート線上に立った選手のようだったし、妹さんの方は伏眼がちで、雨にうたれた白い花のように、しおたれて、なまめかしかった。

そういうときには、白足袋につっかける草履（と言っても、母が特別にあつらえた上物であるが）がすべって、困るのだった。はき物と足の裏が、別々のうごきをして、つんのめりそうになるのだ。

「ああ、おはき物が」

と、若奥さんが袖をひるがえすようにして、柳の足もとに駈けよってきたときは、白足袋は泥でよごれていた。

御隠居さんと主人が、まるで誘拐でもするように、両わきにつきそって、秀雄を自分たちの車にのせてしまう。柳は、若奥さんと妹さんにはさまれて、次の車に乗った。

柳には二人の女性の、めいめい好みのちがった香水と、白粉の匂いなど、嗅ぎわけているゆとりはなかった。漢訳の仏典には「香油」という用語があって、インド古代の女性が、全身くまなく塗る化粧品の香気を想像させる。

車が走り出すにつれ、濃くなってくる東京女の、香水と白粉（たぶんクリームもまじっている）の匂いは、「香油」という古典的で、根源的な感じではなかった。

新婚の夜、おシャカ様をかき抱いた花嫁のお姫様は、はだかの肌に香りたかき油を塗っていたであろうし、王城を脱出して、悟りをひらくための苦行をつみ重ねていた「彼」の周辺に、猛獣毒蛇、暴風豪雨とつれだって来て「彼」をなやました魔女たちは、まるで肉体そのものの匂いのように、しみついた油の香りを、呼吸がとまるほど濃厚にただよわしたにちがいない。宇宙にみなぎる魔女群団の「香油」のかおり。そして、全人類を救うための、一か八かの精神的な大賭博にたったひとりで身体を張っている、大胆不敵な一個のインド男性。ああ、なんという雄大な構図であろうか。

車がゆれるたびに、右左どちらかの女性の、やわらかい、やわらかい衣服と、その下の肉が接近してくる。やわらかいもの、甘いもの、かるやかなもの、寄り添ってくるものに包まれている柳は、決して、古典的で根源的できびしいものと、向いあっているわけではなかった。彼にちょうど似つかわしいように、適度にうすめられた、軽薄な「モダン香油」に酔わされているだけであった。

「林芙美子さんが、今日のA新聞に書いていたの、お読みになった？　あの方は、お坊さんが好きだったそうですよ」

「いいえ、読みません」

「久美ちゃん、読んだでしょう」

「ええ」

と、妹はかすれた声で、姉にこたえた。

「坊さんが好きですって、ばかばかしい」

「あら、どうして」

と、姉の方が白っぽい半襟の首をよせてくると、そちら側だけ柳の首は、こわばった。

「ヘンですよ、そんなの。おかしいですよ、そんなの」

「でも、林芙美子さんは、そう書いていらっしゃる。文学者ですもの、ウソはつかないでしょう。少女時代からずっと、今でも、若いお坊さんには、たまらない色気を感じるそうですよ」

「厭だなア。アイスクリームの天ぷらを、食べたがるひとだっていますけどね。いろんな物に食べあきてくれば、とんでもない物を食べてみようとする。それは、物好きで、そうなるだけですよ」

できるだけ憎ったらしいような、意地わるいようなことばを、むりに吐き出さないと、年上の女には馬鹿にされると考えて、わざと柳は、皮肉屋みたいにふるまおうとしていた。

「小説家って、無責任なこと書くから、大きらいだ」

車が急ターンして、柳の肩が左側の久美子の方へ押しつけられた。うす桃色の半襟の首が、びっくりするほど白く、よわよわしくよじれて、女がつめていた呼吸が、自分の体力で今にも、紅をぬった唇からほとばしりそうだと、彼は勝手に感じていた。若奥さんの片掌が、そのはずみに彼の右膝にかかった。

「それは目黒さんは、清浄潔白な方ですもの。林さんが何とおっしゃろうと、知らん顔して、うけつけないでしょうけど」

「いや、つまり、ぼくは……」

「若い坊さんを好きになるような女は、バカだと……」

「いいえ、ただ、彼女はなんにも知らないんです。坊さんのこと、知らないでいて、そんなこと言ってるだけで」

「坊さんの、どんなこと知らないと、おっしゃるの」

「坊さんの厭らしさですよ」

「さあ、どうかしら。林さんぐらいになれば、それくらいのこと知ってるでしょ」

「そんなら、どうして」

「厭らしい男は、どこにでもいますわ。お坊さんに限ったことじゃありません。でも、厭らしくないお坊さんだって、いることよ」

そう言われると、待っていましたとばかり嬉しがりそうになる、自分をうまく抑制することなど、柳にできるわけがなかった。

「いますかねえ。そんな偉い坊さんが。ぼくの知ってる坊さんにはいませんよ」

「スタンダールの『赤と黒』。あれに出てくるジュリアン・ソレルは、お坊さんだったでしょ。久美子も、私も、ジュリアン・ソレルが大好きなのよ。ねえ、久美子」

「ええ……」

柳は、まだスタンダールなど読んだこともなかった。

「勇敢な美青年でね。ずうずうしくて、抜け目がなくて、可愛らしいの」

「でも、それは、フランスの昔の話でしょう」

柳はそう答えながら、ずうずうしくて抜け目がない勇敢な美青年が、こういう女性には可愛らしいんだな、よくおぼえておこうと思っていた。

「そのソレルとかいう男は、女に好かれて、色々と冒険をやったりするんですか」

「ええ、そうなの」

「ああ、それじゃ、そういう男は、仏教で言う坊さんとは、ちがいますよ。そういうのは『坊さん』じゃありませんよ」

「でも、たしかに彼は、カトリックの坊さんだったのよ」

「それはただ、名前だけで、坊さんとは言われないなあ。それは、ただの美青年ですよ、きっと。ただの勇敢な男ですよ」

「でも、お坊さんだって男じゃありませんか」

車が急にブレーキをかけたので、両側の女の上半身は、力なく前へかたむいた。二つの花束が投げ出されたように、はなやかな色彩が、彼の丸坊主のあたまの周囲で入りみだれた。

「バカヤロウッ！」

自転車にまたがった男が、窓ごしに怒鳴っていた。職人風の中年男は、またがったまま自転車をかしがせて、車内をのぞきこんだ。

「自家用車だと思って、大きなツラしゃがって」

きたならしいセーターを着た男の顔は、陽やけと酒の酔いで、おそろしいほど赤くなっていた。

「気をつけろッ、バカヤロウ。道路はお前たちばっかりの、道路じゃねえんだぞ。のさばるな、こいつら。なんだ、男は坊主じゃねえか。え、ナマグサ坊主じゃねえか。なんだ、てめえはいい気になりゃあがって、妾だか芸者だか知らねえけど、両手に花とかかえこみゃがって。なんて、ザマだ」

男は、ウドン粉かセメントにまみれた、黒い大きな掌で、車の窓をドスドスと叩いた。

「また、女も女だ。坊主なんかにデレデレしゃがって、何がおもしれえんだよ」

いらだった運転手が警笛を鳴らすと、男は本気になって、両腕をつきだしてきた。そのため、男の自転車は横だおしになって、こちらの車の横腹にぶつかった。男が運転台の窓に手をかけているので、少しばかり動いた車は、またとまった。人だかりがしていた。

暮れかかった空は、次第に赤く染まり、電柱や看板、家々の低い屋根や、まずしい木組が妙にハッキリと浮き出して見えた。そして十人ほどの男女の、表情や動作が、幻燈画や絵葉書のように、くまどり鮮かに一つ一つ、こちらに向って、一つの「意味」をつきつけていた。人々は一つの感情でかたまって、まるで一匹の生物のように見え、そのくせ、爺さんや子供までが、めいめいちがった明確な人物像となって、笑ったり、口笛を吹いたり、のぞきこんだりしていた。

「出るんじゃないよ。あなたが外へ出れば、うるさくなるから」

と、若夫人は運転手に命令していた。

頭の骨がきしみそうなくらい、柳の全身は恥ずかしさと怒りで、充満していた。「恥じて」の方は明らかであるが、「怒り」の方はどんな種類のものか、判断もつかなかった。中年男と、見物人に対する怒りでないことだけは、たしかだった。

若夫人が、ドアのノッブに手をかけているのがチラリと見えた。運転手や久美子のそぶりや気配も、チラリと感じられた。チラリチラリと断片的に感ぜられるものが、針のように柳をさして、いつのまにか若夫人を押しのけて、彼はドアの外へ下り立っていた。勇敢なフランス美青年のまねをしたいと、思っているわけではなかった。そんな、一人前の存在になれるなんて、夢にも思ってはいなかった。もっと動物的な、衝動的なちからに押しやられて、彼は身がまえている中年男と向きあっていた。

男は、ツバを吐きかけ、彼の改良服の胸にそれがくっついたらしかった。

外出に便利なように、日本の僧侶が工夫した黒い僧衣、それに、タクハツのズダ袋に似せて、わざと小布を縫いあわせてこしらえた小さな輪袈裟《わげさ》、その二つは、彼をとりかこんだ町の人々の衣服のどれよりも高価な、羽二重でできていた。

「いやらしいぞ。たまらないほど、いやらしいぞ。いやらしい、いやらしいことだぞ」

建築工事場で打ちおろされる、あの重い鉄の槌のようなものが、彼の胸に打ちおろされていて、その地ひびきが「いやらしいぞ」という大きな音で鳴りわたるので、人々のざわめきは耳に入らなかった。

「ナマグサ坊主！」

と、六歳ぐらいの男の子が叫んで、ツバを吐きかけた。痛快な冒険を楽しむように、また、棄てられた小猫をいじめるように、自信たっぷりに、男の子は彼をからかってやろうとしていた。それに対しても柳は、別段の感情がもてなかった。街頭にうずくまった乞食女と、全く同じような無表情が、一枚の皮となって彼の顔にへばりついてしまったようであった。

いつのまにそうしたのか自分でもわからないうちに、彼は、中年男の二つの手首を、自分の二つの掌でにぎりしめていた。肩の筋肉の盛りあがった、骨太の相手は、彼より少し背が高かった。労働できたえられた腕も、がっしりして筋ばっていた。穴山との決闘のほか、柳には喧嘩の経験もなかった。「ボーズのケンカ」。それは、そうつぶやくだけでも吐き気をもよおすほど、厭らしさのきわみだった。したがって、そのときの彼が「喧嘩してやる」とか「腕力をふるって片づけてやる」とかいう、はなばなしい気分になっているはずはないのであった。むしろ「厭らしさ」の重い槌が打ちつづけているため、重くるしく石のように固まった彼の心が、底しれぬ下方へ落ちつづけて行くにつれ、思いもかけぬ腕力が、彼の腕に加わってくるのであった。

「こいつ、やる気か」

と、手首をつかまれた男は、ズボンの両脚に力をこめて押しかえそうとしていた。しかし柳は、グイグイと相手を押して行った。あのわけのわからぬ「怒り」が、彼自身も気がつかぬはたらきで、すっかり彼を無神経な、夢遊病者のような「化物」にしてしまっているのかも知れなかった。

彼の額が、まるで相撲の名人が頭突《ずつき》をくれるように、相手の鼻がしらにぶつかった。そのため相手は「こいつ、このクソ坊主」という怒号を中断され、一そうたじろいだ様子だった。相手が腰くだけして、姿勢をくずしたのは、溝に片脚をつっこんだためであった。

柳は、ゴム人形でも圧しつぶすように、男の身体をギュウッと押し下げた。やっとの思いで、手首を自由にした男は、すっかり坐りこまされたまま、おそろしい力で柳の腹部を殴った。いくつかのストレイトのうち、一本が、ものの見事に柳の股間に入って、陰茎がはげしい痛みで燃え上ったかと思うと、下半身がしびれはじめた。

「ウッ」と、男がうめいたときにも、まだ柳は自分の両掌が、相手のたくましい首をしめているのに気がつかなかった。ただ彼にわかっているのは、今にも指の先からはがれそうなほど、そりくりかえって力をこめた彼の十個の爪が、まるで「厭らしさ」の代表選手、厭らしさの守り神みたいにして、弾力のある肉の厚みに喰いこんで行く感覚だけであった。

柳の後頭部が、ものすごく痛んだ。目がくらみそうなほどの痛みは、ますます彼の腕力を強くした。そこは、かつて穴山に蹄鉄で殴られた場所だった。その傷のため、決闘の夜、柳は失神したのであった。

「お前さんは、今に、人殺しをするようになるよ」

決闘のあとで、穴山は柳にそうささやいた。「お前さんは、今に、人殺しをするようになるよ」その呪いのような一句が、奇怪な怒りの壁の何枚もかさなった、はるか向うの奥の方で、きこえたようであった。

「ハイ、あとは私がいたしますから。どうぞ、車にお入りになって下さい」

老成した運転手の、彼をいたわるような声が耳もとできこえたが、その声は、あの暴風雨の夜の穴山の予言の声にくらべ、あまりにも事務的で、その場かぎりのようにきこえた。

「いやらしいなア。おれの存在、おれの生き方、おれの行動のすべてが、いやらしいなア。そのいやらしさのまんまんなかに、おれは、身うごきもならずに……」

彼は、自分の暴力の相手方がどうなっているのか、そんなことは一切、自分とは無関係だったことのようにして、今までのことを、もうすっかり忘れはてたような顔つきで、人の群のあいだをぬって、車の方へもどってきた。

車のドアをあけた若夫人が、彼の草履を手にして、待っていた。彼女は「どうもすみません。さア、どうぞお乗りになって」と、おちつきはらって、彼を車へ押し入れた。

「こわい顔をなさってる。とても、こわい顔だこと」

車が走り出すと、若奥さんは、今までより沈んだ声でつぶやいた。

左側の久美子は、ほんの一瞬、柳の手の上に自分の手をのせて、すぐはなした。

「こわかったわ、とてもこわかったわ」

すっかり真っ青になった柳の顔は、もみほぐしようもないほどこわばっていて、みっともない胴ぶるいがとまらなかった。

「あの男、すっかり参っちまって、動けなくなっていました」

と、運転手は愉快そうにしゃべっていた。

「たすかりましたよ。ああいうタチのわるいのは、どうも。どういうんでしょうかねえ、自分の方がわるいくせに」

「たすかったわ、ほんとに。目黒さんのおかげよ。久美子、お礼をおっしゃいよ」

「どうも、ほんとにありがとうございました。わたくし、こわくて、こわくて……」

怖れのため涙ぐんでいるような妹の方が、姉よりもはしゃいだ声で言った。

十字路の四方、八方にも、さびしい坂の途中にも、にぎやかな駅前広場にも、それこそ「人民大衆」が、歩いたり立ちどまったりして、動きまわっていた。「人民大衆」という奴が、マーケットで買いものをしたり、飲食店に坐りこんだり、道路をあわてて横ぎったりして、宝屋の自家用車の走って行くさきざきに、むらがっていた。高校生の時からききおぼえた、この「人民大衆」という日本語は、寺の縁側で、のんきに日なたぼっこしていても、貧乏な家に短いお経をよみに行っても、柳を息ぐるしくさせるのであった。特にこうやって、乗りごこちのすばらしい高級車で、二人の美女にはさまれて、市内の雑沓をくぐりぬけて行くときには、まるで空気までが、「人民大衆」のざわめきそのものと化したように、彼をおそってくるのである。

「こわいわね。ああいうひと」

「誰が？　ああ、あの男。こわくもなんともないのよ、ああいうのは」

と、姉は妹に言いきかせていた。

「こわいのは、目黒さんの方よ。とても、きつい顔していらっしゃった。男らしい、いい顔つきをしていらっしゃった。けど、やっぱり男のこわさみたいなものが出ていて、わたくしドキリとした」

「人民大衆」と坊さんの問題について、大まじめで思いにふけっている柳には、せっかくの女たちの会話も耳に入らなかった。

「人民大衆の中に入って行かなければならんぞ」という、もっともらしい主張と「バカヤロウ！　ナマグサ坊主！」という、自分自身の罵りの声が、暖流と寒流のようにぶつかりあって、熱いとも冷たいともつかぬ身ぶるいが、とまらないのであった。

おまけに、もう少しで男一人をしめ殺しそうになった、自分の気ちがいじみた腕力が、悪魔に注射でもされてそうなったようで、ひどく気味わるい、病的なものに思われるのであった。

「あの男、どんな風になっていたの。ぼくは無我夢中だったから、どうなってるのかわからなかったけれど」

「死んだみたいにグッタリして、口からよだれを流していました」

「わるいことしちまったな」

「いいですよ。あのくらい。でももう少ししめてたら、気絶してたかもしれませんよ。柔道でもやったんですか」

「いいや、ただ夢中だったもんだから」

「花和尚《かおしょう》、魯智深《ろちしん》とかいう強い坊さんが、支那にいたじゃありませんか。それみたいでしたよ。たいした力ですよ。びっくりしました」

運転手は、すっかり感心したように言った。

柳のこころは、ますます暗くなった。

東芳園の大玄関には、紋つきやモーニングの男たち、裾模様の女たちがひしめきあっていた。秋のシーズンがはじまり、いそがしげな結婚式が何組もかさなっているらしく、僧衣の彼の、不吉な丸坊主をながめやって、ギョッとして眉をひそめる女もあった。

まばゆい電燈にてらされて、影一つない長い廊下を折れまがって、ふっくらした紅絨氈をふんで行く。青錆のついた仏像、大輪の花や松の枝を活《い》けた大花瓶、太刀や槍や甲冑など、金にあかせて集めた骨董が、自慢そうに、ものものしく並べられた廊下には、奥まるにつれ、滝のおちる音、鯉のはねる音、人工の清流のせせらぎがきこえた。

「おばあさま、大へんだったのよ。こわくて、こわくて」

「どうしたの。おそくなって、心配していましたよ」

走りよってきた嫁の妹が、可愛らしくてたまらない御隠居さんは、差し出されたその手を膝の上でにぎりしめた。

大型の朱塗の丸テーブルを三つ、ゆったりとかこんだ宝屋の親族たちは、おくれて到着した女二人の報告で、しばらくは大さわぎだった。

御隠居さんの指図で、柳は彼女のテーブルに、また姉妹にはさまれて、坐らされた。

「それは、それは御苦労さまでございました」

とりわけ料理の皿をおく、廻転式の丸台の向うで、宝屋の主人が頭を下げていた。そのわきに、秀雄が、ほかの人たちとはまるでちがった、心配そうな表情で、柳を見まもっていた。

「けしからん奴ですな。どうも、このごろの連中には、三宝をうやまう信仰心がないから困る。人間、信仰心がなくなったら、何をやらかすか、わかったもんじゃありません」

「いや、われわれ坊さんの方も、昔とちがって、おどかされても仕方のないような所がありますからね」

と、秀雄は住職らしく、主人の相手をしていた。

新しい料理がはこばれてくるたびに、若奥さんは器用な手さばきで、柳の小皿へそれをとりわけた。鴨の肉に味噌をぬって、生ネギをそえ、うすいメリケン粉の皮に包んでくれたりする。うす白い皮のあいだで、新鮮なネギの細片と、あぶらののった鴨の肉が咬み切られるとき、その歯ざわりが、なんとも言えぬ支那料理のうまさの頂点となって、柳をよろこばせた。まことに、その感覚こそ、反仏教的なものだと思いながら、野鳥の肉と野菜とメリケン粉のうす皮の重なった高価な食物を、丈夫な歯で咬み切って、味わっていると、「人民大衆」も、穴山の予言も忘れそうになるのであった。忘れるというよりも何よりも——塩かげんのいいアワビのスープ。青豆の緑と小エビの紅が、白っぽい汁の中に入りまじった、眼で見てもおいしそうな皿。「田鶏」とメニューにある食用蛙の、魚とも鳥ともつかぬ絶妙な味。何日間、煮つめたのか脂身も赤肉もいいあんばいに香料がしみて、舌の先にのせると溶けそうな東坡肉。脣を焼きそうなくらい熱せられた、飴煮の山芋を冷水につけると、パリパリと針か氷のような形になる贅沢なおもしろさ。よく揚げて、固い紙のようになった卵の皮の中で、とろりと軟い蟹の肉。それらを味わって、変幻きわまりない口食の「快楽」をむさぼろうが、むさぼるまいが、どっちみち「人民大衆」の奴はおれなんか相手にしやしない。禁欲しようが、しまいが、どうせ嫌われ者だという、あきらめのような無感覚状態が、いい匂いと甘い味にたすけられて、柳を支配するのであった。

また、不吉な予言と、病的な腕力にしたところで、何も好きこのんで自分は今のような自分になったわけではない。シャカにはシャカの運命があったように、おれにはおれの運命があるんだから、どうしようもないではないかという、底の浅いニヒリズムのおかげで、少し酒が入れば、苦にならなくなるのであった。

「昔からよく、華族さんのうちでは、誰か一人、娘さんを尼さんにしますね。あれは、やはり、経済的な事情もあったでしょうが、誰かひとり仏門に入っていると、安心だという考えからじゃありませんかね」

「しかし、どうですか」

と、秀雄は主人に、皮肉そうに答えていた。

「みなさんの中に、尼さんになりたい女の方はいますか」

「わたくし、ときどき、尼さんになりたいと思うことがありますわ」

若夫人は、夫の方へ視線を投げながら言った。

「そりゃ、ウソでしょう」

と、柳は、不必要なくらい力をこめて言った。

「あら、どうしてですの。わたくしだって、世をはかなむことがありますもの」

「しかし、奥さんが尼さんになったら、御主人がお困りでしょう」

秀雄が柳にかわって、柳の言いたいことを言ってくれた。

「いいえ、うちじゃ困りませんの。そうでしょう? あなた」

「尼さんになれたら、ほめてあげますよ」

「尼さんには、いつまでも年をとらないで、つやつやしてる人がいますわ。あなた、いつか、京都の尼さんで芸者よりきれいなひとがいるって、おっしゃってたじゃないの」

「あなたが尼さんになれば、私は棄てられたことになりますね」

「そうなりますわね」

「あなたが尼さんになるのは、かまいませんが、棄てられるのはイヤですよ」

年のちがった夫婦の、そういうやりとりは性愛の匂いがして、柳は気色がわるかった。

「昔はいろいろと、罪をかさねてお金持になったひとが、いましたからね」

と、御隠居さんが、何か想いに沈むようにして言った。

「財産のある旧家ともなれば、人に言えない暗いところは、つきものですからね。されば と言って、みんながみんな、お坊さんになってしまったのでは、商売が成り立ちません。それで、罪ほろぼしに、お寺まいりする。仏さまを大切にする。それでも足りなければ、娘をお坊さんの所へ嫁入りさせる。お寺のひとにする。はたから見たら、おかしなことでも、そういうことをやるうちの当人にとっては、それがどうしても必要なことなんですからね」

「罪ほろぼしに、お寺のひとに……」

秀雄は柳と眼を見あわせて、にがにがしげにつぶやいた。

柳は、手洗に行くため、席を立った。

「お手洗ですか、御案内しましょう」

と、若夫人が彼のあとにつきそい、久美子も姉につづいて、席を立った。

宝屋家の集りは、棟つづきの部屋のない離れだったので、手洗所のあたりはうすくらかった。

「さあ、そのお袈裟をおあずかりいたしましょう。それをかけたまま、御不浄へお入りになってはいけません」

と、若夫人は白い手をさし出した。

光線のかげんで、人形の手のように白い手は、指の一本一本までが、踊りのそぶりにあった微妙な調子でさし出されていた。

柳は、輪袈裟を首からはずして、夫人にわたした。女二人を外にまたせて、手洗に入るのは、生れてはじめてだった。どうせ坊主になれば、大学生とはちがった、よじくれたような、尋常でない体験をつむのはわかりきっていたし、酔ってしまえば何となく「すべては許されてある」という気分になるのが、柳のくせであった。

ひらき戸をあけて出てくると、夫人ではなくて久美子が輪袈裟を手にして、待ちうけていた。

「さあ、さあ、おかけしてあげなさい」

と、夫人が口ぞえして、久美子が両腕をあげると、もあもあと袖口にかさなった華やかな色が眼の前にひろがり、つきたてのお餅のように女の湯気が鼻さきに立ちのぼったようであった。

夫人のかるやかなそぶりとちがって、肉づきのいい、やわらかい棒のように、久美子の両腕が柳の両頬をはさんだ恰好で、のろのろしていた。

「そう、そう」

と、柳の背後で夫人のささやきがきこえ、柳の腰に夫人の片手がまわってきた。夫人のもう一方の手は、久美子の腰にまわされているらしく、久美子はつんのめりそうな姿勢で、柳の胸と肩に、こわそうに両手を押しつけた。

「ほら、チャンスですよ。久美子さん、おそわったとおり眼をつぶって、口を前に出すようにして顔をあおむけて……」

初日の歌舞伎役者につけられた「黒ん坊」のように、夫人は向きあった二人の横手に顔をよせて、指導した。久美子は、教えられたとおりにした。

「はい、柳さん、どうぞ」

と、運命の女神に似た、どうしても抵抗できない（と言うより、この世に抵抗なるものは存在するはずがないと悟らせるような）、なんとも形容しがたいほど本質的になまめかしい声にさそわれて、柳はこれ以上の不器用はないといった具合に、接吻させられた。

一たん坊主になったからには、もはや良家の令嬢にキッスするなどということは、ありうべからざることと彼は信じていた。淫売はちがう。淫売なら、坊主を相手にしてもさしつかえない。金銭とりひきで成立する職業、それ専門の女とならキッスも性交も、それほどの大罪ではない。しかし良家の令嬢ともなれば、彼女との恋愛は「愛情のとりひき」であるから、どう考えても、許すべからざる大罪になる。少くとも、愛情だけは神聖でなければならない。愛情を断絶するのが、一つの目標であるはずの僧侶のくせに、二十《はた》《ち》前の柳は、やはりそう信じないわけにはいかなかったのである。

女の脣と、自分の支那料理くさい脣がふれ合っただけで、すっかり興奮してしまった彼は、たとえ一秒でも接吻をながびかせる気がまえはなかった。おまけに、彼の首すじには、夫人の可愛らしい口（いくら興奮していても、彼女の口の押しつけ方、よじれ方、すぼまり方が彼にはよくわかったのである）が、すこぶる技巧的かつ執念ぶかく吸いついていたのだから、なおさらのことであった。

手洗に入っているうちから、柳は、とても二人の女性には話せない、いやしい妄想にとりつかれていたのだった。いやしい妄想にとりつかれれば、とりつかれるほど、そんなものとは縁のないような顔をするのが、彼の職業には必要なことである上に、彼の性格として、お檀家のひと（ことに女性）に、内心の醜態をさらけ出すことなど、死んでもできない相談であった。

それは、エロ雑誌で読んだ一場面であった。母娘《おやこ》ふたりぐらしの家庭に、書生として住みこんだ青年の話で、ふたりの女性にはさまれて、ふたりとも征服してしまう話であるため、聯想をさそわれたのである。その青年は、まず豪華な応接間で、うつくしい未亡人のからだを椅子にしばりつけてしまう。エロ雑誌の話の中で、はだかの女をしばる話が、柳は一ばん好きなので、この話からも強い印象をうけたのである。しばりつけてしまってから、はだかにしたか、はだかにしてからしばりつけたかは、忘れてしまっていたし、それはどちらでもよいことであった。(女体を自由自在にとりあつかったことなど、一度もない柳に、しばり方などわかるはずもなかった)。とにかく母親の方に対して勝手なふるまいにおよんでいる最中に、娘さんの方も二階から降りてきたのである。とんでもない恰好で、快楽にうめいている母の姿を目撃して、処女の娘さんは、恥ずかしくもあり、おそろしくもあり、困惑のあまり立ちすくんでいる。けしからん書生は、これさいわいと今度は、娘さんの方をピアノにしばりつけてしまう。可哀そうな乙女は、母親の見ているまえで裸にされ、おかされてしまう。未亡人の方は娘さんの不幸を悲しがるよりは、青年との快楽の分量を二分の一にへらされたことを、くやしがって泣きさけぶので、書生ッポは、またもや母親の方に向って行かなければならない。そのようにして青年は、椅子とピアノのあいだを忙しくも、往ったり来たりしなければならなくなったのである。

おそらくこの「エロ話」は、気の弱い学生が、どこかの家に下宿して、気のつよいそこの主婦と娘に、さんざんおどかされたり、意地わるされたりしたあげく、月謝の金に困ってエロ小説家の代筆でもして、でっちあげたものにちがいなかった。

「大丈夫よ。いそがなくても」

と、若奥さんはささやいた。

年長の彼女が平気なのはともかくとして、妹の方が逃げだしもせずに、柳と向きあったままでいられるのが不思議であった。久美子は、ばかばかしいほど真剣な顔つきで、今にも倒れそうになるくらい蒼白くなっていた。ふるえているのかも、しれなかった。

「ぼくは、女をしばったりなんかしないぞ。いじめたりなんかしないぞ。奥さんの方はともかくとして、この久美子さんのような邪気のない少女を、どうしてしばったり、いじめたりできるもんか」

と、柳は考えていた。「しかし、だめなんだ。たとえしばったり、いじめたりしなくたって、だめなんだ。こんな所で、こんなことをやってることだけで、もうだめなんだ」

久美子が一歩ばかり後へさがったのは、奥さんがそうさせたからだった。姉がすばやく、大胆に接吻すると、柳の全身は口から火を吹きこまれたように、熱くなり、毒気にあてられたようにくらくらとした。そして、先刻と同じように、傷あとのついた後頭部が痛んだ。

奥さんの両腕をにぎって押しのけるとき、柳はまるで腕力のつよい男でも相手にするように、力をこめていた。そのとき、痛いほど自分を見つめている、久美子の両眼の異様な光に、柳は気がついた。発熱した病人か、思いつめた自殺者のように、気味のわるい、すごみのある眼つきで、彼女は姉の唇と舌がふれたあとの、柳の口を見つめていた。

柳がぼんやりしているあいだに、奥さんのハンカチーフが、彼の頰《ほ》っぺたと口をぬぐってくれた。

「さあ、あちらへ参りましょう。久美子さん、いいわね」

柳よりもっと、ぼんやりしている妹の、気をしっかりさせるように言ってから、奥さんは柳の腰を押した。その押し方が、いかにも手先のさばきの上手な、ねばっこい美女のちからを充分に発揮した押し方だった。

席にもどって、表情をうまくごまかす自信など、柳にはなかった。宝屋の主人と秀雄は、話に夢中になっていて、入ってきた三人の方を見なかったが、御隠居さんだけが、久美子の様子にそれとなく気をくばっていた。

その久美子でさえ、自分にくらべて、まるで廊下でのできごとは存在しなかったように、おちつきはらっているので、柳はおどろかされた。

「穴山の話をしていたんだ」

と、秀雄は柳に言った。

「奴は、活躍家だね。宝屋さんのお宅にも、よく出入りしているらしいよ」

「私のうちの方へは、あまり見えませんが、事務所の方へはちかごろよく見えます。おもしろい方《かた》で……」

「おもしろいですか」

と、柳は言った。

「さよう。なかなか、おもしろいお坊さん、かわったお坊さんです」

「穴山さん？　ああ、知ってる、知ってる。目玉のギョロリとした、あんまり人相のよくない人ね」

と、若奥さんが言った。

「おもしろいと申すのは、つまり、仕事のできる男、世の中のうごきを見ぬいている男という意味です」

妻のことばには耳をかさずに、主人は言った。

「はじめは、仏教の社会事業団体の、慈善の仕事に、うちの薬をつかいたいから寄附してくれと、申しこんでこられた。うちの宣伝にもなることですし、数量もわずかですから、ひきうけました。そのうち、今度は三割引でよろしいからと言って、もっと大量に注文してきました。ははア、商売心のあるお坊さんだなと、わかりましたが、こちらも商売人ですから、よろしいとひきうける。ところが穴山さんという方は、お若いのに顔がひろい方で、今度は、私どもの薬を軍へ売りこんで下さると言いなさる」

「そうか、なるほど、軍部ですか」

と、秀雄は考えぶかそうにうなずいた。

「陸軍と申せば、大へんなお顧客《とくい》さんです。征露丸とか言って、あの消毒用の臭い胃腸薬。あんなものは気やすめみたいなもんで、もっといい薬がいくらでもできてます。ところが陸軍と申すところは、案外古くさくて、新薬を一向に採用しない。衛生材料廠がウンと言いさえすれば、あなた、何十万の軍人が一せいに使いはじめるわけですから、どこの会社でもねらっています。手づるさえあれば、どなたにでも、おすがり申したいところです。話をもちかけてくる仲介者も多いことですし、私もあまり穴山さんのお話には、のり気でなかったんだ。運動費として、多少の金はお出しした。しかし、私どもの胸の中では、まアまア棄て金をおめぐみしてやろうという考えでした。穴山さんは、あの通り人相がわるい。西方寺さんや目黒さんのように、私どもに直接関係のあるお寺さんでもない。相手がお坊さんですから、信用しないわけじゃありませんが、あてにはしてませんでした。ところが、どういう手をつかったのか知れないが、私どもの注射薬が一種類、それから内科用の医療器械が三種類パスしましてね」

「そうですか。そりゃ、よかったですね」

と、鼻白《はなじろ》んだように秀雄は言った。

「今どきの坊さんには、商人もかないません。穴山さんは、これからのしいしますね。まア、坊さんとして完成なさる方じゃないでしょうが、これから一応、なにかやるひとだ」

「わたしは信用できませんね。ああいうひとは」

と、御隠居さんが眉をしかめて言った。

「わたしはやはり、目黒さんや西方寺さんの方が好き」

「そりゃ、おばあさまのおっしゃるとおりです。私だって、穴山さんに極楽へやってもらおうとは思ってません」

「あなたは、ああいう男とウマが合うんじゃありませんか」

と、養子をきめつけるように、御隠居さんが言った。

「いや、ウマが合うかどうか。しかし、ああいう坊さん、政治的坊さん、経済的坊さんの気持はよくわかりますよ」

「そうでしょう。あんたとは、共通性があるんですよ」

色黒で、風采のあがらない小男の主人は、かしこまって答えているが、その太い首すじや、油断のない眼つきには、老婆の言うように、穴山と似かよった「強さ」があると、柳も考えていた。

それにしても、穴山がこれほどまで宝屋の家庭に喰いこんでいようとは、柳にも意外だった。

穴山はつねづね「坊さんは、どんな家庭の奥の間にも、ズカズカ入って行けるから有利なんだ。一たん信用されれば、医者とおなじことで、天下御免の自由出入ができるんだ」と、柳に語っていた。穴山の養育された寺は、目黒でも一ばん下級の貧乏寺であるから、ろくな檀家のあるはずはなかった。それ故、彼がよその寺の檀家の、めぼしい奴をねらうのは当然かもしれなかった。

「無神論なんてものは」と、彼は柳に言いきかせていた。

「あれは、意地っぱりのインテリの夢にすぎないんだ。今のところ、陸軍大将も社会主義者も、死ねば坊主を呼ばなきゃ、すまされないんだ。さんざん坊主をバカにして、軽蔑しているくせに、いざ死んで、主人の身体がイヤな屍臭をただよわすときになると、まわりの者はウロウロして、何となく極楽かどこかへやってもらいたくなるんだ。悲しいような、眠たいような、わけのわからないお経を読んでもらわないと、責任をはたさなかったようで不安なんだな。そこが、こっちのつけ目なんだ。わけのわからない所が、重要なんだ。死ぬってことが、だいたい、生きてる者にはわけのわからないことなんだから」

「だから、宗教は阿片なのか」

と、柳がまぜっかえすように言う。

「阿片になれれば、たいしたもんだ。ところが、今の宗務所や総本山の連中は、阿片の効力どころか、アスピリンのきき目さえ発揮できないんだ。あんな老人連中にまかせといたら、せっかくの阿片のお株を、マルクス主義にとられちまうぞ」

「だけど、マルクス主義は阿片じゃないだろう」

「そこがお前さんの、おめでたいところなんだ。なるほど、理論としては新しい経済学かもしれんよ。あれで、なかなかどうして、頭のいい予言かもしれん。だけど、ロシアにはレーニン廟ってものがあるんだ。ありゃ、一体なんですか。レーニンの死骸、レーニンのミイラを行列つくって参拝してる。あれは一体、新しい経済学ですかね、あれこそ無知モウマイじゃないのか。死骸になれば、人間は腐るんだ。腐るのが自然の法則なのに、それを腐らせないで保存して、国民におがませる。このやり方を考えた奴は、おそらくローマ法王以上に悪がしこい奴じゃねえのかよ」

「ミイラを拝むのと、仏像を拝むのと、どこがちがう」

穴山などに言い負かされるのが厭さに、すっかり感情的になって、柳はなんでもかんでも反対したくなってくる。すると、いつでも物騒な緊張でつつまれている穴山の顔に、かすかに苦笑がうかび、けわしい眼のはしに、いくらか楽しげな、ゆとりのある光がやどるのだった。

「ミイラを拝むのと、仏像を拝むのと同じことだったら、柳、お前さんは困るだろ？」

穴山は、いがらっぽい男臭さのむんむんする顔を、柳の方へ近よせてくる。

「ところが、おれはかまわんのだ。お前さんは、立派な坊さんになりたがっている。いや、そうではないにしても、坊主であるあいだは少しでも仏教的に生きようと、試みている。だからお前さんは、どうにかして世のためになる坊主、人民大衆に愛される宗教家になりたいんだろう」

「そうとは、かぎらんよ」

「いや、そうなんだ。お前さんは、坊主のいやらしさを憎んでいる。きらっている。そして、社会主義運動の指導者と対等につきあいのできる、なんかしら現代的な青年になりたいんだ」

「そんなものには、おれはなれんよ」

「なれるか、なれないか、それは柳の気のもちようだ。ともかく柳は、なれたら、そうなりたいんだ。だからお前さんは、やたらに恥ずかしがったり、気をつかったりして、おれみたいに自由にふるまうことができないんだ」

「だって、ぼくは穴山みたいになりたいとは思わんからな。あんたは一体、なんになりたいんだい」

「おれは、もうなっているんだ」

「だから何にだ」

「強い男になっているんだ」

物騒な面《つら》がまえに似あわない、子供じみた返答に、柳は思わずプッと笑いを噴きだした。すると穴山は、たちまち不機嫌になり、陰気な顔をふくらませてしまったものだ。

「穴山は、強い男ですよ」

そのときの対話を思いだしながら、柳は主人に言った。

「彼は、それが自慢なんですから」

「そうかな。ああいうのが強いといえるかね。あれは、粗暴なだけじゃないか」

と、秀雄は気むずかしく、反対した。

「あら、柳さんだって、お強いわよ、ねえ」

と、若夫人は妹の顔をのぞきこむようにして、その手をにぎった。

「どうも目黒さんは、女連中に評判がいいようだね」

と、主人はこちらを見やったが、その眼の下が少し黒ずんで、四十男の疲れを示しているようであった。もしかしたら、廊下での若夫人の悪ふざけを、とっくに推察しているのかもしれなかった。

「今度、お二人で、熱海の方へ来ていただこうかしら。おばあさまが行っていらっしゃるときにでも」

「毎朝、起きぬけにお経を読んでいただけば、おばあさまも安心できていいかもしれないな」

夫妻が気をそろえたように、話しあうと、御隠居さんは、その気持を見ぬいたように、肩をすくめた。

「何もわたしをダシにつかわなくても、よろしいでしょう。わたしだって、そうそうお経ばかり聴いていたくなんぞ、ありゃしない」

老人のことばに調子を合せるように、ほかのテーブルの子供たちや女たちのあいだにも、にぎやかな笑い声が起った。

「いいとこですのよ。西方寺さんなんぞ、書道の方で大作などなさるときには、気が散らなくてよろしいでしょう。なにしろ、海っぷちの崖の上でござんすからね」

「そうですか。ではいつか、柳くんと一緒にうかがおうかな」

と、秀雄は住職らしく、ソツのない受けこたえをしていた。

二間つづきの部屋の、床の間の電話がベルをならした。またもや、目黒の寺の執事から柳へ「まっすぐ帰ってきて下さい」という、催促だった。「うちのひとが、みなさん心配してますからね。まア、じらさないで帰ってきて下さいよ」

「帰るにきまってるじゃないか、ほかに行きどころがないんだもの」

わがまま坊ちゃんらしく、受話器をいいかげんに耳にあてがい、柳は気むずかしくしていた。

「ええ、そりゃわかってます。ぼくだって何も、いそがせたくありませんけど。奥さんの言いつけだから仕方ないんですよ」

「わかってるよ。あんまりしつっこく言うと、どこかへかくれちまうからな」

「……困りますよ、そんな」

柳の電話をおもしろがって、若夫人がそばへ寄ってきた。彼女はいたずらっぽく、しなやかな腰をひねって、耳をかたむけた。柳の指の上に彼女の指がからみついて、受話器が女の手にわたった。

「ハイ、ハイ、わたくし宝屋でございますが。私どもでおひきとめしていて、まことに申しわけありませんけど。もうしばらくして、お帰しいたしますから、どうぞお母様に御心配にならぬよう、おつたえねがいます」

若夫人と柳が席へもどると、またすぐ電話のベルが鳴った。立ち居のすばやい夫人が、するりと席を立って、足音もさせずに床の間へすべり寄った。

「ハア、ハア、柳さんね。そちらは？　ハア、さようですか」

夫人は眉根をしかめて、柳を手まねきした。

「ハイ、ただ今、かわりますから」

受話器を柳に手わたすとき、夫人の眼つきは、警戒するように、やや険しくなった。電話は、穴山からだった。

目黒の坂上の喫茶店で待っているから、すっぽかさずに立ち寄れと、穴山は言った。どっちみち、お前さんは、俺の言うとおりにするんだと言いたげな、自信たっぷりの声であった。

「話があるんだ。来いよ。たいした話じゃない。俺にとっては、どうでもいい話なんだ」

と、流行歌の流れる中で穴山は言った。

「しかし、あんたにとっては、ためになる話なんだ。あんた、いつか、俺は苦労がしてみたい、苦労してみなけりゃ、自分というものがわからんと言ってただろ。苦労させてやるよ。もう沢山だと言いたくなるぐらい、させてやるからな。ともかく、来いよ」

「行くことは、行くよ。だけど、ぼく、今日はうちに用事があるんだ」

「ああ、わかってる。どんな用事だか、こっちは知ってるんだ。だから、お前さんに話があるんだ」

先方は勢いよく、電話を切った。若夫人はまだ、床の間の前に坐ったままだった。

「ねえ、あなた、どうしてあんな男と仲良くするの」

低くこもるような、甘い声で彼女はささやいた。

「あの眼つき、ただ者じゃないわ。あなたのためにに、ならないと思うけど」

三つの円テーブルの視線が、こちらに集っているので、柳は夫人と口をききたくなかった。

「……あなたと穴山さんじゃ、人間がちがうのよ。生きてる目的も、ちがうでしょ」

「ちがいませんよ。どっちも坊主じゃないですか」

「だめよ、そんな言い方しちゃ」

宝屋の主人と久美子の視線を浴びるようにして、柳は席へもどった。

「穴山さんですか。お会いになったら、よろしくおつたえ下さい」

主人は夫人とはちがって、穴山に対する好意を見せていた。

「あれだけ才のある、役に立つ社員はうちにいませんよ。何でも相談にのるからと、そうおつたえねがいます」

「いっそのこと、お宅の社員になさったらどうです。坊主にしとくのは、惜しいみたいだから」

と、秀雄は皮肉をこめて言った。

「もちろん、あちらさんさえその気なら、私どもの方はいつでも。非常時ともなれば、あたり前のサラリーマンじゃ、ものの役に立ちませんからね。坊さんだろうと神主だろうと、はたらきのある男なら、多少くせのある方でも、喜んでおむかえしますよ」

「そりゃ、そうだね。お前さんが第一、七くせも八くせもある男だものね」

と、御隠居さんが、たしなめるように言った。

約束の目黒の坂の上。そこは、目黒川をはさむ広い谷間から、いつもゆっくりと、あるいは急速に、大きな風が吹きあげていた。谷間は人家で埋められていたが、高く長い坂の上からの眺めは、広大な空のひろがりをいただいて、一たん降下して行った斜面が、はばひろい環状線道路の向う側でゆるやかに盛りあがり、平坦な市街地とはちがった「地勢」の変化、風景の目がわりがあって、そこに立つたびに柳を、何かしらせきたてるような作用があった。

そこからでも、遠く柳の寺の森、寺にかぶさるようなガスタンクの巨大な体軀を見ることができた。森は、周囲の家並にせめたてられ、やっと生きのこったように、それでもかなりの大きさで、少し高みに浮きあがっていた。寺の建物は、もちろん見えない。

その、こんもりと樹々の茂った一角は、たしかに灰色で猥雑な、単調きわまる家並のあいだに、わずかながら植物の生気、みどりの色彩をこもらせていた。だが柳の眼からすると、寺の背後の林の茂みは、まるで日本における仏教のように、次第に四囲の活気ある社会に浸蝕され、やっと生きのびている意地きたなさのかたまりのように、眺められるのであった。かつて持っていた、みずみずしい緑色や、ムッとするほど発散する枝葉の生気を失って、煤煙や人いきれでくすんでしまった、哀れな形骸のように。

寺院ばかりが「仏教」の象徴ではない。僧侶ばかりが、「仏教」の代表者ではない。仏教とはもっと広大無辺なものの上にひろがっている定理なのだと思おうとしても、ゲンに自分が、その「寺院」に住む「僧侶」であるからには、かえって自分こそ、そんなすばらしい「定理」

にそむく者のように思われてくるのだった。

喫茶店では、電話できこえた同じ曲が、まだ鳴っていた。穴山は、ガラス越しに通行人の足ののぞける、街路よりの席で待っていた。金まわりがいいはずなのに、貧乏くさい和服の着流しだった。不良少年も女給も近寄りたがらぬ、物騒なつらがまえが、煙草のけむりの中で木彫りの像のように動かなかった。

「さっき電話口に出たのは、宝屋のワイフだな。あの女め……」

太い眉の下の穴山の大きな眼は、いつも何物かに対する憎悪で熱っぽくなっているか、それとも、何もかも厭になったような陰気な冷たさで沈んでいるのだった。

「あのワイフは、いつでも自分の色っぽさを男にみせびらかして、試そうとしていやがんだ。そうしないと、生きてるかいがないんだな」

「宝屋の主人は、君をだいぶ買ってるようだな」

「おやじか。おやじは悪くない。おやじは俺と似たようなもんだ。あのワイフは、ちがうんだ。華族の娘なんだそうだ。あの女には、興味がある」

「好きなのかい、君は、あの奥さんのこと」

「馬鹿野郎。おれが、女を好きになるはずがないじゃないか。男だって、女だって、おれは好きになんかなってやるものか。おれはただ、いつかきっと、あのワイフを裸にして泣かせてやろうと思ってるんだ。それだけさ」

ことさら意地わるいという意気ごんだ様子ではなく、自然にそうなると言ったむっつりした口調で、穴山はしゃべっていた。

「そんなことして、どうなるんだ。そんな、好きでもない女に、そんなことをして」

「そうしたいから、そうするんだ」

「好きでもないのにか」

「好きとか、好かれたとか、そんなベタベタしたことは、おれは嫌いだよ。第一、好きとか嫌いとかいうのが妄想じゃないのか」

「そうかな。ぼくはそう思わない」

「だって、そうだろ。おシャカ様によれば、人間は平等だということだ。平等な人間なら、あれが好き、これが嫌いというのはおかしいじゃないか。好き嫌いは、差別だ。差別があったら、平等じゃない。そうだろう。理窟に合ってるだろう。だからもし人間がほんとうに平等ならば、好き嫌いするのはまちがっている。好きになることそれ自体、まちがっている。好きも嫌いもなくならなきゃ、平等なんて成立するもんか」

「しかし、好き嫌いはなくならんよ」

「それじゃ、仏教は成立しないことになるぞ」

穴山は、悪相にも似あわぬ邪気のない笑いで、いかつい口もとをゆるめた。少女たちには厭らしい笑いに見えるかもしれないが、柳は「親友」の、その声のない笑いが好きであった。

「おれは別に、仏教を成立させるために生きてるわけじゃないんだから、そんなことはどうでもいいんだ。ただ、かりに仏教の教えが真理だとしたならば、という話だ。もしも仏教の平等論が正しいとすれば、おれもあんたも、あの女が好き、この女が嫌いと言ってはならんのだ。男にだって、好き嫌いの感情は、絶対に持っちゃならんのだ」

「そんなこと、できるかな」

「できるか、できないかはおれの知ったこっちゃない。ただもし仏教の平等論を正しいとするならば、好きなら好きで人類全体を好きにならなくちゃならない。少しは好きとか、たいして好きじゃないとか、そんな差別が一寸《ちょっと》でもあったら真理は崩壊するんだ。嫌いなら、嫌いでいい。そのかわり、あいつだけが嫌いと言うんじゃいけないんだ。嫌いとなったら、人類全体のこらず嫌いにならなくちゃいけないんだ。少しでも、好きな人間が残っていたんじゃいけないんだ。さもなきゃ、平等にならんものな。好きも嫌いも、要するに執着だろ。執着があったら、人間を平等にとりあつかえっこないんだ。もしも人間を平等にとりあつかえない仏教だったら、そんなものはインチキにすぎんのだ」

「では君は、あの奥さんを好きでも嫌いでもないと言うわけか」

「いいや、嫌いですね。好かんね、どうもああいう女は」

太い眉をねじ上げるようにして、穴山はビールのおかわりを注文した。柳は、ビールも飲まず煙草も吸わず、中学優等生のように坐っていた。

「彼女個人が嫌いなばかりじゃなくて、君は、人類全体が嫌いというわけなのかね」

「そうかも知れんよ。だがまだ、おれだって、そこまで行っちゃおらんよ。そのうち、そうなって見せてやる。しかし、お前さんとこの女中さん、あの小っぽけな女、あれは感心な奴だぞ」

と、穴山は声をひそめた。

「末子と言ったかな。あの小っちゃな女中さん、おれの寺へ駈けて来よってな。目黒署の刑事さんが三人も来て、お坊っちゃまの帰るのを待ちうけてます。どうしましょうと、泣きそうになっておれに相談するんだ。彼女、お前にほれてるのかも知れん」

「やっぱり、そうか」

「そうなんだ」

穴山は、愉快でたまらぬと言うように眼を細めて、柳を見つめた。

「赤い坊主というもんも、御時世だからあっていいんだよ」

と、穴山はからかうように言った。

「全然ないよりは、ある方がましかもしれんさ。赤と黒で、色どりもおもしろい。どうせ、そんな物はアブクみたいに消えちまうもんだが、この世の中に在るものは、みんな在るべくして在るんだから、在ったってどうと言うことはない。それに、お前さんなんか『赤』にでもならなきゃ、世の中のことがサッパリわからんのだから、なりたけりゃ、おなりなさい。永つづきしないことでも、やる方がやらないより、いくらかいいということもある」

「ぼくは、何もやっていないんだよ」

と、柳は、言いにくそうに言った。

「なんにもやっていないということは、言いわけにはならんのだ」

と、穴山は言った。

「人間、死にでもしないかぎり、なんにもやっていないと言う状態になるわけにはいかんのだ。動作にあらわさないでも、アタマの中で考えている以上、それはやっていることになるんだからな。お前さんのアタマの中ばかりじゃないよ。他人が見て、お前さんがやっているように見えれば、それはつまりお前さんがやっていることになるんだ。お前さんは、たった一人。他人は、無数なんだ。たった一人が、やっていないつもりでいたって、無数の奴がやっていると決めてしまえば、それがすなわち、やっていることなんだ。お前さんにはまだまだ、自分のことも世間のことも、てんでわかっちゃいないんだ。だから、自分の考えていることが、そのまま相手に通じるなんて、およそばかばかしい夢にふけっていられるんだ」

「そうかなア」

柳には、穴山の言いきかせることを、まだ理解する能力がなかった。穴山より自分の方が、「真実」とか「真理」とか言うものに、近いところに立っているという独断を、柳はまだ棄てはいなかった。

「おれに言わせれば、お前さんは」

穴山は、自分の視線を柳の二つの眼の奥底まで注ぎこむようにして、言った。

「いまのところ、仏教とは縁なき衆生《しゆじよう》なんだ。自分では、仏教がわかったような顔つきをしているが、およそ仏教とは正反対の状態にあるんだ」

「そんなこと言ったら、君だってそうじゃないか」

「これは、急にわかれと言ったって、お前さんにはムリだろうがね。わかりやすく言ってやれば、お前さんは、さっきおれの言った仏教の平等論をまるっきり感じとっていないんだぜ」

「そんなことあるもんか。ほかのことはともかくとして、ぼくは、人間は平等でなくちゃならんと信じてるつもりだよ。ぼくが、社会主義に興味をもった、そもそもの出発点が、不平等に対する反感からなんだもの」

「そうだろう。そう思ってるんだろう、可哀そうに。ところが、そのお前さんの立場こそ、不平等から逃げ出せない立場なんだ。第一、お前さんは、おれとお前さんがちがった種類の人種だと考えている。いいや、反対したってだめだ。いいわけは、意味をなさんのだ。そうなんだよ。お前さんには、宝屋のワイフの気持と自分の気持が、おんなじ人間の気持だなんて、考えてみることだってできていやしない。それどころか、お前んちの女中、あの末子の奴と、宝屋の上流ワイフとが平等に女であることだって、まだまだ悟っちゃいねえんだろう。あの色気たっぷりな美人ワイフ、その妹の久美子さん、あの生れたての赤ん坊みたいな女の子。それに、田舎者まるだしの女中の末子、お前さんを生んだお母さん。みんなそろって、人間の女であるという、ひろびろとした平等観を抱いたことなんか、お前さんにはただの一回もないはずだぞ。そりゃ、理窟の上では、自由、平等、博愛だろうさ。人民大衆の中に入って、人民大衆のために苦しんでいるつもりだろうさ。よく考えてみな。そもそも、おかしくないのかよ。自分がほんとに人民大衆だったら、なにもわざわざ、その中へ入って行くこたないはずだろう。おシャカ様の意見によれば、人間は生れながらにして、生・老・病・死の運命をになった平等な存在なんじゃないのか。生れながらにして平等ならば、なにも平等、不平等とさわぐ必要はないわけだ。なにもお前さんみたいに、あわてて人民大衆だの、人間平等だのと駈け出すことは要らないんだ。生れながらにして、というところが、まだお前さんには小指の先ほどものみこめていないんだよ」

「人間は生れながらにして、平等じゃないよ。だから、これから、平等にしなくちゃならないんだ」

「これから？　これからとは、いつからのことなんだ」

「これから先、ずうっとのことだ。そういう見込がなければ、社会改革も進歩もあるはずがないじゃないか」

穴山に圧迫されるのが厭なので、柳もビールを注文した。

「たしかにぼくは、穴山の言うとおり、すべての人間を平等に見る眼を持っちゃいない。女となれば、なおさらのことだ。だけど、ぼくは、ぼくが人間は平等になって行かなくちゃいけないと考えていることを、正しいと思っているよ」

「ふうん、平等になって行く？　一年たったら？　二年たったら？　それとも、十年、二十年さきのことなのか」

穴山は、話の通じない相手にあきれはてたようにして、言った。

「二十年、三十年、五十年、お前さんはどうせ不平等のおかげでトクをしているんだから、いくらでも気ながにそう思っているがいい。おれは柳と正反対だ。おれは、人間は、生れながらにして平等な動物だと思っている。だから、せめておれの力の及ぶかぎり、不平等にしてやろうと思っているんだ」

「不平等にしてやる？　そうかなあ。今の世の中は不平等なのに、その上また不平等にしてやるとは、どういうことなのかなア」

「不平等にしてやることは、簡単だよ。人間がふつうにふるまっていれば、それは自然自然と不平等にふるまっていることなんだからな。お前さんなんかも、いくら人間ぜんぶに平等にしてやるつもりでいたって、かならず不平等にしかしてやれないんだから。一寸、考えたってわかるこった。お前さんは、刑事に対してと、同志に対してと、平等におんなじ感情をいだくことができるかね。できっこないんだ。とびきり色っぽい二十女と、八十の皺くちゃ婆さんとを、平等にあつかえるかね。感じのいい奴と、厭でたまらない奴がいるだろう。そのいるってことが、そもそも平等になれていない証拠じゃないか」

「刑事」という言葉で、柳はたちまち自分の置かれている、不安でたよりない状態に呼びもどされた。

「話があるって、何なの。早くしてくれないかなア」

「そうだったな。まあ、どうせ君は今晩、留置場で泊ることになるんだから急ぐこたないだろう」

「そうはいかないよ。ぼくは君みたいに、強い男じゃないからな」

穴山は、片手をかすかに持ちあげ、うすぐらい店の奥の方をふり向いた。そして指さきを動かして、誰かに合図した。すると紺がすりを着た骨太の青年が、こちらの席の方へ近よってきた。

柳が「骨太」とすぐわかったのは、その美青年の色白の大きな顔が、骨ばっていたためでもあり、足腰のうごかし方が、柔道選手のように力がこもっていたからでもあった。もっこりと筋肉の盛りあがった感じの穴山とちがって、丈夫そうな骨ぐみの目立つ男だったのだ。だがやはりその青年には、どうしても「右翼分子」とは思えない、「左翼」くさいところがあった。

「これが柳くん。これが越後くんだ」

穴山が無愛想に紹介すると、青年は長髪のあたまを、柳は三分刈の丸坊主を、ほんの少しさげあった。二人は、初対面の相手の胸の中を、すばやく自分の懐中電燈で照し出し、分析するために、無言で眺めやった。

「こいつ、大学出だろうかな。それとも、労働者出身かな。一寸、あいまいだぞ」

と、柳は考えていた。

越後には、神経質なところは少しもなかった。むしろ、あまり計略や思想らしきものを感じさせない、あけっぴろげなところがあった。深刻な影などは、どこにも見えないで、平凡な元気のよさがみなぎっていた。どす黒さがないために「右翼」とは思えないにしても、「左翼」の鋭さがあるわけでもないのであった。

った。

「出よう」

穴山は、そう言って立ちあがり、造花の葉っぱのようなゴムの木の葉を押しのけて、先に立った。

両側に飲食店の立ちならぶ、陸橋の附近からわずかに下ると、幅ひろい目黒の坂は、もうすっかり家並のないうす暗がりの空間の中に、芝居の花道のように、突き出した形でつづいているのだった。坂の途中の家は、みなこの花道の下に暗く沈んでいて、女学校の校庭までが、明るい花道の片側に客の顔もわからない桟敷のようにして、崖と樹々のはるか下にしずまりかえっていた。歩道も車道も、石やアスファルトやコンクリートで頑丈に固められていて、そのため両側の闇の底に寄り添っている木造の家々が、もろく、はかないものに見えるのだった。

坂を下って行く三人の青年のうち、一ばんのんきそうで、秘密の相談などと一ばん無関係そうに見えるのは、長髪を風になびかせた越後であった。彼は、すれちがう若い女があると、中学生のように眼をかがやかして眺め入ったりするのだった。

「あの男は、たいしてアタマのいい男じゃない。だが、根が馬鹿だから命令一つで、何でもやっちまう奴なんだ」

と、柳の耳に口をよせて、穴山がささやいた。

「何なんだい、奴は一体」

「もちろん左翼さ。アカのおたずねものさ。富山から逃げてきた男だ。おれとは同郷の百姓なんだ」

「ふうん、あれで農民なのかね。わからんもんだな」

「奴の親分が、目黒署につかまってるのさ。それで、あんたに用があると言うわけだ。おい、向う側へ渡って、右の路へ入れよ」

と、穴山は、先を歩いている越後に声をかけた。車道のアスファルトは、夜の光で、鉛筆の芯で光らせたように、なめらかに光っていた。共同便所の臭気のただよう一郭から小路へ折れると、片側は石垣のつづきだった。吹きさらしの、だだっぴろい目黒の坂の、どてっぱらから横に分岐した一本の腸のように、その細路は、ますます暗い谷間をくぐりぬけるようにして、奥まって行き、すすむにつれ人通りがとだえていた。

「あたま株が、そっくり検挙されちまったらしいんだ。だらしない話だが、根こそぎ引きぬかれて、あとは小物が少し残っただけらしいんだ」

柳には、穴山の言葉の一つ一つが、奇怪に感じられた。こうやって三人の男が、めいめいまるでちがった目的の下に、仲良さそうに歩いていることも、奇怪でならなかった。どういうわけで、よりによって、こんな奇妙な結びつき、わけのわからぬ関係ができてしまったんだろうか……。自分たち三人の身体が、うなぎ屋の店さきの桶に投げこまれ、からみあったり、もぐりこんだりしている、あのヌメヌメと光るうなぎのように思われてくるのだった。

「ぼくに何か、連絡でもしてくれと言うのか」

「そうなんだ。別にむずかしい仕事じゃない。キャップだか委員長だか知らないが、その親分にちょっと連絡してもらいたいと言うわけだ」

「それは、できたら、してやってもいいよ。だけど、ぼくみたいな男にそんな重要なことたのんでいいのか。ぼくは別段、革命党のためにはたらいてるわけでもないしさ」

「だから、つごうがいいんだよ」

「まア、そうかもしれないが。君はまたどうして、こんなことに手を貸すのかね。おかしいんじゃないのか、そんなの」

「おれのことは、どうだっていいじゃないか」

生垣から路へ、しなだれかかる竹の葉をはらいのけて、穴山は乱暴に下駄を鳴らしていた。

「やってやれよ。窮鳥ふところに入らば、猟師もこれを殺さず、さ。な、人生、意気に感ずって言うこともあるじゃねえか。そのキャップとかいう奴は、生意気なことにまだ二十四、五らしいぞ。越後だって、お前さん、まだ二十一歳の青二才だよ。富山の農民組合にいて、傷害事件かなんかひきおこしてさ。それで東京へ来れば、もう一っぱしの闘士みたいな面《つら》してるんだ。可愛いじゃないか。いい若いもんが、今どき何もウジウジしてるこたないさ。右翼も左翼も、ありゃしない。威勢のいい奴が、何かやらずにいられますかってんだ」

「ぼくは、威勢がよくないよ」

「ふうん、そうかね。いつかの頭の傷は、もう痛まないのか」

小学校や工業試験所の塀が、まるで監獄の塀のように、無愛想につづく路は、橋にかかる前から、泥くさい水の匂いが強まってくる。夜業にはげむ町工場から流れ出す汚水が、低い河底におちる音が、きこえはじめる。

「越後、いいのか。おれ一人にしゃべらせておいて」

「東京には綺麗な女がたくさんいて、目がちらつくよ」

農村青年は、たくましい手をさし出して柳と握手した。

「東京の女同志だって、きれいすぎるよ。女の大学生なんて、まるで女優みたいだものな」

「お前さん、田舎から出てきて、うれしくてたまらんだろう。可哀そうに、その綺麗な女ッ子をたのしまないうちにつかまっちまうんだから」

「プチブルの女が、こんなに綺麗だとは思わなかったよ」

「用件は何なんですか。できることならやってあげてもいいが」

柳は、いらいらして来ていた。

「ぼく個人としては、どうでもいいことなんだ。許可なんかもらわなくても、こっちは、やりたいことは、やっちまうんだから。だけんど、規律だとか何だとか、うるさい奴がいてね。ちゃんとした命令がなければ、行動しちゃいけないとぬかすもんだから」

「では何か計画があって、それをやってよいかどうか、そのキャップとかいう人に聴いてくれと言うわけですか」

「そうだ、そうだ。そうなんだ」

と、農村青年は気楽そうに言った。その言い方は、軽薄とまで言えないにしろ、どことなく無神経、無責任な口ぶりのように、柳にはきこえた。

「ぼくだって東京へ出たばっかりで、こまかいことは知らないんだよ。ただ、A作戦をやるところだったんだ。A作戦だよな。そういう計画が、やられるところだったんだ。それで、その仕事は、ぼくに向いていると言うわけだったんだ。荒っぽい方の仕事だもんだからな。で、ぼくはもちろん、やっちまうつもりだったんだよ。ところが、上部がみんなつかまっちまっただろう。だから、何かむずかしく考えて、戦術転換だとか、戦闘員の再検討、再調査だとか言いだして、うるさくなってくるだろ。そうなれば、実行するはずだった計画も、止めにした方がよかアないかと言う意見も出てくるわさ。インテリと言う奴は、一応理窟をつけるからな。それも、一応だけだわさ。一応はともかく理窟をつけてから、行動するわな。それなんだな。だから、ぼく自身は許可があろうと、なかろうと、やることはやっちまうわけだから、問題にしちゃいないんだ。だから、こっちも一応、理窟屋さん連中の顔をたてて、許可を取ってからと言うことに決めたんさ。だから、柳さんか、あんたにはすまないが、A計画は、そうだA作戦か、Aでもいいさ、それをやってよろしいですか、どうですか、キャップに聴いてもらいたいんだ。Aというローマ字を、壁か空中か、どこかに指で書いてもいいさ。ただ『Aはどうする』と、連絡してもらえばいいわけさ。そうすれば、向うは首を横にふるか、たてにふるかするだろうさ。首をふらないで、だまってるかも知らないよ。そしたら、それはそれでいいのさ。と言うわけなんだ。これだって、穴山という、おせっかいな坊主がいてな。ぼくは穴山の寺に隠れてるから、穴山の言いつけも守らなきゃならんしな。こいつは悪い奴だけど、悪智慧はあるからね。まあ、穴山のすすめもあったわけよ。な、わかっただろう」

「わかった」

と、柳は答えた。

橋をわたると染物工場。木造の三階建の、化物屋敷のようにうらさびれた横手を曲ると、河沿いの路は二人肩をならべられないほどせばまって、凹凸のひどい泥路はつまずきそうになる。そのとなりは、製品の種類は不明だが、薬品でもつくっているらしい合成化学工場。気味のわるいほどあざやかな青白色の液体が、くらい電燈の下で、夜はなおさら鮮明に見え、地面にじかにならべた瓶からたちのぼる湯気が、たまらない悪臭を流してよこす。その次は、砥石工場。

かたい石材を削ったり磨いたりするグラインダーの、セセセシーンというかすかなひびきが、つたわってくる。

「話はわかったけれど、どういうんだろうな」

「どういうんだとは、何がさ」

と、穴山はおっかぶせるように、柳にききかえした。

「越後くんと君との関係さ。正反対の立場にいる二人がさ。どうしてそんなに気やすくつきあえるのかな」

「戦争がはじまるんだよ」

と、予言者ぶった口調で、穴山は言った。

「ここらの小っぽけな町工場まで、毎日のように夜業をやってるんだぞ。戦争だよ。そうなりゃ、右翼も左翼もあるもんか。なア、そうだろう」

と、穴山は、越後の首と肩を叩いた。

「戦争か。そうだ、その通りだ。だから、どっちみち、ぼくたちは死ぬことになる。だから、戦争を止めるためには、死ななくちゃならんわけだ。話は簡単なんだ。われら青年は、殺される前に死んでやるわ」

「まア、そう思って死ぬがいいさ」

と、穴山は、押しこくるようにして、もう一度、越後の首のあたりを叩いた。

二人にわかれた柳は、ガスタンクの下の路をいそいだ。タンクは、鈍くうなり声を発しているように思われた。寺の裏側の竹藪のあたりには、そんなはずはないのに、石炭ガスが重く沈んでいるように感ぜられた。

月の光は、坂のてっぺんにも、坂の途中にも、横にそれた小路にも照りわたっていたはずだった。ことに、水の匂いの立ちのぼる川と川岸、それをわたる橋の上に、蒼白い光は降りそそいでいたはずだった。しかし柳は、ぼんやりと夜空のあかるさを感じとりながら、今まで、月の光を浴びているとか、星がかがやいているとか、はっきりと身にしみてはいなかった。落葉の匂いのただよう寺の裏手に歩み入ってから、はじめて今夜は、月のいい晩だと、あらためて思ったのだった。樹々の影の落ちた暗い裏路には、ところどころ枝葉をもれた月の光が、土を白く見せていた。竹藪の側の土は、やわらかく盛りあがって、落葉の厚みの下ではずむようだった。

納屋《なや》と井戸、炊事場と庫裡《くり》。いつもはほとんど出入りしない、風呂場の木戸をあけて、柳は家へ入った。

長い敷石をふんで、正面玄関から入れば、本堂につづく古い庫裡と、新しい母屋《おもや》が左右に分れていて、庫裡のとっつきにいる女中の末子か、執事か爺やさんが、仕切戸をひらき板敷をおれ曲って、とんで出るのだった。敷石をふむ足音は、夜は遠く正門のあたりからきこえるし、昼間なら、生垣にそって歩いてくる姿が、母屋の廊下のガラス戸ごしに見えるはずだった。

洗面所の電燈のスイッチをひねり、母屋の廊下へ出ようとすると、そこに末子が立っていた。

「ああ、お坊ちゃん」

ハッと息をのみこみながら、彼女は言った。

「あのう、お知らせしようと思ったんですが……」

「ああ、わかってる、わかってる」

「わかっていらっしゃるんですか」

末子は小柄な身体を、なおのこと小さくちぢかめ、気づかわしげに声をひそめていた。

父や母や、召使たちの、自分に対する「心配」が、家の中一杯に詰っているようで、柳は気恥ずかしかった。そのまま二階の部屋へ上って行こうとして、彼は思いかえした。

「帰ってきたと言っといてくれよ。お風呂に入るから」

「ハイ」

「……なんだかヘンな具合だなア」と、着物を脱ぎながら、柳は思っていた。

風呂場の外では、執事と末子のひそひそばなしがきこえた。柳の母に知らせるため、走って行く、末子の足音もきこえた。

「いかがですか、お風呂のかげんは？」

焚口《たきぐち》で、薪を入れる音がして、いつのまに来たのか、爺やの声もきこえた。

「いいよ、あんまり燃さないでも。ああ、いい気持だア」

「さようですか。今夜は少し、冷えますようですから、お風呂はよろしいですな、ハア」

老人のしわがれ声のおわりの方は、ふくみ笑いがまじっていた。

「……どういうことなんだろうなア、こういう状態は。これは、くすぐったいような、チグハグな状態というもんじゃ、なかろうかなア」

母の注文で、寺では毎日、朝から風呂がわかしてあった。まだ若い柳には、入浴はむしろ、めんどうくさかった。

「うちじゃ、燃料は枯枝をもやすから、タダだろう。水だって、山の水を使うから、タダなんだよ。だから、お風呂も毎日入ってると、入りたくなくなるんだ。馬鹿げてるよ、毎日なんて」

柳は、そう言って秀雄に冷笑されたことがあった。

「もったいないことを言うな」

と、秀雄は、見さげはてたと言うようにして、柳を見つめたものだった。

しかし、留置場入りするとなれば、わざとおちつきはらった様子で、湯につかっていたくなる。

「ぼくの肉体も、すてたもんじゃないぞ」

温泉の風呂場に似せて、湯船は洗い場の下に沈むようにつくられてある。

わきの下の毛、腹の下の毛を、湯の中でなぶったり、両股をすぼめたり、ひらいたりして、柳は悠々と入浴を楽しむふりをしていた。

「今年の夏、茅ヶ崎の海岸に泊っていたとき、風呂からあがると漁師のおかみさんが、ニヤニヤ笑いながら、ぼくのおしりを眺めていたからな。女の眼から見れば、たまらなくいいところがあるのかも知れんぞ。だけど、青年が女に肉体を見せびらかすのは、よろしくない。そうやって、女に媚《こ》びたりするのは、実によくない。しかし、宝屋の若奥さんは、どうしてあんなことをしたんだろう。計略じゃないのかなア。本気だとしたら、すばらしいけれども、その『本気』の内容はうたがわしいなア。とにかく、姦通なんて穢らしい。そんなことを、ぼくがするはずはない。それにしても、久美子さんも、やわらかそうで、コリコリと固みもある、可愛らしい脚をしているんだろうなア。しかしながら、僧侶の快楽《けらく》は、精神的なものであらねばならんのだ。とすれば、若夫人の寝室に入りこんだりするよりは、むしろ、留置場の苦難をみずからすすんで、えらぶべきではないか……」

「早くあがっていらっしゃい。何をやってるの」

柳の母の、とげとげしい声がきこえた。

「刑事さんを待たせといて、どうするつもり。早くあがってきなさい。親に心配かけて、何ですか」

「うん、知ってるんだよ」

「知ってるなら、早くさっさと、あがっていらっしゃい」

母は洗面所のガラス戸をしめ、浴室のガラス戸の外に立っていた。

「三人も来てるよ。刑事って案外、品がわるいね、奥さまは、お若くて綺麗でいらっしゃって、柳くんみたいな息子さんがある方とは見えませんだってさ。お世辞なんか言ってるふりして、そこら中しらべてるのよ」

「……ふうん」

「お湯なんか入らなくたって、いいじゃないの。早く出てきなさいよ。どうせ、向うへ行けば汚れちまうんだもの、つまらないよ」

風呂場でガラス戸越しにきくと、母親の声が妙にエロティックに感ぜられ、柳はそれが厭だった。母が湯船のところまで来て、平気で湯をくみだしたりされると、怒鳴りつけたくなる。母の体温や匂いが近よってくること、母の脣や母の舌、母のかくされた毛の部分を見ることも、身の毛のよだつことであった。中学でも、高校でも、遊びに来た友人が、みんな母をほめるので、それだけかえって母に接触するのがイヤなのであった。

「ねえ、どうしたの」

と、母がガラス戸をあけようとするので、

「ああ、出る、出る。出ますから」

と、彼はあわてて湯船から立ち上った。

「末子をよんで下さいよ」

「ええ？　末子をここへ？　どうして、末子なんか。用があったら、わたしにたのめばいいじゃないか」

「いや、一寸、たのみたいことがあるからさ」

「ふうん、そうなの。末子にできることなら、わたしにだってできそうなものなのに。末子なんかに頼んだりしたら、あの子、かえってへまやりやしないのかい」

「たいしたこっちゃないんだ。ここへ、呼んでくれよ」

活気のこもった柳の肉体は、湯でのぼせあがって、ぶざまなくらい、汗をふき出した。母に裸を見せるのを、神経質にきらう彼は、女中に裸で向きあっても何も感じなかった。それだけ彼は、末子を一個の女性として、とりあつかっていないのだった。

警察へ着て行く、ふだん着の和服。その裾に、煙草とマッチをわからぬように縫いこんでも

「ハイ、わかりました」

城中に忍びこむ、決死の女隠密のように、ひとこともききかえさずに、口をしっかりとむすび、眼をきつく光らせて、末子は柳の言いつけをききとった。タオルを腰にまいただけの柳は、安い香油の匂いのする末子の髪に、口をこすりつけるようにしてささやいたので、彼女はよけい、身体をひきしめなければならなかった。

三人の刑事にはさまれて、柳が寺の正門を出ると、せまい路の両側はもう寝しずまっていた。

若い刑事が「車をひろいましょうか」と言い、中年の刑事部長が「いいだろう、歩こう」と言った。太った部長の顔を、柳は知っていたが、ほかの二人は新しい係のようであった。

「右を向いても緑、左を向いても緑、あんないい所にいるのに、何が不平なんだ」

と、部長は、しんみりしたように言った。

「お父さんも、いいお父さんじゃないか。お母さんも、すてきな美人じゃないか。あんな景色のいい、ひろい家に住んでいて、あんなやさしい両親に育てられて、お経さえ読んでれば楽に暮せるのに、一体なにが不満なんだい」

そう思うのはムリがないと、柳は思っていた。小学校の卒業式のあと、担任の先生のうちに、みんなそろって挨拶に行った。その先生の住宅は、実にみすぼらしくて、その奥さんも、貧乏くさいお婆さんだったので、柳はびっくりもしたし、悲しい気持にもなった。その先生と、この部長は、話しぶりも太り方もそっくりだった。きっと、おんなじような、小っぽけな、陽あたりのわるい家に、この刑事も住んでいるんだろうな、と柳は想像した。もしも本物の「闘士」だったら、自分を捕え、自分を連行する特高刑事に対して、かぎりない怒りと憎しみをおぼえるはずだった。だが柳には、そんなはげしい感情は少しも燃えあがらないで、中年の刑事の世帯じみた述懐や教訓が、もっともっと思われてくるのだった。

「お前、左肩をさげて歩くな」

新米らしい若い刑事は、犯人の特徴をたしかめるように、柳の少しうしろから言った。彼は、投げやりな中年の部長にくらべ、はりきって仕事にはげんでいるように見えた。

柳は、何を言われても、だまって歩いた。それは、反抗心や用心ぶかさから、沈黙を守ったのではなかった。彼には、ただ、自分を夜おそく、三人がかりで警察署まで連行する男たちが、現在の自分にくらべ、はるかに苦労の多い、真剣な「生活人」のように思われてならなかったのである。

おシャカ様にとっては、刑事も内務大臣も、憲兵隊長も天皇も、平等にうつろいやすき、あわれなる人間ども、つまり「衆生」にすぎないはずであった。「衆生」にすぎないからこそ、人間は平等なはずだった。たしかに、仏陀の大きな眼には、人間すべてが平等な生物に見えたにちがいなかった。柳には、そんな「眼」など持ちあわせがなかった。彼は決して、「平等論」で、刑事のことばを素直に聴いたりしたのではなかった。僧侶としての自分の生活のうしろめたさ、うしろ暗さが、あまりにも黒々と積もっていたので、刑事だってぼくよりは、まだまだまっとうな人民大衆の一員なんだぞと、感ぜずにはいられなかっただけの話だった。

「お前のお母さんなア。あれはたしかに美人だけどなア。ちょっと、とっつきにくいよ、あれは。もしかしたら、お前のお母さんは、士族なんじゃないか」

「そうです」

「そうだろう。どうも、そうだと思ったよ」

と、部長は満足したように、笑った。

「士族という奴はなア。どうも、へんなところがあるんだ。おれの署の、新しい特高の主任さんもな。士族なんだ。剣道はうまいんだがな。どうも、とっつきにくいところがある。なア、そうだろう」

部長は、今まで口をきかなかった、もう一人の部下に言った。

「そうですな。ぼくらには、部長さんの方が、あけっぴろげで親しみやすいな。どうも、あの主任さんは、冷たいところがある」

その部下は、部長の肩をもつようにして言った。

「そう思うだろう。それだのに、あの主任におべっかをつかう奴がいる。若いくせに、立身出世のためには上役にヘイコラする、妙な奴がいるもんだ」

部長は、どうやら張りきり屋の若い刑事にあてつけを言っているらしく、正直者の意地わるさのようなものを、むき出していた。

「おれはどうも、士族出の奴は虫が好かんよ」

若い刑事は、気まずそうに下を向いて歩いている。

「……人生はつらいなあ」と、柳は思っていた。どうしたって世の中で生きてくためには、せりあったり、喧嘩したりして、やって行かなくちゃならないからなあ。もう頭の毛のうすくなった、おなかの出っぱった巡査部長が、自分の署の内情を、燈火の消えた夜の裏路をいそぎながら、ぶちまけたりする。その子供じみた競争心や、あせりが、月の光でうきあがった電柱や、ゴミ箱や、板塀のつづく空間ににじみ出し、ひびきわたるようであった。柳は、三人の刑事の心のうごきの一つ一つが、月あかりであからさまに、感じられてくるような気がした。

「なア、このあいだの捕物だって、おれ一人で二人いっぺんにつかまえたんだから。主任は命令を下しただけで、実際に格闘したのは、おれたちだ」

「あのときは、ほんとに、部長の強いのにおどろいたな」

「そうだろう。屋根からとびおりた所を、二人とも縛りあげたんだからな」

部長は気に入りの部下にだけ、愉快そうに話しかけた。仲間はずれにされた若い刑事は、用心ぶかく柳に寄り添っていた。

「士族は、神経ばかりピリピリさせて、ほんとに働いてるのは、おれたちなんだ。柳よ、しかし、お前のお母さんは、ほれぼれするような、綺麗な女だな。ああ？　お前のおやじさんは、坊さんのくせに、あんな綺麗な女を女房にして、うまいことやったよ。うらやましいよ。柳なんかも今に、ああいう女を女房にして、おさまりかえって暮すようになるんだろう、畜生め」

「ぼくはダメだな。ぼくは綺麗な女房なんか、持てないな」

「なんだ、こいつ。へんな謙遜なんかしゃがって」

「おやじは、性質がいいから、うまいことができたんだ。ぼくは、そうはいかないよ」

「ハッハ。やっぱり、おやじがうまいことやったと思ってやがったんだな。ハッハ」

部長はすっかりおもしろがって、ぶあつい肩をゆすりあげるようにして笑ったが、若い刑事は、いまいましそうに眉をしかめて、柳を速く歩かせようとしていた。

四人は、警察署の裏口から、狭い階段を二階へ上った。

部長が警視庁へ電話すると、柳はすぐ階下へ降ろされた。

彼は見おぼえのある廊下をくぐりぬけ、見おぼえのある鉄の扉の前に立たされ、鼻おぼえのある臭気にむかえられて、留置場に入った。

「なんだ、坊さん、また来たのか」

見おぼえのある看守に、住所、姓名を告げて、彼は、毛布にくるまった留置人の身体で、足のふみ場もない扉へ押しこまれた。

深夜の新入りは、満員の房《ぼう》の先輩には迷惑なので、厭がったり、おどかしたりする声が、しばらく柳をつつんでいた。

番号札を掛けて看守が去ってしまうと、すぐさま「モクはあるか」「ヤスリは？」「ボウズは？」と、柳をせきたてる、かすれ声がほうぼうで起った。柳は、くさい男の手脚のよこに、やっと身体を横にしながら、袖口から襟、裾の方へと、着衣のはじっこを探った。機転のきく末子は、あんなに短い時間だったのに、実に注意ぶかく、しかも巧みに、マッチの軸を短く折り、マッチ箱の発火する木片をこまかくちぎり、ばらにした煙草と一緒に、念入りに縫いこんでおいてくれたのだった。

柳のお土産の配給がおわると、みんなは少しずつ身体をずらせて、どうやら柳が身体をまっすぐ伸ばせるすきまを、つくってくれた。

向い側の房の中で、大男が突っ立って、こちらを見ていた。タコ入道のように色つやよく、頭のはげあがった大男は、遠慮のない声で、こちらへ呼びかけた。

「おい、今、入ってきたあんちゃんよウ。お前さん、浄泉寺の坊ちゃんじゃありませんかい」

「ええ、そうです」

起きあがった柳は、金網ごしに、小さい声で答えた。

「そうか、やっぱり。おい、そっちの房の奴ども。今入って来たあんちゃんに、親切にしてやんなよ。決して、手荒な真似しちゃならねえぞ。わっしはね、浄泉寺の檀家総代の島崎ですよ。まあ、ここへ入ったら、わっしにまかしときなせえ」

「おい、島崎、しずかにしてくれよ」

うるさく鍵の音をさせて、看守が注意しにきた。

「おい、看守。大きな口をきくなよ。島崎大五郎には、五百人の乾児《こぶん》があるんだぞ」

「わかってるよ」

看守が大目に見ている所からすれば、大男は、そうとうの顔役らしかった。

「自慢じゃねえが、前科十八犯！　天涯《てんがい》無宿のバクチうちだ。頭山満《みつる》先生だって何だって、オウ島崎か、よく来た、ひさしぶりだったなアという、国粋会のチャキチャキなんだ。ざまア、見やがれ。おい、看守。今入ってきたあんちゃんは、おれの寺の住職の坊ちゃんだからな。ていねいにお世話してあげなよ。わかったな」

「早く寝ろよ。えらそうに言うな」

柳は、大男にはとりあわないことにした。彼は、埃っぽいくせに、垢や脂でしめっぽくなった古毛布の下で、房内をうかがった。思想犯か朝鮮人、それだけが信用のおける相手だった。

彼のとなりは、ニンニク臭い朝鮮の五十男だった。

その小柄な朝鮮人は、柳のお土産の配給にも、首をふってことわった、まじめそうな男だった。

彼は眠ったふりをしたまま、柳にささやきかけた。

「ワタシ、アナタ知ッテル。アナタ、ワタシノウチニ、オ経ヨミニキタ」

「え？」

向い側の島崎親分の呼びかけだけでも、柳はいいかげん、うるさくなっていた。それにまた、土方らしい朝鮮人までが？

「アナタ、浄泉寺ノ若イ方ノ坊サンダロ。アナタ、タダデ、ナムアミタプツノオ経、ヨンデクレタヨ。ワタシ、知ッテルヨ」

町内には貧乏人を世話する、方面委員という役があって、その係から柳の寺へも、読経《どきょう》をたのみにくることがある。金にこまらない柳は、お経料なしのお経を読みに行くのは、むしろ好むところだった。そう言えば、自由労働者の長屋へ行ったとき、ナムアミタプ、ナムアミタプと熱心に念仏する朝鮮人の土方がいて、柳はいぶかしく思ったものだった。

「思想犯の大物がいるだろ」

「イル」

「どこの房にいるんだ」

「ペンジョノ前ノ房ニイル」

「そうか、ありがとう」

房の入口に一ばんちかい柳は、またもや起き上った。

「すみませんが、小便がもりそうなんで」

彼は、できるだけ看守の感情を害さないように気をつかった。

「勝手なこと言って、すみませんが」

看守が監房の扉をあけると、冷たい風が吹き入った。冷めし草履をつっかけて、柳は便所の方へ歩いた。

「おい、柳。親の顔に泥を塗るようなまねはするなよ」

苦労人らしい看守の声を背にうけながら、彼は「便所《ペンジョ》ノ前ノ房」の方を見ていた。その房には、あまりおおぜいの留置人が詰めこまれていないらしかった。そして、誰か一人の男の、うめき声が、そこからかすかに流れ出していた。

問題の房と便所にはさまれて、中庭に面する窓があった。毎朝、巡査たちが勢ぞろいして点呼をとる、その中庭から、たった一つの窓を通して、わずかに夜の明るみが見えた。砂利をしきつめた広場からは、警察犬のせわしない足音、くさりをひきずる音、ものかなしげな、そして猛々《たけだけ》しい怒りのこもったうなり声がきこえた。

便所と向いあった、その房は保護室のはずだった。そこだけは中に畳が敷かれ、鉄棒や鉄扉や金網のかわりに、頑丈な木製の格子がはめられてあった。

房内にも廊下にも、電燈はつけっぱなしになっているから、保護室に入れられている人物を、のぞけば見ることができた。

看守は、警棒であらあらしく格子を叩いた。

「宮口！　身から出た錆《さび》だぞ。苦しいか。苦しければ、さっさと白状しろ。音《ね》をあげるなんて、だらしないぞ」

その看守は、ロシア革命のパルチザンと鉄砲を撃ちあった、シベリア帰りだった。蒼白い顔をした彼は、妙にやさしい所のある、根は善良な男であった。それが、日本帝国や日本天皇に反抗する男女に対しては、たちまち悪鬼の如き形相を示すのだった。

「宮口！　お前のような奴は、どうせ生きてシャバに出られるはずはないんだ。今まで生かしてもらっているのだって、天皇陛下のお情のおかげなんだぞ。大学で、お前は、何を勉強したんだ。あ？　何を勉強したんだよ。愛国心をベンキョウしなかったのか。おれなんか高等小学しか、出ていやしない。貧乏人の倅は、大学なんか卒業できないからな。それだって、おれは愛国心を持ってるんだぞ、あ？」

「おれのタオルをよこせ」

姿の見えない受難者の、かすれ声がきこえた。その「殉教者」は、あまりに格子戸に近いところに寝ころがっているため、柳には見ることができなかった。

「厭だよ」

「おれのタオルをよこせ」

「厭だったら、厭なんだ」

と、看守は左手にぶらさげた鍵の束を、にくらしそうに格子戸にぶつけた。

「おれのタオルをよこせ」

針のつかえたレコードがくりかえすように、姿の見えない男は、同じ音階で同じことばをくりかえした。

看守は、柳をせきたてて、ぐずぐずしないで用をすませろと、不機嫌に言った。だが、その言い方は、その「キャップ」を怒鳴りつける言い方にくらべれば、はるかに殺気が少かった。

看守にとっては、柳は、たいした「反抗者」ではなく、ちょっと馬鹿な真似をした大寺のお坊ちゃんだった。「受難者」にも「殉教者」にもなれないことは、柳にとって歯がゆいことではあったが、また、けっこう、気が楽なことなのであった。

「彼」の要求している「タオル」は、特別に保管されている、新しいタオルなどであるわけがなかった。便所のガラス戸をひらくと、みどり色のペンキで塗られた壁。そこに打ちつけてある釘の列の、自分の番号の下にぶらさげてある、うす黒くなった布の小片にすぎないのだ。そんな小っぽけな、不衛生な布片などで、拷問の傷の痛みがとれるはずはないのであった。「彼」がタオルを要求しているのには、明らかに別の目的があるはずだった。それは、おそらく、この警察の、この房に「彼」が存在していて、その「彼」は、要求を棄てない政治犯であること。政治犯であるからには、新しく入ってきた「仲間」に自分の場所と状態を知らせ、連絡をしたがっていること。そういう暗号通信のつもりで、「タオル」を要求しているにちがいなかった。

用をすませた柳は、看守がほんの少し前に釘にひっかけた自分の手拭（それは、半分にちぎられていた）を手にして、ガラス戸を押した。

「ぼくのタオルを使ったら、どうですか。まだ新しいから」

柳がさし出したタオルを、看守はひったくった。柳の頬げたを殴りつけた看守の拳骨は、すばらしく固かった。殴られた経験の少い柳は、保護室の格子戸のところまで、だらしなくはねとばされた。

「こいつ、よけいなことしゃがって」

かすれ声の看守の怒号は、怒りを発しても、さして大きくはならずに、鍵束の音だけがはげしく鳴って、柳はまた二つ三つ殴られた。

「全くバカな奴だな、こいつは。全くバカで、どうしようもない奴だな、お前は」

ますます蒼白くなった看守の顔は、悪相にかわったわけではなくて、自分で自分の怒気をどうとりあつかってよいか、困っている様子だった。丸の内の交番の巡査は、学生時代の柳の長髪をひっつかんで、ひきずりまわしたけれども、丸坊主になった柳には、ひっつかむ髪がないのであった。

「このバカ息子は、親の心も知らないで。なんだろうか、こいつは全く、バカでバカで、とめどもないバカッタレだな」

看守は、柳のえりがみをとらえ、柳の房の方へ突きとばした。

鉄扉の上のブザーが鳴って、看守は柳などにかまっていられなかった。オハナ（バクチ）で挙げられた男女が、十人ばかり、シャバ（町）の空気をそっくり身につけて、ドヤドヤと入ってくる。その一人一人を始末して、めいめいの番号をつけ、めいめいの房へ区分けしなければならないのである。専門家と素人と入りまじったバクチの現行犯は、ふみこまれて逃げまどった興奮で、ざわめいているし、賭けていた金額や、バクチ場の秘密など、取調べのまえに打ち合せることも多いので、まるで籠におしこまれた小鳥か、と殺場の豚のように啼いたり、わめいたりして、とてもうるさいのであった。

「ああ、そうだ。鼻をこすれば、花札という意味だっけな。オハナは、サイコロより罪がかるいんだ。それにしても、こんな空気の流通のわるい、暗いところで、こんな困った連中ばかりとりあつかって暮さなければならない看守なんて、いい商売じゃないな。まだまだ、坊主の方が、たとえ世間で馬鹿にされても、気が楽だな……」

寝つきのいい柳は、すぐ眠ってしまった。新入りのオハナの犯人に、頬っぺたや足指をふんづけられても、感じないくらい疲れていた。

次の朝、柳のとなりに坐っている朝鮮人が、赤いものを吐いた。交替した別の看守が、「血を吐きゃがったぞ」と騒いだけれども、それはジャミパンの赤色にすぎなかった。念仏ずきの朝鮮人は、どんなに叱られても、眼をつぶって「ナムアミタプ、ナムアミタプ」と、となえているだけであった。

脛《すね》にも腕にも、ほとんど毛らしいものの生えていない、朝鮮の土方は、白いスベスベした顔に笑いをうかべることもなく、いつでもまじめくさっているのだった。

「ミソ汁ハ、カラダニイイヨ。ミソ汁ノオカワリヲシナサイヨ」

朝鮮人は、柳をいたわるように、そう忠告する。朝鮮人と言えば、いつもいじめられ、のけものにされ、ワリ（損）を食っているはずであり、そのためトゲトゲしくなっているはずなのに、この中年男はどうして、こんなにやさしく、おとなしく、まるで悟りすました老僧のようにしていられるんだろうか、と柳は不思議だった。柳の知っている組寺の老僧は、もっと脂ぎったり、わざとらしくとりすましたりして、もっと欲がふかそうに見えていたのに。

柳のとりしらべは、おかしな具合にはじまった。と言うのは、目黒署でも本庁でも、別段はっきりした確証があって、拘引したわけではないからだった。柳が、「大物」のアジトへ、それと知らずにお経を読みに行ったのは事実だった。警察のとなりの葬儀屋が、密告しないでも、そんなことなら柳は、いつでも「自白」するつもりだった。葬儀屋のおやじさんにしたところで、「ああ、あそこなら浄泉寺の若いのに行ってもらいましたよ」と答えただけであって、とりわけ「密告」という下ごころも、なかったはずであった。昨夜あげられた十人のバクチ仲間には、なんと葬儀屋のおやじさんも入っていたのであるから、まことにからみあった、妙な「因縁」とは言えるにしろ、柳には、特におやじさんを怨む理由も、権利もなかったのである。

柳はただ、「アジト」の二階に安置された棺桶を前にして、一晩、念仏をとなえていただけであった。階下にたむろした、あまり人相のよくない青年たちが、どんな戦術、どんなテーゼについて討議していたのか、知るわけもなかった。写真を示されて、「こいつはいたか。こいつは、どうだった」と問いただされたところで、他人の顔をほとんど見つめない習慣の柳には、そんな記憶もなかった。

　刑事たちの主張によれば、その寝棺（うすっぺらな板で、急ごしらえした、一ばん安い棺桶）の中でこわばっていた男が、たんに自然死で死んだのではなくて、殺されて死んだのだということであった。もし殺害されたのだと立証されれば、アジトにかくれていた青年たちは、たんなる政治犯ではなくて、私刑《リンチ》を加えて裏切者を殺した、殺人犯になるわけなのであった。

「お前は、殺された男のお経を読んだんだな。え？　そうだろう。殺した男にたのまれて、殺しの現場で、お経を読んでいたんだな」

　二人連れの刑事が、警視庁から出張してきて、柳をとりしらべた。一人は、リスのような男、一人は牛のような男であった。

「葬儀屋のおやじさんに頼まれて、ここへ、行ったことは行きましたがね。殺された男だか、どうだか、そんなことわかりませんよ」

「わからんことがあるか、わからんことが」

　リスのような小男は、柳の腰をステッキの先で突ついた。

「坊さんは、死人には慣れてるはずじゃないか。病気で死んだか、殺されて死んだか、何もわからずに、お経を読むということはないだろう。ほかの者ならともかく、医者と坊主が、死人の状態については一ばん、よく知ってるはずじゃないか。誰でも死ぬときは、医者と坊主のやっかいになるんだ。しまいまで見とどけるのは、坊主なんだよ。あ、そう思わんのか。それとも、金さえもらえば、相手がどんな死に方をしたか、おかまいなしにお経を読んで、金だけもらって帰っちまうのか。ほかの坊主はそうかも知れんが、柳さんはそうじゃなかったな。お前さんは、良心的な、アカの坊主だからな。そういうことは、お前さんのアカの良心が許さんからな。あ、そうだろう？」

「わからんものは、わからんです。いくらきかれたって」

「ほらほらほら。だんだん、わからせてやるからな」

柳の首すじからステッキが突きとおり、正坐した足首のあたりまで、ひんやりと、とどいた。

「お前さんは、ぼんやりのバカじゃないんだからな。わからないはずはないんだ」

リスのような小男は、できるだけ肩を怒らせて、大きく見せようとしていた。

「赤には赤の匂いが、よくわかるはずだぞ。赤の連中が、わざわざ坊主を呼んで、お経を読ませたんだ。宗教ぎらいの連中が、坊主など呼んで、人目を忍んだアジトなどへ入れるということが、そもそも怪しいんだ。目的がなければ、呼ぶはずがない。カモフラージュが目的だ。そんなことは、子供でもわかってるこった」

ステッキに力がこもって、その先が、よじれた柳の二つの足首の間で、もぐりこむように動いた。

「何のためのカモフラージュだ。言わなくたって、わかってるこった。奴らは一晩じゅう、私刑《リンチ》のあとしまつの相談で、夜をあかしてるんだぞ。お前も、その相談を聴いただろう」

「聴きませんよ」

「聴かんことがあるか！」

牛のような男のステッキが、柳の首すじを殴った。柳は、木の棒で殴られたと言うよりは、タコの足か何かやわらかいものが急スピードで吸いついて、そこが焼けつくように熱くなった気がした。

「この男と、この男と、この男が三人がかりで殺したんだな」

「知りませんよ、そんなこと」

鼻さきにつきつけられた、三人の青年の写真に眺め入りながら、柳はそう答えた。

「この三人に、あのアジトでお前は会ってるな。会ってることは、たしかだな」

「知りませんよ。そんなこと」

「知らんことがあるか！」

二人の刑事は眼くばせしたり、うなずいたりして、柳の手首をしばりあげた。そして、彼の身体を横倒しに、畳の上にころがした。取調べ用の小部屋の外は、厚い板壁と、鉄棒のはまったガラス戸をとおして、通路のコンクリートをふみならす靴音が、たえずきこえていた。特に手ひどい調べ、秘密の調べのほかは、広間に並んだ机や椅子の列のあいだに坐らされ、犯人や警官がひっきりなしに出入りする中で、質問されたり、調書をとられたりするのだった。

坐り机一つきり置かれていない小部屋に三人きりでいると、ころがされた柳には、立ちはだかって自分を見下ろしている二人の男の、感情のうごきが、一つ一つわかるのだった。壁も畳も、人間の垢や脂でよごれ、密室の中は暗い、みじめな空気がただよっていた。男二人が、柳に劣らぬ不愉快な気持で、緊張しているのはあきらかだった。もしかしたら、柳よりもっと、暗い、厭な気持で一ぱいなのかもしれなかった。アジトでの変死者が、たしかに殺されたのだという証拠（それはまだ、つかまれていないにちがいなかった）を握ってこいと、上役からの厳命を受けて、二人は派遣されてきているはずだった。逮捕された政治犯のうち、誰か一人が「裏切者殺害」を自白していれば、何も柳など責める必要はないはずだった。それがないからこそ、きめ手にはならないにしろ、少くとも現場にいたからには、そのクソ坊主から何か一つ手がかりを叩き出してこいと、ぬきさしならぬ命令で、しばられているにちがいなかった。

「ほら、ほら、うそをついていいのか。仏さまは、うそつきがおきらいだぞ。うそをつくと、エンマ様に舌を引きぬかれるんだろ。おれたちも、仏教信者だぞ。うそをつく奴はきらいだぞ」

「うそなんか、ついてやしない」

「こいつ、生意気なことぬかして」

二人の手にした二本のステッキが、かわりばんこに、柳の腰と臀《しり》と脚を殴りつけた。殴られるたびに、柳の身体はちぢかまった。頭をなぐられたら、かなわんぞ。頭をなぐられて、馬鹿になるのは恐しいぞ。痛がりの柳が、あまり苦痛を感じないのは、恐怖でぼんやりしたためかも知れなかった。

「さあ、仏さまの罰があたったぞ。この生臭坊主め。仏罰だ。うけてみろ」

二人のステッキは、柳の腰や脛の骨をよけて、肉の部分ばかり殴っていた。それだけ二人は用心ぶかく、手心を加えているのだった。いくら殴られても、二人の刑事に対する憎しみが、柳にはわきあがらなかった。彼はたしかに、生臭坊主であった。「仏罰」があたっても、なんの不思議もない、インチキ坊主だった。もしかしたらほんとに、これは「仏罰」なのかも知れんぞという想いが、痛みを通り越して、しびれはじめた彼の下半身から、つたわってきた。

「仏罰はブッバチだ。知らんことは知らんぞ」

恐怖心を克服するには、「敵」に向って何でもいいから絶叫すればいいんだという忠告を、学生運動の指導者から、彼はきかされていた。息せききらせて、あまりにも熱心に自分を殴打している平凡な男二人を、彼はどうしても、「敵」とは感じられなかった。なんでもいいから絶叫すると言っても、そう、うまい文句が急に浮ぶはずがなかった。彼はむやみに、自分でも奇妙な、つじつまのあわぬ言葉を聴きぐるしく吐き出すより仕方なかった。

「ブッバチだ。ブッバチだ。仏罰があたったんだ」

と、彼は上半身をよじりながら、叫んだ。

「ぼくばかりじゃないぞ。君たちにもあたってるんだぞ」

ふんづけられた首が、ねじまがっている上に、舌も唇も乾ききっているため、声はまっすぐには出なかった。しかし、読経で訓練された声はかなり大きかった。それは、怒鳴りつける男二人の声より、もっと大きくきこえた。

「ブチバツだ。ブチバツだ。君たちには、ブチバツがあたってるんだ。ひとを殴るような人間には、みんなブッバチがあたってるんだ。仏罰はおそろしいぞ。仏罰は、逃げられんぞ。いくら殴ったって、だめだぞ。もうブッ、ブッ……」

牛のような男は、彼の首をつかまえて、壁の下までひきずって行った。そして今にも頭の鉢が割れそうなほど、柳の頭は壁にぶちあてられた。それから、自分の声も他人の声も、彼の耳にはきこえなくなった。それでも何かしら、言葉にならぬ言葉が、彼の口から、胃の中の臭い不消化物でも吐き出すように、吐き出された。

「ブッ、ブッ、ブッバチがあたってるぞ。痛ええ、痛ええぞう。ブッバチは痛ええぞう。君たちは、今、痛くなくたって、今に、痛くなるぞ。ぼくは、今、アッ、痛えぞう……」

彼は、抵抗するために叫んでいるのではなかった。自分の声で、相手に何か影響をあたえるなどという、ゆとりなどあるわけもなかった。眼をつぶったあと、瞼《まぶた》の下に、金色や赤色や褐色の砂の流れのようなものがのろのろと動いていて、そのほかは何も見えなかった。

彼の叫びを止めようとして、男の掌が彼の口をふさいだ。彼には、その掌に咬みつこうとする意志はなかったが、いつのまにか彼の歯のあいだに、男の肉がはさまっていた。自分以外の何かが、自分とは無関係に、まるで自分を嘲笑するかのように、狂暴になり、兇悪になって行くのが、おぼろげに感じられた。また一方では、とても恥ずかしい状態に陥っていて、その状態はますますひどくなり、やがては豚だとかミミズだとか、何かしらそんな厭らしい生物に転化して行きそうな、やりきれない予感が、遠いところから近寄ってきた。また他の一方では、このような醜い状態は、前々から自分の運命に予定されていて、こうなるのがむしろ「正しい」状態なのだといったような想いが、ごくかすかにうかび上って、たちまち消えて行った。

牛のような男の両掌が、彼の首をしめていた。その手は、全く「仏の手」のように絶対的なちからで、彼をしめつけてきた。

反抗するといったわけではなく、彼はただ、手脚をジタバタさせた。もちろん苦しくてたまらないのであるが、生れてはじめて陥った事態なので、気が遠くなりそうな苦痛の中で、底知れぬ底の方へ落下して行くようでもあり、また、とんでもない高みに向って上昇して行くようだと、もうろうとして感じていたのだった。

「快楽《けらく》！」

ただたんなる苦痛のほかの、苦痛より目ざましいもの、或は苦痛よりもっと広く宇宙にひろがっているなにか。そんなものが、一閃する電光のように、感じられたことはたしかであった。それがはたして「快楽《けらく》」と呼べるものなのか、どうなのか、そう理窟ばって考えているひまなどはなかった。

「お手つだいしましょうか。しぶといようですな」

目黒署の、太った刑事部長が、小部屋に入ってきた。彼がもし入って来なかったら、柳はもう少し長いこと、しぼられたのかもしれなかった。

「坊主を殴るのは、いい気持がしないや。法界坊にたたられることもある」

リスのような男は、気まずそうに言って、ハンカチーフで汗をぬぐった。

「なあに、こんな奴、坊主なんかじゃありませんや。うんとしぼってやって下さい。交替しましょうか」

「いいでしょう。ゆっくりやりますから」

牛のような男も、握りしめていたステッキを、穢い品物でも投げ出すようにして、不機嫌に壁のすみにほうり出した。本庁の刑事たちの仲間入りできない部長は、口惜しそうにふくれっらをしていた。

留置場にもどると、看守は妙にいたわるように、柳をとりあつかった。

柳は、肉の脂っ気も弾力性もすっかり失った、枯木のように乾いた身体をこわばらせて、監房へもどった。早めの夕食の木箱が、彼の坐る場所に置かれてあった。密室での取調べの有様は、もうすっかり房内に知れわたっているらしく、みんなは興味ありげに、彼を見つめていた。木の椀に埃をうかべている湯をとりあげると、彼の手は見ぐるしくふるえた。短いように思われた取調べの時間は、かなり長かったらしく、夕方から夜へかけてのくつろぎのようなものが、房内をしずかにしていた。

「なめられないためには、最初がかんじんなんだ」

顔も手足も角ばった強盗が、先輩らしく言った。

「おれはここでも、いきなり灰皿をぶつけてやった」

強盗は、強姦の罪も重ねているので、十年ちかい刑を喰うことに決まっていた。そのため、スリやかっぱらい、不良少年や詐欺師は、みんなこの凄みのある強盗をおそれていた。

彼といくらか対等に、体験を語れるのは、三十数名の女性を海外へ売りとばした、誘拐犯人だけであった。

「音《ね》をあげる奴は、男じゃない。怒鳴るのはいい。兄《にい》ちゃん、音をあげないで怒鳴ったそうだな。そうしなくちゃいけない」

強盗が柳にそう言うと、みんなは感心したように柳を眺めた。しかし柳は、強盗の陽気なことばとは、遠いところで、自分ひとりの想いに沈んでいた。疲れきっている彼は、何もしゃべりたくなかった。空腹がひどいので、ふるえの止まらぬ手で、しきりに飯をほおばるばかりだった。それに、ニシンの煮つけが、すばらしくおいしかった。大根の漬けものの、小さな薄い二つのかけらも、のみ下すのが惜しいほどおいしかった。煮つけの甘さ、漬けものの酸っぱさを、口の中で、丁寧に咬みわけながら食べつづけた。第一回の取調べの終ったということが、それだけで、試験の終了した当日のように、柳を安心させていた。濃くなって行く不安は不安として、やはり「あとは眠ればいい、今日一日はおわった」という安心が、気持よく全身にひろがって行く。

「男は、やる者。女は、やられる者。そう昔ッからきまってるんだ。やる者は、やられる者じゃない。やる以上は、男らしくやらなくちゃいけない。なア、そうだろう、おやじ」

強盗は誘拐魔に、そう話しかけた。強盗は女の話になっても、蒼白く殺気だっていた。それにひきかえ、強盗よりかっぷくの良い誘拐魔の方は、いつでも赤ら顔をニヤニヤさせていた。

「男らしいか、どうか、知らねえけど、女をやるほどいいこたないからな」

誘拐魔は、親分らしく答えていた。

「お前さん、売りとばす前にやるのかい」

「ああ、そりゃアやるな」

「キャアキャア泣くだろう」

「ああ、それがおもしれえんだ」

「畜生！　三十人か。うまいことやりゃがったな」

「ただだからな」

「ただはお互さまだけどよ」

強盗は、ユーモアとは無関係な、きびしい思いつめた表情をしていた。

「楽々《らくらく》とやるか、苦労してやるか。お前さんのは俺にくらべて、よっぽど楽らしいな」

「そうだとも。だから、やるんだアな」

「畜生め」

柳はまだ、自分が特高犯であるからには、強盗、強姦、誘拐の犯人たちより、自分の方が堕落していないと考えていた。強盗はともかくとして、女を強姦したり売りとばしたりするのは、非常によくないと考えていた。それ故、二人の会話に同調するようなそぶりは、見せたくなかった。

「男は、やる者。女は、やられる者。そうだとしたって、そう簡単なわけにゃいかねえからな」
強盗のそのつぶやきには、柳も賛成だった。男女間の問題を、かんたんだなどと考えることは、禁欲をモットーとする僧侶として、許されることではない。

「モトは結局、やる者とやられる者が、この世の中にいるというだけの話じゃねえか。そうだろう。天皇陛下だって男だわな。皇后陛下だって女だわな。な、それだけは、まちがいねえんだ。そのあとが、むずかしいんだ」

「おい、おい、おれは不敬罪はいやだぜ」と、誘拐魔は、からかうように言った。

「おれだって、いやだよ。あんなバカバカしいものは、ありゃしない。なんか楽しんでから刑にされるなら、まだしもよ。なんにも楽しまねえで、ただ罰だけくらうなんて、バカバカしいったらありゃしない」

「不敬罪じゃなくたって、バカバカしいさ。誰もお前、宮中へ忍びこんで何かやろうなんて考えてる奴は、ありゃしねえ。たいしておもしろいことでもねえしな」

「そりゃそうだよ、なア。俺だって、天皇陛下や皇后陛下をどうするなんてことは、考えたこともないぜ。不敬罪ってのは、雲をつかむようだから、うっかりできねえんだ」

「伯爵夫人なんてのは、どうだい。やったこと、あるかい」

「よさそうだな。ないよ」

柳は、頭がくらくらして、目先に星がちらつくほど厭な気持になってきた。華族の家から嫁入りした、あのなまめかしい宝屋の若夫人の姿態が、想い出されてきたからだった。彼は第一、「やる」とか「やられる」とかいう日本語で、女性について話すのが好きでなかった。そういう表現で話しあうのが、穢らしいことに思われた。人間はみんな穢らしいもの、というように徹底して考えることは、彼にはできなかった。またたとえ、穢らしいものであるにせよ、穢らしいものについて穢らしく語ることは、不必要なことだと思われた。もちろん彼には、そういう話し方をする強盗や誘拐魔を軽蔑することなど、できはしなかった。彼らの会話の内容におどろいて、人間の生き方の豊富さを、あらためて大げさに考えたがる方だった。

それにしても「やる」「やられる」(それにちがいはないのだが)と、わざわざ自分の口から言うことは、うまくできなかった。そして、宝屋の姉妹のことが、荒れさわぐ記憶の海から、急にうかびあがってきたのは、その二つの言葉の釣針に釣られてであるとすれば、彼も男臭い二人の犯人と、同じ水に漬かっているわけだった。

「何がおもしろいと言って、亭主を縛っておいて、その前で、女房をやるくらいおもしろいことはないんだ」

強盗は、角ばった両肩をすぼめながら、前にかたむけて、低い声でしゃべった。(会話は規則として、禁じられていた)

「ふううん……」

前かがみになっていた二、三人が、溜息をついた。

「亭主を縛るって、おじさん、何か刃物でおどかして縛るの」

不良少年は、参考になることを聴きとっておきたいらしかった。

「刃物でもいいだろう。だけど俺は、棒でひっぱたくことにしてるんだ」

「タタキ（強盗のこと）だからな」

「…………」

強盗は、軽口で話に口出しする奴を、きつい眼つきでにらんだ。

「……いきなり思いっきり、ひっぱたいちまうんだ。物が言えないくらい、殴りつけちまえば、あとは簡単だ。刃物は、罪が重くなる。死ぬような怪我をさせる。力のある者だったら、棒で殴るのがいいんだ。縛りあげちまえば、死んだみたいにおとなしくなる。それでも何か言うようだったら、口でも鼻でも、もっと殴ってやるんだ」

「女の方は、どうするんだ。女の方が騒ぐだろう」

「騒ぐもんかよ」

強盗は、考えこんだように、暗い眼つきになった。

「さわいだら、女の方も二つ三つ棒で殴ってやるさ。首をしめても、いい。そんな必要はないんだ。ガタガタふるえてるだけだ」

「いやがるだろう」

「殺すぞという顔つきをしてやれば、口がきけなくなって、ふるえてるだけだ。ふるえてるところを、やってやるんだ」

「いやがることは、いやがるだろうな。いや、いや、よして、おやめになって」

詐欺の犯人は、白い首をのばしながら言った。

「いやよ、いやよ」

「たすけてエ。いや、いや、そんなこと」

「いやッたら。いや、いや。いやだってば」

「よしてよ、アッ、アッ、いやよ、いやよ、ウッウーンか」

「いやあーん。いやあーん。ううん、いやあーん」

みんなは口々に、さわぎはじめた。なまあたたかいゴムの布のように、それらの騒ぎが柳を包んでくる。「いや」という女の叫びの、どうしようもない肉感的ななまめかしさが、彼をつかまえてしまう。「強姦には反対だ」と、言いださなければならないはずの、彼の口が、そのゴム布でおおわれ、口そのものまでが、ゴム状になってしまったような気持がする。腰と脚の痛みが、ひどくなってくる。その痛みと入りまじって、うまく調合された薬品の効き目となって、いやがる女の「いや」がしみわたってくる。その瞬間の強盗が、真に性の喜びに浸っていたとは、彼にはとても考えられない。だが、強盗者兼強姦者の、その瞬間の「感覚」が彼を圧迫してくる。と言うよりはむしろ、夫の眼前で犯されつつある妻の、その瞬間の存在の仕方のようなものが、宇宙のいかなる難問題にもまして、むずかしい、そのくせ、わけなく肉的に感じとられる難問題として、重たくのしかかってきた。

「ふるえてるさ。ふるえてるだけさ」

「そんな時でも、女は、よがるかな」

そう質問されると、強盗は眉根をしかめ、口をへしまげた。

「そうさな。シャツの上から背なかに爪をあてられたことがある」

「厭がってか。それとも、よがってか」

「………」

「よがってだよな。きまってるものな」

重くるしい顔つきになって沈黙した強盗に代って、一人が、こびるように言った。

「女はあんまりよがると、爪でひっかくんだよな。おれも、そんな目に遭ったことがある」

「だけど、ほんとにおもしろいかな。顔も知らない女を、まっくらやみで」

「まっくらやみとは、かぎらないだろ。電気をつけて置けば」

「好きなことが、やりたいほうだい、やれるんだからな」

「そう度胸をきめれば、おかまいなしさな。なんでも自由にやれるわけだ」

「金はらって女郎を抱くこたあ、いりゃしない」

「あとくされも、ないしな」

みんなは興奮して、しゃべりあった。そのあいだ強盗は、みんなを軽蔑するようにして黙っていた。仏教信者の朝鮮人は、騒ぎには加わらなかった。彼は他人から話しかけられないかぎり、口をきかないのだった。電線どろぼうの疑いでつかまった、その朝鮮人は、白い塗料のはげた木彫りの仏像のように、ひっそりと坐っていた。彼のように、房内の雑談に無関心でいることは、柳にはできなかった。

「どうだい、お寺の坊ちゃん。こういう話は興味ないかい」

詐欺の男は、沈黙している柳に声をかけた。

「坊主のアレは、いいそうだな。やわらかくて強いそうだな」

「さあ、知らないな、そんなこと」

「知らないって、自分で持ってるじゃないか」

誘拐犯は、女の話をしたがらない柳を、くすぐるように言った。

「持ってるからには、使ってるんだろ。使ってみて、どうなんだい」

「どういうこともないさ」

「どういうことはない？　そんなことないだろう」

「別に、どういうことはない」

「そうか。それじゃまだ、お前さんは充分に使っていないんだよ」

誘拐犯の言葉に合せて、みんなは笑いどよめいた。看守が、警棒で金網を叩きにくると、みんなは起ち上って、積んである古毛布を敷きにかかった。

「首領」との連絡は、なかなかつかなかった。

便所へ行くときに必ず通る、保護室の前に立ちどまって、柳はいつも中の様子をうかがった。「キャップ」はたいがい、寝たきりになっていたが、時には起き上っていることもあった。特高の犯人と犯人とは、話をさせないように、看守がきびしく見張っていた。殴られることを覚悟すれば、短い会話のできないことはなかった。だが、もし柳が、何か特に「キャップ」に連絡したがっていることが知れれば、それが「キャップ」の迷惑になるかも知れないのである。それに向うは、柳などから「連絡」をうけることなど、予想していないにちがいなかった。

相手は、起き上っているときでも、こちらに背を向けたり、横顔を見せたりしていて、他の監房の者の通行を見つめていることが、ほとんどない。紅顔の美少年とは言えないにしろ、目鼻だちの大まかな、がっしりした肩つきの「キャップ」は、たしかに戦場でひけをとることのない、若武者ぶりを示していた。垢にまみれ、病人のように蒼ざめていても、石のように動揺しないいたくましさが、チラリと眺めやるだけで見てとれる。

彼が通路の方を見ている瞬間をえらんで、柳は大きく「A」の字を、宙に描いて見せた。また、できるだけ声をひそめて、「Aをどうする。Aをやるのか、やらないのか」と、口早に話しかけたこともある。

柳からの、看守の眼と耳を用心した通信には、何の返事もなかった。柳からの「暗号」の意味が、相手に通じないはずはなかった。革命党の未来について、全責任を負っている男が、その秘密団体がこれからやろうとしている（或は中止しようとしている）計画について、忘れているはずはなかった。もしも「首領」が、A計画を断行するか、それとも阻止するかの決定を、一刻も早く外部に伝えなければ、彼らの非合法政党は、壊滅に向ってとめどもなく崩れて行くか、それとも再建に向って足ぶみしながら一歩前進するか、その重大な分れ路で盲目になり、あてのない闇の底へ落ちこんで行くのではないか。

ちかよせた柳の顔、ささやきかける柳の声に対して、若き「首領」は何の反応も示さなかった。もしかしたら、頭部を痛打されて、馬鹿になったのではなかろうかと、柳は思ったりした。それとも、穴山と越後が柳に打ち明けた「A作戦」なるものは、実在しない妄想にすぎなかったのではなかろうかと、疑ったりした。

苦痛があるために、快楽がある。快楽があればこそ、苦痛がある。そう教えさとすように、多くの罪ふかい男たちが入ってきては、出て行った。その男たちがたずさえてきて、残して行く、実社会の土埃は、流通のわるい留置場の空気をにごらせ、苦痛と快楽の微塵となって、かがやいたり、鳴りわたったりして、柳の肌の周辺に漂うのだった。その息ぐるしい微塵を呼吸していると、柳は「坊主の自分だって、とにかく生きてはいるんだ」という、生き生きした満足を味わうのだった。

長いこと煮つめた上質の砂糖で、固められた、甘みの濃すぎる羊かん、魚のはらわたの紫色に溶けた、塩辛のよどみのようにして、時間はジリジリと延びつづいた。

一週間、たった。

「面会だよ、柳、出ろ」

シベリア帰りの看守が、房の扉の錠をはずした。

「署長室で面会だ」

看守がそう言うと、詐欺の男は「へえエ。それじゃ署長面会か。最高のあつかいだぞ」と、うらやましそうにつぶやいた。

外の日常生活が、いかににぎやかで、明るいものか、一週間ぶりで警察署の一階へ連れ出された柳は、まばゆいほどに感じた。

署長室と言っても、家具がいくらか贅沢なだけで、ほかの古びた事務室とかわりなかった。司法主任に連れられてきた柳に向って、やり手の署長は、人のわるそうな笑い顔をした。うしろむきに坐っていた、洋装の女が柳の方へ振りむいた。それは、宝屋の若夫人だった。女の顔というものが、そんなにうす桃色に、はなやかに、そんなに吸いつけるように可愛らしく見えたことはなかった。そして、灰色のスーツにつつまれた、女の肉体が、そんなにも絶対的な美しさ（というより主張）をむき出しにして、眺められたことは、かつてなかった。

「宝屋の奥さんだ。おどろいたろう」

署長の言葉にはかかわりなしに、若夫人と柳は、しばらくのあいだ息をつめたまま、見つめあっていた。柳はすぐに眼を伏せて、彼女の横の椅子に廻って行ったから、見つめあったのはほんの一瞬のことだったかも知れない。しかし柳は、その一瞬だけで、留置場内で彼がせっかく身につけた、いろいろな想念が、一ぺんに洗い流されてしまうのを感じた。

署長室では、署内のざわめきも、街路のどよめきも、よくきこえた。柳と夫人の対面を、おもしろがっている署長の表情も、外界のざわめきとどよめきで活気づいた「社会人」の、それであった。

「品川の署長から、個人的にたのまれたから、特に面会を許したんだぞ。宝屋さんは、交番を寄附したり、消防団を援助したりして、品川では評判のいいおうちだ。まちがいのない方だから、信用して会わせるんだ」

「……しかし、どうして」

青ガラスの花瓶には、秋の草花がいけられてあった。毎朝とりかえるらしい生花の、葉にも花弁にも、水玉がわざとらしく光っていた。

「目黒のお寺におうかがいして、お母さまにたのまれてきました」

それは、表面上の口実にすぎない、と柳は思った。彼女はきっと、来たくてたまらなくなって来たんだ。そう思うことで、垢づいてつやのわるくなった皮膚が、もえ上りそうになる。

「よう来て下さった」

と、署長は口ぞえをした。

「若いうちは、何かというと殺気だつばかりですからな。我々の言うことは、ききゃせんです。女の方《かた》から、やさしく言いきかせていただくのが一ばんです」

「別に、そんなつもりで参ったわけじゃありませんの。ただお母さまが、会ってきてくれと、おっしゃるもんですから」

彼女は、署長も警察も眼中にないような、冷静さで、おちつきはらっていた。

「柳の母親は、どうして面会に来ないんですかなあ。ふつうは母親が、誰より先にやってくるはずなんだが」

「それはいろいろ、おうちによって家風というものがおありでしょうから」

「そうですか。この前のときも、一回も署へ顔出ししていないという話だから、ずいぶん無関心な母親だなと思ったんですが。では、席をはずしますから、何か話してやって下さい」

署長の黒い制服が見えなくなると、柳はかえって気づまりになった。檀家の前でとりすましている法衣の自分と、指紋をとられ、写真をとられ、番号までつけられた、この場の自分とのちがい。そのちがいのひどさが、自分の姿勢を二つに割ってしまって、一つの身体にまとめようがなくなっているのだった。

これは、具合がわるい。何とも具合がわるいと思いながら、一方では、タイトスカートに包まれた彼女の腰や足の方へ目が行きそうになるので、なおのこと困るのであった。

「ああ、そう、そう。剃刀《かみそり》を持ってくれば良かったのね。今度くるときは、持ってくるわ」

「いいですよ、そんな……」

「下着は持ってきたの。お宅のお母さまのそろえて下さったものと、わたくしの買ったものと、両方もってきたわ」

「そんなにたくさん持ってきて下さっても……」

「いいのよ。わたくし、こういうこと好きなんだから」

「しかし、どうして」

「穴山さんが電話してくれたのよ。あのひと、よく気のつく方《かた》ですからね」

「……しかし、どうも」

「こういう所は、万事顔をきかせなきゃ、ダメなのよ。顔さえきけばどうにでもなるのよ」

「特高は、そうはいかんですよ」

「特高関係だったら、立派なもんじゃないの。政治犯でしょ」

「いや、それが……」

自分の具合のわるさが、少しも相手に通じていないらしいので、柳はますます困るばかりだった。

「女は好きなひとのために尽すのが、好きなのよ」

「そんなこと言ったたって……」

「久美子も心配してるのよ。食欲もなくなって、ぼんやりしてしまって、見ていられないわ」

「しかし、それは……。ぼくは、ただ」

彼女たち姉妹とは、自分はなんら特別に深い関係はないはずだと、言ってしまいたいのだが、それを言うことが、柳にはできなかった。つまり彼としては、この美しい姉妹と深い関係をもちたいという気持を、断ち切るわけにいかなかったのである。しかも柳の、女たちに対する気持には、英語で「アグリイ」（みにくい）という要素が、あんまり多すぎるので、「愛」とか「恋」とかいう言葉をベールかかぶとのようにかぶって、勇みたつわけにもいかないのだった。「こんな女が出てくるから、いけないんだ」と、相手に責任を転嫁して、どなりつけたくもなる。「彼女が来てくれなければ、ぼくの人生は灰色にちぢかまって、花ひらくこともありそうにないんだから」と、歓迎したくもなるのだった。

　そして、何よりやりきれないのは、どうあっても仏教徒が排斥しなければならぬはずの「お化粧」というものが、とても魅力的で、抵抗しがたいものであることであった。

　フランス式であるか、アメリカ式であるか、とにかく海外旅行の経験のある夫人の「お化粧」が、彼女をナマの人間、むき出しの人間、キのままの人間より、ずっと美麗に見せていることはまちがいなかった。

　どんな微細な埃でも、すべり落ちるほど、肌をなめらかにするため、すりこみ、しみこませた乳液なのか。それとも、皮膚の複雑な凹凸をぼやかすために、ほんのりと刷《は》いた粉白粉なのか、その方の研究を積んでいない柳に、わかるはずもなかった。

「入ります」

　ひげをはやした巡査が、勢いよくドアをあけた。署長に報告でもあって来たらしい彼は、めずらしい美女の来客に、びっくりして、目礼した。しかし、柳の存在に気づくと、ひどくいまいましそうに、にらみつけてからドアをしめた。

「わたくしが来たりすると、きまりがわるいんじゃないの。そうなんでしょう」

「ええ、まあ……」

「だけど、わたくしが来ること、厭ではないんでしょう」

「ええ、もちろん、それは……」

夫人の白い指は、紫ちりめんのふろしきを、ふざけるような動きで、折りたたんでいた。

「厭がられたりしたら、つらいわよ」

「いやがりません」

「いやがりはしないけど、警戒はなさってるのね」

「……ええ、そうです」

夫人は、柳のとなりの椅子に、腰をうつした。腰をうつしたと言うより仕方ないほど、彼女の下半身は、すばやく巧みに、移動したのである。長い二本の脚が、ほとんどくっつきあったままで、場所をかえることは、なかば折りまげられたままであるだけに、柳をひきつけた。彼女の脚のつけ根が、会話のあいだにこすりあい、彼女のくるぶしがハイヒールの上でよじれるのを、彼はたえず感じつづけていた。

「食物の方は、どうですの」

「腹はへりますが、飯はまずくはありませんよ」

「警察に入れている、お弁当やさんがあるという話をきいたから、わたくしさっき、頼んでおいたわ。特別弁当なら、少しはいいそうよ。差入れは、許されてるんでしょ」

「いや、それは止めにして下さい」

「え？ いけなかったかしら」

「ええ、自分だけ、上等弁当を食べるわけにはいきませんよ」

「ああ、そうなの」

「第一、飯はちっとも悪くないんですから。親分みたいな男は、上等弁当を食べてるけど、まわりは唾液《つば》をのみこんで見てるんだから。ぼくは、いやですよ」

「ああ、それじゃ、あなたのおっしゃるとおりにするわ。柳さんは、お固いおひとなんですものね」

女の手がのびてきて、彼の手の上にかぶさる。

「ぼくはちっとも、お固くなんかありませんよ。なんでもかんでも、ぼくのことわかったように言うの、いやですよ」

「わからないとこもあるわ。だけど、大体はわかってるつもりよ」

女の手がなでるのにまかせて、手をひっこめない方が、臆病でないことになるのかどうか、柳にはわからなかった。ただし、二人が手を重ねあっているところを、警察の人に見られたりするのは、たえがたかった。

「あなたが、わたくしのこと、どう思ってるかだって、わかってることよ。彼女は、有閑婦人で、プロレタリアの敵で、夫を裏切っている奸婦で、おれのことなんかてんで理解できない女だ。彼女とつきあっていたら、とてもまともなお坊さんにはなれっこない。だから、おれは彼女を避けたいんだ。だが、しかし……」

彼女の眼から、やわらかみのある、平凡な光の波が消えうせていた。二つの眼の洞窟から、波一つない深海の底の、くらく動かないものが、あたりかまわず柳に向って、放射されているようだった。

「……だが、しかし、彼女に会わないでいることも、おれは欲しない。そうなんでしょ」

「そんな、小説みたいなこと」

「小説みたいであることが、何がはずかしいの。小説みたいであることだけが、美しいのよ」

「ちがいます」

「いいえ、ちがいません」

彼女は、声をたかめることもしないで、言った。

「わたくしは、みずみずしいものが好きなのよ。みずみずしいものだけが、好きなのよ。そのほかに、何があって」

「……いつまでも、みずみずしいものなんか、ありませんよ。みずみずしいということは、どんな物でもすぐ消えてしまうんだ」

「そうよ。諸行無常ですものね。だけど、だからこそ、みずみずしいものが美しいのよ」

「第一、ぼくは……」

「みずみずしいのよ、あなたは、わたくしにとって」

「みずみずしい坊主なんか、あるわけがない」

「あなたが御自分をどう考えていようと、そんなこと少しもかまわないの、わたくしは。どうとでも、好きなように考えていらっしゃい」

彼女の甘い言葉につられて、自分が「いい子」になりたがって行くのを、柳はとどめることができなかった。

「汚れものを、いただいて帰るわ。それ、脱ぎなさいよ」

夫人は、持参した下着を手にとって、立ち上った。

「向うへもどってから、着かえますよ」

「それじゃ、汚れものを持って帰られないから。ね。ここで、着がえた方がいいわよ」

帯がわりの紐は、手ぬぐいを裂いてこしらえたものだった。首つりをふせぐため、切れやすい紐のほか、許されていない。その細い紐をほどいたりすれば、切れたり、つないだりしなければならないので、柳は、ほどかないままで、まず上半身をはだかにした。

彼は夫人に正面を見せないため、横向きになってはじめたのに、彼女はそちらへ廻ってきて、脱いだものをうけとり、着がえるものを手わたした。彼女があまりにも、ちかぢかと立っているので、彼の動作は不自由になり、細紐は切れてしまった。ズボン下とパンツを脱ぎすてるとき、彼の下半身が、彼女の眼の前に、すっかりむきだしになったのは、そのためであった。

彼の脚としりは、あざだらけになっていた。まだらな紫色が、ところどころ黒ずんでいて、ドロップの赤色のように、あざやかな血をにじみ出しているところもあった。入れずみをしたように、打ちきずのあとは、区切りもあきらかに青みがかっている上に、どんな入れずみにも見られないような、絶妙の色どりをなしているのだった。その複雑な紫色は、肉の固さとやわらかさを、ふつうの肉色よりも、もっとうまく表現しているのであった。フランスの有名な詩人は、地中海の港に沈んでいる、魚類の臓物《はらわた》の色どりを眺めながら、少年の夢をそだてたと言うけれども、柳は、はじめて自分の肉の色の急激な変化に気づいたとき、なんだか自分が偉くなったような気がしたのであった。

もちろん彼は、その紫色の入れずみに、夫人がキッスするなどとは、予想もしていなかった。

だが、彼女の脣と舌が彼の傷あとを吸ったり、なめたりして、彼女の歯がかるく咬んだりしたとき、それほど驚かないですんだのは、自分でも、その刑罰の紫色に、かなり魅惑されていたからだった。

「女は、好きとなったら、なんでもする」と、詐欺の犯人は、なかば得意そうに、なかば考えこむようにして、柳に言ってきかせた。

「淋病になったとき、芸者が、口をあてて吸ってくれたことがあるんだ」

その言葉を思い出しても、柳はすぐさま、その芸者と、この夫人を、おんなじ女性として感じとったわけではなかった。そんなことをされながらでも、彼は宝屋夫人を、きたないことを平気でする女性とは、考えていなかったのだ。「すさまじいな。ものすごいな」とは考えても、やはりそうされることがうれしいので、そうされていたかった。彼があわてて前を合せて、うしろへさがったのは、署長の部屋で、そんな濡《ぬ》れ場《ば》を演ずるのは、いくらなんでも「いい気」になりすぎて、みっともないと思ったからにすぎなかった。

「ここを、どこだと思ってるんですか」

柳はわざと、眉根をしかめ、気むずかしそうに言った。

肉を吸ったあとの夫人の脣は、一そうなまめかしく息づいていた。両眼はかがやいて、鼻の孔もふくらむほど興奮しているらしいのに、彼女の顔はこわばっていた。

「阿難尊者のつもりなのね。そうなのね」

と、彼女は苦しげに言った。

「ばかばかしい、そんなこと」

「あなたが阿難で、わたくしが魔女だと、そう思ってるのね」

「そんなこと。いいかげんにして下さい。そんなのとは、ちがいますよ。いくらぼくが馬鹿でも、そんなにうぬぼれていやしない」

「いいわ、阿難にしてあげるから」

署長と司法主任が部屋に入ってきて、もつれあった会話はおわった。二人の中年男は、胸のわるくなるほど臭い、汚れものを包んでいる夫人の手つきを、皮肉そうにながめていた。

「久美子は、外で待ってるのよ。あんまり私たちに、心配をかけないようにしてね」

「そうだ、そうだ。あんまり宝屋さんに、心配かけない方がいい」

とりすました夫人の意中も知らずに、署長は厚みのある掌で、柳の肩をなでた。

夫人の香水や白粉の匂い、新鮮な外界の空気にふれたあとでは、房の中のよどんだ匂いが、彼には強く感じられた。生きている人間の、いやらしい匂い。死ぬにきまっている人間の匂い。屍を予想させる匂いなどが、壁にもたれて坐った彼のまわりに、うずまきながら、いそがしく往き来する。

「阿難だって、フン」

阿難尊者は、おシャカ様の弟子のなかでも、有名な美男子だった。インドの説話によれば、魔術つかいの女は、自分の娘が恋いこがれる、この美しい僧を、魔法でしばりつけ、自由にしようとしたのであった。

「阿難は魔女に、まどわされはしなかった。彼は、師の力にすがり、師の教えにそむかず、清浄潔白な弟子として、一生をおわった。阿難は、いやらしい匂いなど、あとには残さなかった。いや、待てよ。彼もおんなじ生身《なまみ》の人間だったのだから、肉の匂いはただよわせたはずだな。匂いのない生物なんか、あるはずはないんだから」

柳は、まあたらしい下着のすきまから立ちのぼる、自分にこびりついた体臭に酔うようにして、考えはじめる。

「彼は、鉱物のようにゴロンところがって存在していたわけではないんだ。食べたり、飲んだり、歩いたり、寝たりして暮していたんだ。女に好かれる、インド青年として、生きていたんだ。そして、死ぬときには苦しみ、死んだあとでは屍臭を発散させながら、腐っていったんだ。とすれば……」

柳は、屍の匂いには慣れていた。赤ん坊の屍、お婆さんの屍、貧乏人の屍、金持の屍の匂いをかぎながら、お経をよんだ夜は多かった。花環の匂い、線香の匂い、香水の匂いと入りまじった、不思議な匂いは、生きていることのはかなさ、生きていることの有難さとなって、たびたび彼を包んでくれた。

「いやらしい匂い。人間であるからには、つきまとう匂いを、阿難だって身につけていたんだ。いや、あの偉大なる、おシャカ様だって、そうだったのではないか。ブッダが鳥、獣、虫類にまでとりまかれ、弟子たちの号泣の中で死んでいったとき、それは、すばらしい世界的な大往生をとげたのであったから、たんなる『死亡』ではなくて『ネハンに入られた』と言われる。だが、それはそのとおりだとしても、そのとき漂った匂いは、屍の匂いではなかったのだろうか。それが『ネハンの匂い、ニルバーナの香り』だとしても、やはり一種の悪臭がなかったと、言いきれはしない。とすれば、ブッダもまた、自分が生きているあいだに、人間の体臭のいやらしさを、胸いっぱい吸いこんでいられたのだ。そうでなければ、あの徹底した『さとり』に、ふみきれるはずがないではないか。肉体は『仮りのすがた』にすぎない。こわれやすく、くずれやすく、なんの価値もない形骸にすぎない。それに執着するのは、あまりにもおろかしい。そう、ブッダは説かれたのだ。みずみずしいだって？　みずみずしい、肉体だって？　それはつまり、変化しやすい肉体、むやみに変化してしまって、どうにもならない肉体ということではないか。肉体とは、生きているあいだもイヤな匂いを発散し、死んでからは、なおのこと吐気をもよおすような匂いをただよわす、なんともかんとも形容しがたい、奇妙なものなのだ」

せいぜい哲学的な気分におちいって、うれしくなっているのだ、「いい子」になろうとしているのだとは、感じていても、柳は、まじめくさって、そのように考えつづけていた。

「シキソクゼクウ（色即是空）。クウソクゼシキ（空即是色）。あの『色《しき》』という奴が、色欲ばかりを指すんではないことぐらい、ぼくだって知ってるさ。色とは、眼に見えるもののすべて、つまり『物質』のことなんだ。物質は、空しいんだ。なぜならば、物質は変化して、きわまるところを知らないからだ。その物質のうちで、いちばん手ぢかにあるのは、ほかならぬ肉体なんだ。だから、シキソクゼクウとは、深遠な哲理であるより先に、まず、のがれられない感覚的な真実なんだ。だが、待てよ。次につづいている『クウソクゼシキ』の方は、どうなんだい。空《くう》ハスナワチコレ色《しき》ナリ。クウクウと言って、クウがっていても、その黒々とした絶対の真実も、色あざやかなる物質界をはなれては、存在しえないということなんだ。そうだろう。そうなるだろう。うまく、二つの語句が、くっつくだろう。だが、それにしても、後の方の『空即是色』の方は、むずかしいなア。いろいろと、わかりにくいなア。せっかく、色ハ空ナリ、とわからせてくれたのに、またまた空ハ色ナリ、と逆もどりするみたいだからなア」

朝鮮人の人夫は、柳のかたわらで、ナムアミタプ、ナムアミタプとつぶやいている。それが蠅のうなりのように、うるさくきこえた。その朝鮮人の念仏に感心して、仏教について彼と語りあう気が、柳にはまるで起らなかった。

「……うるさいな。ともかくだ、このイヤな匂いを生み出す根源であるところウの、その肉体なるものが、かりそめにも美しいなどということは、許すべからざる誤りであり、迷いであらねばならないのだ。と、おシャカ様がおっしゃったのではなくて、この日本青年、ヤナギ私が、そう感じていなければならないんだ。色即是空のつぎに、空即是色がつづいているからと言って、それで安心してはならんのだ。一度安心してしまえば、あとは際限なく墜落してしまうかららな。色即是空、シキソクゼクウと、たえず感得していれば、あらゆる苦痛にたええられるはずだ。苦痛が肉体の苦痛であるからには、そんなものは要するに『仮りの苦しみ』にすぎんからだ。もし明日あたり、あの牛のような男と、リスのような男がやってきて、拷問するようだったら、シキソクゼクウ戦術で対抗してやればいいんだ。痛がらせようとする二人の特高刑事の肉体が、消滅しやすき『いつわりの存在』にすぎないのと同様に、痛がるヤナギの肉体も、ただほんの一寸のあいだ存在する醜骸にすぎないのであるからして、その痛みは、仮りのまぼろしであって、何らおそるるにはあたらんのだ。うまく、そういってくれればいいが。

いや、いや、汝ヤナギが色即是空にとりすがろうとするのは、そんな理由からではなかったはずだ。タカラヤ夫人、その妹のクミコ。この二人の女性の肉体とセックス結合したがっている自分。結合の成功うたがいなしとあてこんでいる自分を、とっちめるためではなかったのか。そうだ。そうである。まさに、その故にこそ、アンチテーゼ『空即是色』の誘惑がおそろしいのだ。彼女のなまめかしい化粧が、おそろしいのではない。化粧なんか、雨風にさらされ、冷たい汗と熱い汗にあえば、洗い去られてしまうじゃないか。やっぱり、彼女そのものの顔、彼女そのものの脚が、どう考えたって、いつわりの美しさをそなえていることが問題なんだ。たとえ、いつわりの幻にすぎないとしても、その幻が美しいということは、一体どうしたわけなんだろうか……」

「アノ、オタズネシマスデスガ」

と、朝鮮人の土方が、ききとりにくい声で話しかけた。

「ナムアミタプツハ、西洋ノ神サマト、チガッテイルノテショウカ」

「え?」

「アノ、ワタクシノ信ジテイマス、ナムアミタプツノ……」

「あのね。南無阿弥陀仏は、タプツじゃないんですよ。ダブツなんだ」

「アア、ソウデス、ソウデス。ナムアミタフツハ……」

「タフツじゃないんだ。ダブツですよ」

「アア、ソウデス、ソウデス。ナムアミタプツハ……」

「それが、どうしたと言うんですか」

「ナムアミタプツハ、誰デモ救ッテクレマスネエ」

「…………」

「善人デモ、悪人デモ、ナムアミタプツハ救ッテクレマスネエ」

「……ええ、そうですよ」

「ナムアミタプト、一ペン言イサエスレバ、ゴクラクへ行ケルンデスネエ」

「……ええ、そうなってるはずですが」

「ナムアミタプト、言ウノハ、ヤサシイデスネエ。誰デモ、デキマスネエ。ダカラ、誰デモ極楽へ行ケマスヨ。ソウデショウネエ」

「……ええ」

「ミンナ、ゴクラクへ行ケルトキマッテルンデショウ。ナムアミタプト、言イサエスレバネエ。アノ世へ行ケバ、コノ世デドンナニヒドイ目ニアッテモ、ゴクラクへ行ケマスネエ。ソウダトスレバデスネエ、ドウシテ、地獄ガナクチャ、イケナインデスカ。地獄ハ、ナクテモ、イイジャナイデスカ」

「ええ、みんなが救われるとすれば、それは、地獄の必要はないわけですね」

「アノ世へ行ッテモ、マダ地獄ガアッタラ、ヒドスギルジャ、ナイデスカ」

「そうだなア。ひどすぎるかも知れないな」

「ヒドスギマスヨ。アンマリ、ヒドスギマスヨ」

朝鮮人は、首をふって悲しげに言った。

「地獄ナンカ、キライダナア。アンナモノ、ナクナレバイイノニ」

「地獄とは、この世の別名だという説もあるんだよ。この世はつまり、地獄だという……」

「ハア、ソウデスカ。コノ世ハ、地獄デスカラネエ。ダカラ、アノ世ハ、ドウシタッテ極楽ジャナクチャ、イケナイデスヨ。アノ世ダケハ、ゼンプ極楽ジャナクチャ、イケナイデス」

土方の質問にたじたじとなり、柳は、いいかげんに答えるより仕方なかった。地獄、極楽について、彼はそれほど深く考えたことがなかった。ことに、いくらかなりと社会主義かぶれした青年の常として、あの世の「ゴクラク」なるものは、無視したり軽蔑したりしていたのだった。

「だけど、あんたはゴクラクへ行けそうじゃないか。そう、見えるよ」

「イヤ、イヤイヤ」

暗くしずんだ、おとなしい顔つきで、土方は言った。

「ゴクラクダケナラ、大丈夫《ダイジョウブ》デスガ。地獄ガアルカラ、困ルンデスヨ」

よほど看守のきげんのいい時でなければ、長い会話はゆるされなかった。

たとえ、いくらでも好きなだけ話せと言われたところで、この仏教ずきの朝鮮人に、もっとうまい、もっと納得のいく話をしてやることなど、柳にはできそうになかった。それに、その朝鮮人の「身になってやる」には、柳の心配ごとが多すぎたのである。たとえ、その朝鮮人が、本ものの電線泥棒であろうが、なかろうが、そんなことに気をとられているひまもなかったのだ。

彼はまず、手洗に出されるたび、「A計画」は一体どうなんだと、保護室の方を注意している。その夜も、便所のガラス戸の前で、彼は保護室の方をうかがったが、宮口はあいかわらず、寝ころがったままであった。ぞろぞろと、だらしなくつながる仲間たちと、看守にせきたてられて、用をすまして、水道の蛇口のところへ来る。そのとき彼は「おれのタオルをよこせ」という、宮口のことばを想い出したのだった。

「おれのタオルをよこせ」

柳が検挙された夜、看守に向って宮口はたしかに三度、そうくりかえした。「おれのタオル」。そうだ。宮口は「おれのタオル」と、言ったのだ。どうして、そこに気がつかなかったのか。タオルや手拭やハンカチーフの切れはしが、うすぎたなく掛けならべてある、釘の列。宮口の番号の下の、雑巾《ぞうきん》のように黒くなった布を、柳は、まちがえたふりをして手にとった。

犯人たちを手洗に出すときは、看守は二人がかりで目をくばる。

どんなに冗談をとばし、どんなにくつろいでいても、決してゆだんすることのない四つの眼でも、ホンの一瞬間なら、ごまかすことができる。仲間の肩と背のうしろで、柳は灰色のタオルの小片に、眼を走らせる。あった！　いつの間に、どこに匿《かく》した鉛筆でなぞったのか、そのよれよれの小布には、かすかながら鉛色の二つの文字を読みとることができた。

×、A。

これは、エックスとエーではなくて、バッ点とAなのだ。あきらかに「A」は、バッ点によって、否定されているのだ。つまり「A計画」を実行することは、許されないという、「キャップ」宮口の判断であり、指示であり、命令なのだ。

いじっているだけでも、しみついた汚れで指の先が色を変えてきそうな、小っぽけな布を、柳は釘にかけた。彼は、かすかに胴ぶるいした。留置場の光と闇、蜜柑色の電燈のあかるさや、ペンキ塗りの壁の線、ぬれているコンクリート床の足ざわりなどが、一つ一つあざやかな意味をもった存在となって、彼のぼんやりした頭をハッキリさせてくる。

「いよいよ、×Aときまったか。これだ、これだ。これなんだ。×、A。×、A。さあ、宮口とかいう男と、ぼくは結びついてしまったぞ。エンもユカリもなさそうだった闘士と、この坊主が、ぬきさしならぬ一点で、くっつきあったわい。畜生め！」

すっかり興奮して、柳は房へもどった。しかし、興奮はしたものの、具体的には、彼と宮口との関係は、ほんの一センチメートルも深くなったわけではなかった。あいかわらず、宮口の方から柳への、はたらきかけは何一つないばかりではなく、取調べのなくなった宮口は、石の面をかぶったような沈黙で、ますます自己の意志と感情を、あらわさなくなっていたからだ。

独房がわりの保護室に入れられた、「大物」の政治犯が、強い男であることは、知れわたっていた。おたがいに相手を、からかったり馬鹿にしたりする犯人たちも、その「大物」だけは、軽蔑したり無視したりすることができないのであった。犯人たちの中には、「政治」という方法で、自分の「理想」を追求しようなどと考えている男は、一人もなかったし、そもそも「理想」などというものが、自分の人生と関係がありそうだとは、思ってみたこともない連中ばかりだったから、「大物」の理想がどんなものであろうが、そんなことは知ったこっちゃなかったのである。にもかかわらず、どんな奴か正体はわからないにしろ、とにかくさんざんひどい目に遭って、死にかかりそうな状態に置かれながら、音《ね》もあげず、救いも求めず、たった一人でがんばっている、バカ強いしたたか者が、同じ留置場の中に居やがることは、気になるらしいのであった。

「おんなじ学生でも、ずいぶんちがうもんさな」

と、強盗は批評した。

「ここらの学生たちは、みんなたいしたしろものじゃないが、あの『大物』は、少しちがっているな」

学生運動で挙げられてきた、高校生たちをないがしろにするように、強盗は言った。そう言われると、色白の学生たちは恥ずかしそうに、顔を見あわせた。

「奴は、牛みたいに、どっしりとかまえてるが、お前たちは鼠みたいに、チョロチョロしてる」

「へえ、あれも学生なんですか、あの保護室にいる男。そうは、見えないが」

米屋の小僧も、高校生たちを見下げたようにして言った。小僧は、米屋のおかみさんと密通したため、旦那さんに訴えられてつかまっているのだった。「姦通」という冒険をやってのけただけでも、なまっ白《ちろ》い、親がかりの学生より、自分の方が兄貴ぶんだと信じているのだった。

「大学生だろ。きまってるさ。大学にでも行かなきゃ、お前、思想だとかなんだとか、そんなつまらねえこと考えるはずがねえさ」

「そうだよなア。おかしくって。女に好かれた経験がないから、思想だとかに夢中になるんだよなア」

米屋の小僧は、そりくりかえって、学生たちを眺めまわした。

「いや、それはちがう。女に好かれるとかなんとか、それはちがう。それとぼくらの行動は、ちがってますよ」

学生の一人は、いかにも恵まれた家庭で大切にされた少年の正直さで、抗議する。

「あんた方は、なるほど、ぼくたちより人生体験は多いかもしれない。しかし、あなたがただって、プチブルなんだから、きっすいのプロレタリアートじゃないはずなんだ。だから、ぼくらをバカにする権利はないはずなんだ」

と、もう一人の学生が、学生服の胸を張って言う。

「エヘヘへ。たいしたもんだよなア」

小僧は手を口にあてがって、笑い声をあげ、身体をゆすぶった。

「なに言ってやがんだい。女の味も知らねえで」

「知ってますよ」

「知ってるのか」

「知ってますとも」

と、学生は膝に力をこめて、負けずに身体をのり出してくる。

「それに、女を知ってるということで自慢するなんて、男として恥ずかしいことだと思いますが」

「女中か。それとも女学生か。でなきゃ、どこかの女給だろう。ざまあ見やがれ。お前たちが知ってるとぬかすほど、女なんて、カンタンなもんじゃないんだぜ」

「とにかく、そんな話はしたくないです」

「したくないか。したくなければ、しなくてもいい。どうせ、できっこないんだから。女に苦労をかけたこともなければ、女に苦労させられたこともない、そんな奴に、何がわかるもんかい」

「だまらねえか、米屋！」

と、強盗が言った。

「小物《こもの》は、小物。大物は、大物。ちがうんだよ、人間が。米屋は、小物だよ。だから、ここらの学生とちがってるわけじゃねえのさ」

「へえ、そうですか。そんなもんですかい」

と、小僧は首をすくめた。

柳には、「大物」に対する尊敬の念が、学生たちほど純粋なかたちで、あるわけではなかった。偉い、と思い、強いな、と思う。彼は彼なりに感心してはいても、そのそばから「一体この世の中に、そんなに偉い男、強い奴がいるもんだろうか」という反問が、わいてくるのだった。高校でも、大学でも、柳の友人には、そんなに「偉い男」「強い奴」はいなかったのである。自分とたいして違わぬ青年たちが、ほんのチョッピリの違いを目立たせようとして、競いあっているにすぎなかった。

高校生と、さして年のちがわない柳であるから、宮口という男が「神秘的な強者」のように、想われてきて、息ぐるしくなることもあった。しかし「まて、まて。宮口だって、これからさき、どう変らないものでもない。それに、我慢づよいことがわかったところで、あの男の性格が、ぜんぶわかったわけでもあるまい。そんなに理想的な、完全無欠の青年が生きているとしたら、第一、ぼくの生きがいというものが、なくなってしまうではないか。宮口だって、阿難尊者ではないし、ペテロやパウロで、あるわけもない。一体、彼は、死刑にならないとして、重ければ無期、かるくても十五年はとじこめられることになるのであるが、そのあいだ、彼の性欲をどうやって始末するつもりだろうか。青春のよろこびを、すっかり奪いさられて、なんの楽しみもない闇の中で、『理想』だけを栄養として生きのびることが、彼の『快楽』なのだろうか。いや、いや、どうだか。すぐに相手を買いかぶるのは、お坊ちゃんのクセであるから、お坊ちゃんであるボクは、警戒しなくてはならんぞ」と、自分に想いこませる。そう言いきかせながら、また「それにしても、彼は強いぞ」という判断が、のしかかって来て、嫉妬のために目がくらみそうになるのであった。

「それにしても、Aは×なのだ。Aがバッ点であることを、どうやって穴山や越後に、知らせたものだろうか」

学生たちの一人なら、たのまれた連絡を、いいかげんにすっぽかすことはないと、柳は考える。しかし、彼の方でいくら彼らを信用したところで、彼らの方では、坊主などを信用できないことは、彼らの彼をながめる眼つきで、あきらかなことなのである。信用するも、しないも、それより先に「赤い坊主」などという、鳥とも獣ともつかぬコウモリよりもっとおかしな生物を、理解しようという心など、学生たちにありえないことは、当然すぎることなのである。

学生たちの表情をしらべたり、ささやきを耳に入れたりしないでも、柳には、自分に対する彼らの軽蔑の「内容」を、推しはかることができた。軽蔑されることを喜ぶほど、マゾヒズムめいた感覚はなかったにせよ、そのわかりきった軽蔑の「内容」は、とっくの昔に卒業していますわいと、たかをくっているところもあった。強盗、スリ、詐欺、かっぱらい、不良少年、ゆすり、たかり、密通者、宿なし、気ちがい、それに朝鮮人。こういう連中には、不可解な暗黒がかぶさっていて、その生活的な内情の底を見ぬくことなど、柳にはできなかった。しかし、学生たちの精神的な「内情」については、うす皮一枚の下を、すぐさま見とおすことができそうだった。

拘留は、二十九日と言いわたされたものの、それだけで釈放されるかどうか、柳にはわからなかった。釈放されれば、越後にでも穴山にでも、連絡は自由になる。それまで、何もしないでいてよいのなら、ことは簡単だった。しかし、何もしないで放ったらかしにしているのも、あまり不精で、ひっ腰がないような気がした。

柳が小ざかしい智慧をはたらかさないでも、彼の心配（それは、ほかの犯人たちの心配にくらべ、言うに足りぬものであった）は、穴山の出現で、手ばやく解決した。穴山はぬけぬけと、宝屋夫人と久美子のお供をして、警察署にあらわれたのだった。

夫人と面会してから、ちょうど一週間めの、吹き降りのはげしい日であった。

自家用車で来た、二人の女性は、雨にぬれしょぼれているわけではなかった。それでもやはり、穴山の寺へ廻ったりしているうちに、吹きつけられた雨粒が、髪の毛に光ったり、靴下にしみとおっていて、いかにもわざわざ、吹きつのる風雨をしのいでやって来た感じがした。

署長室ではなくて、だだっぴろい二階の事務室なので、二人の女性は、めずらしがる人々の視線にさらされ、話し声に洗われて坐っているわけであった。街路に面して、二階ぜんたいの幅でひろがっている窓（それはもちろん、いくつかの壁で分けられていたが）は、留置場から上ってきた柳の眼には、雨の日にもかかわらず、まばゆいほど明るかった。空の暗さと雨の光をふくんだ、その青みがかった光線は、よく晴れた日の平凡な光線よりも、二階の人物たちの姿を、意味ふかく色あざやかにうつし出していた。

ことに、西洋中世のテンペラ画、あの線や濃淡のくっきりした泰西名画の童女でも、絵葉書にしたように、ひっそりと坐っている久美子の姿には、あらあらしくなり、鈍感になっている柳に身ぶるいをさせるようなものがあった。

緑色のレインコートは、キッチリとたたまれて、姿勢を正した久美子の膝の上に置かれてあった。彼女はできるだけ、人目をひかぬ服装をえらんで来たにはちがいなかった。しかしそれでも、灰色と白を織りまぜたセーターは、色がジミなだけに、かえって外国産の上質毛糸の弾力とはなやかさが、おずおずとちぢかめた彼女の上半身を、ひきたたせていた。赤い裏地のチラリと見える、白いゴム靴も、彼女の脚を可愛らしく見せていた。森の奥や、野原のはずれから、いきなりバス道路へとび出してきて、おそれのあまり足のすくんでしまった、山兎《やまうさぎ》の赤ん坊。そういう風情は、おちつきはらった姉のかげにかくれるようにしているため、かえって好ましく、刺戟的なのであった。

「可愛らしいということは、一体、どういうことなんだろうか。可愛らしさと、なまめかしさは、ちがっている。決して、おんなじものであるわけがない。だが……」

柳は、今にも鼻緒《はなお》の切れそうな冷飯草履《ひやめしぞうり》の足を、椅子の下でうごかしながら、そう考えていた。よその方を見ないようにして、顔うつむいていた久美子が、彼があらわれたとたんに、ピクリと身うごきしたのを、彼は知っていた。おびえきっている彼女は、おびえながら、何とかして柳と話がしたいのにちがいなかった。話などできないでもいいから、「来ること」「見ること」だけでもいいから、どうしても、姉にくっついて来たかったにちがいなかった。

「だが、可愛らしさだって、女の可愛らしさであるからには、やっぱりなまめかしさの一種ではなかろうか。なまめかしさの方だって、可愛らしさと関係がないどころか、大いに関係があるらしいんだから、まして、美しいから可愛らしいのだとすれば、その可愛らしさは……」

帽子をかぶらない制服の警官や、私服の刑事たちが、机の列の向うから、こちらに注目している。書類を手にして、通りすがりに、立ちどまって見おろす者もある。

「……つまり、なまめかしさが性欲と、切っても切れないつながりがあるとすれば、可愛らしさだって、性欲ぬきで感ぜられるはずはない。つまり……。何が、つ、つ、つまりだ。つまり、この久美子が可愛らしいというのはだ、ぼくの性欲のはたらきによって、そう思われるのであるからして、そう思うからには……」

「あまりたびたびでは、御迷惑かと思ったんですが。妹が一度ぜひ、お会いしたいと申すもんですから」

「お姉さま……」

と、消え入りそうな声で、久美子が言った。

「めったに来られない所なんだから、来た方がいいですよ」

僧服の袖口をまくりあげながら、穴山はのんきにかまえていた。のんきにと言っても、大きな両眼は、かなりけわしく、油断なく光っていたのであるが。

太った部長は、夫人によりそうようにして腰をおろし、大きく股《また》をひらいて、四人を監視していた。力を入れてふんばった足は、ズボンもはち切れそうな肉づきで、元気をもてあましているように見えた。いまいましいような、うきうきしたような部長の感情が、中身がはりきったため色艶を増した二本のズボンから、柳の方へというよりは、二人の美女の方へエネルギーを発散しているようであった。

「どうだい、ここの警察は。中央とちがって、目黒は田舎《いなか》だからな。ラクなんじゃないか。そう、うるさいこともなさそうだな」

「ああ、うるさくはないよ」

「なまいきを言うな」

と、部長は、穴山と柳の両方へあてつけて言った。

「お前たちは、やさしくすれば、すぐつけあがるんだ」

「やさしくして、おあげになった方がいいわ。出てからのこともありますし」

と、夫人は言った。

「ことにやさしくするというわけには、いかんですが」

夫人の流し眼をうけとめながら、部長は、話しにくそうにしていた。

「われわれは、別に、いじめるのが商売じゃないんだから。まともな人間にして、おかえしするつもりでいるんだから」

「いつごろ、かえしていただけますの」

「それは、今ここでは言えません」

部長は、夫人から顔をそむけて、咳《せき》ばらいした。

「柳は、まともな人間になりますかなア。とうぶんダメなんじゃないかな」

と、穴山は言った。

「そういうことは、坊さんより、こっちの方がよく知っとるんだよ」

「いいかげんにして、帰されたんじゃ、柳のためにもならないし。こいつの罪は、一体、なんなんです。なにか少しは、やってたんですか」

「君らは、そういうことをききに、来たんじゃないだろう。顔を見たいと言うから、会わせてやったんだ」

「穴山さん。さからわない方が、いいわよ。こちら、親切で言って下さっているんだから」

「別に、親切だということもないでしょう。どっちも規則で許された範囲で、やってることなんだから。どうなんだい、柳、ながびきそうなのか」

「……さあね。ながびくはずはないんだが」

柳は、部長に気がねしながら答えた。

そのとき部長がうなずいたのは、柳に対してではなかった。あの主任びいきの、はりきり屋の若い刑事に、向ってであった。若い刑事は、部長ひとりでは、穴山や柳が秘密の連絡でもやりはせぬかと、警戒していたのだった。というより彼は、犯人や面会人に対する、取扱いの手ぬるい部長をとがめるようにして、目鼻だちの若々しい顔を、とげとげしくしているのだった。うなずいた部長の許しを得て、若い刑事は、柳の横の椅子をきしませて坐った。

「警察は、お寺や幼稚園とは、ちがうんだからな。勝手な口のきき方をする奴の、相手になってやるわけにはいかんのだ」

と、彼は、穴山に突きかかるように言った。

「それは、そうだろうよ。こっちは坊主だからな。警察官のような口のきき方は、できないんだ」

「お前さんは、どこの坊主だ」

「大日本帝国の坊主だよ。ロシアかどこかの坊主のように見えるかね」

「坊主が女にくっついて、何しに来たんだ」

「目黒の警察が、どんなことをやらかしてるか、視察にきたんだ」

「誰がお前さんに、視察してくれと頼んだんだ」

「帝国陸軍だよ。憲兵隊だよ」

「何を言うか、こいつ」

「日本の特高警察は、世界一だと、君ら、考えてるんだろう。憲兵に言わせると、なっちょらんそうだぞ」

部長は、いきりたつ部下の肩を、かるくおさえた。部長は、出しゃばりの部下が形勢不利になるのを、楽しんでいるのだった。

「若い連中は、まだましだがね。署長という署長は、みんな既成政党の息がかかっていて、使いものにならんそうじゃないか。ここの署長は、どうなんだい。うまく立ちまわって、町の顔役とつながってるだけじゃないのか」

「よせよ、よさないか」

と、たまりかねた部長が言った。

「あの世のことは、ともかくとして。この世の秩序を守っているのは、われわれ警察官だ。警察がなかったら、どうなると思うね」

部長は、夫人の方を見つめ、久美子、穴山、柳と、順々にながめまわした。

「警察がなかったら、みんなが好きなことやり出して、社会秩序はたもたれなくなるんだよ。強姦したい奴は、強姦する。どろぼうしたい奴は、どろぼうする。火つけしたい奴は、火つけをする。そうなったら、どうするね。万事、強いものがちになって、弱いものを守ることはできなくなるぞ。それこそ、寺だって会社だって、いつ焼き打ちされたり、ぶっこわされたりするか、わかったもんじゃない。あんたたちの家庭や財産が安全でいられるのだって、警察のおかげなんだぜ。夜の目もねないで、安い月給でこきつかわれ、我々が不平も言わずに働いてるからこそ、どうやら無事にすんでるんだろ」

「恩知らずですよ。感謝の心が、まるでないんだ。自分たちが、おかげをこうむってるのを忘れて、文句ばかり言うんだ」

と、若い刑事はまだ、穴山をにらんでいた。

「弱いものを、守ってくれるのは有難いがね。強いものにシッポを振らないでいてくれると、もっと有難いんだ」

「一体、なんなんですか、こいつは。えらそうな口ばかりきくが」

いらだった若い刑事は、部長にたずねた。

「坊さんには、国粋主義が多いんだ。日蓮宗なんてのは、みんな日本主義だ」

「こいつ、日蓮宗ですか」

「どうだか知らんがね。右翼だよ。顔みりゃ、わかるだろ」

部長は、気ごころのわかった仲間同士のようにして、穴山の肩をなでた。

街路樹の立ちならぶ、はばひろい道路を風が通過すると、ちぎられた葉っぱが窓に吹きつけられた。もぎれた蝙蝠《こうもり》の翼のように、窓ガラスに貼りついて音をたてる、大きな葉もあった。紙つぶてのように、突きあたって、はねかえる小さな葉もあった。うす墨を流したような空は、墨の色をかきあつめたように暗くなり、また、あかるくなった。そのあかるさは、おびやかすように白っぽく、室内をてらし出した。そのたびに、女二人の皮膚の色や、顔かたちが、美しさのおもむきを変えるのであった。

「久美子さん、こわがることはないのよ。わたくしたちは、何もわるいこと、していないんだから。この方たちだって、わたくしたちを、つかまえようとなさってるわけじゃないしね」

「ええ、わたくし、つかまってもかまいません」

姉の片手に肩を抱かれていた、久美子は、思いつめたように言った。

「……柳さんだって、つかまっていらっしゃるんだもの」

「あんたみたいなひとを、つかまえたら大へんだ。罪のない者を逮捕したりすれば、警察官も、罰せられることになってるんだから。それとも、そんな可愛い顔をしていて、お嬢さん、なんか罪でも犯しているのかね」

「ええ、わたくし……」

からかうようにする部長に、久美子は生まじめに答えた。

「わたくしだって、罪があります」

「ははア、どんな罪があるの」

「……人間はみんな、罪があります」

久美子がそう言うと、部長は椅子にのけぞって笑い出した。若い刑事は、軽蔑したように、プッと笑いの唾をとばした。

夫人は、柳の髭をそるため、剃刀もシャボンも、刷毛もタオルも、みんなそろえて来ていた。西洋剃刀が、なめらかにすべるたび、夫人の肉のあたたかみが、柳の顔につたわってきた。夫人の膝のかたさが、彼の膝に、くすぐるようにさわった。夫人はゆっくりと、楽しむように、柳の向きをかえさせた。どちらを向いても、久美子の真剣な、すがりつくような視線が、姉の指さきを追ってきた。剃刀の光と冷たさ、刃ざわり、シャボンの泡と香りの中で、柳は、手術か解剖でもされているような、あなたまかせの気分だった。

「ばかばかしいな。全く、ばかばかしいな。こんな奴の見張りをしているなんて」

と、若い刑事は舌うちした。

「柳の部屋を家宅捜索したら、お経の本のあいだに、エロ写真がはさんであった。あきれかえったよ、坊主のくせに。どういうつもりで、毎日生きてるんだろう」

若い刑事がそう言うと、柳は冷えてきた手脚の指のさきが、むずかゆくなり、二人の女性の顔が見ていられなかった。

「アメリカの映画雑誌かなんか、切りぬいて、大切そうにしまいこんでるんだ。お経の本のあいだに、はさんでるんだ。西洋の女の裸の写真でな。しばられたりして、苦しがってる所の写真やなんかなんだ」

「なんだ、西洋の女か。日本のはないのか」

「みんな、西洋の女ですよ。日本のはありません。よっぽど、西洋の女が好きなんだな」

「エロ写真って、男女おりかさなってる奴か」

「いや。そういうんじゃないんです。男はいなくて、女だけでね。その女が、ひとりで、しばられたりしてるだけでね」

「性交の写真じゃないんだな。それじゃ、なんでもないじゃないか。ただの裸の女の写真だろ」

「主任さんが、みんな机のひきだしに、しまってありますが。しかし、坊主のエロというのは、穢らしいじゃないですか」

「うん、けしからんな。とっちめてやらなきゃ、いかんな」

柳は、部長と刑事の会話をふりはらうように、濡れタオルで顔をこすっても、こすっても、こすっても、女二人の視線を防ぎとめることなど、できるわけがなかった。むしろ、こすればこするほど、夫人は、なまぐさいような色っぽさの増した眼つきで、久美子は、打ちくだかれまいと耐えしのんでいる眼つきで、柳を見つめるのだった。

「女の裸が好きなのは、仕方ないとして。しばられた女が好きなのは、困りますわね。悪趣味ですもの」

夫人は、片手をかかげるようにして、柳の頭にフケとり香水をふりかけていた。

「悪趣味というより、けちくさいんだ。ふんぎりがついていないんだ」

と、穴山は言った。

「坊主だって、女から生れたんだから、女が好きであって、かまうことはありゃしない。好きなら好きで、もっと正面から女と取組めばいいんだ。それを柳は、好きなような好きでないような、いいかげんなところでごまかしてるから、いけないんだ。見ちゃいられないんだ」

「ごまかしてるわけじゃないよ。迷ってるだけだよ」

と、柳は、夫人の手の下へ首をさし出したまま言った。かくしていたエロ写真の話まで出てしまっては、久美子さんに嫌われてしまったろうな。きらわれたくはないんだが。と、そのことが一身上の重大事件のように思われて、若い刑事や穴山のことばは、ほとんど柳の耳をすり通りした。

「いい御身分だよ。迷ってりゃ、それですむんだから」

若い刑事は、にくらしくてたまらないように言った。彼は、苦学生の弟に学費をみついでやるため、好きでもない職務にはげんでいるのだった。したがって、彼が柳をにくらしがるのは、あたりまえなことなのであった。

「そうです。いい御身分です」

と、柳がつぶやくと、

「自分で言ってりゃ、世話はないや」

と、若い刑事は、ますます眉根をけわしくした。

「今日は、宮口の調べがあるんじゃないか。本庁から、連絡があっただろう」

と、部長が若い刑事に注意した。

「もうそろそろ、係が来るころじゃないのか」

「ハア。さっき、主任さんが署長室へ、その話で下りて行かれましたが」

「あの係は、おれたちがタッチするのを、いやがってるらしいからな。それで、つきあいにくいんだ。何もおれたちの方じゃあ、手柄を横取りしようなんて、思ってるわけじゃないけどさ。もう少し、協力をたのんできても、よかりそうなもんだ。主任さんも、もう少し、こっちの意見を主張すればいいんだ。逮捕したのはおれたちなんだから、取調べについても、遠慮なんかしないで、積極的に出なきゃいかんよ。君、一寸、下へ行って話の様子をきいてくれたまえ。あのアジト、あの殺人現場はともかく、おれたちの管轄区域内だろ。あそこを嗅ぎつけたのも、あそこへ踏みこんだのも、第一線はおれたちなんだから。ぼんやり眺めてる手はないんだ。君、行ってきてくれ」

夫人は、黒塗りの重箱の蓋《ふた》をあけて、みんなの前にさし出した。中トロのマグロのすしが、笹の葉をあしらわれて、みずみずしくつまっていた。

「ハイ。それから御道すじの警戒は、全員出動ですか？　あと十分ぐらいで、出かけなきゃなりませんが」

「たいした用もないのに、こんな日に出かけないでくれれば、いいのになア。向うは御召車《おめしぐるま》があるからいいが、こっちは傘もさせやしない。全員で行かなきゃ、うるさいだろう」

タレのかかった、マグロの厚身の冷たさは、柳の口のなか一杯に、たまらないおいしさで、しみわたった。

「いかがです。おひとつ、どうぞ」

と重箱をまわされても、若い刑事はかたくなに首を振り、部長だけが、肉のたっぷりした掌をさし出した。

強風にあおられた広い二階には、いつのまにか警官の姿が、ほとんど見えなくなった。

「ここに入れられてりゃ、まずい物を少し食って、規則的な生活をするんだから、健康にいいぐらいなもんだよ。なア、柳」

「そうですわね。人相が少し悪くおなりだけど、かえって男らしくなったみたいですわ」

「そうだ。たしかに、眼《がん》の光がちがってきたぞ」

と、言いながら、穴山は部長と競争するようにして、スシをつまんだ。二人の指さきが、重箱の上でぶつかったりしても、二人とも平気だった。

階下へ行きかけた、若い刑事は、階段のそばで部長を手まねきした。

「もうじき、出かけなきゃならんから、面会はそれまでだぞ」

と、言い置いて、部長は席を起った。若い刑事は、こちらに注目したまま、部長の耳に何かささやいていた。

「Aはダメだそうだ。やっちゃ、いかんそうだ」

柳は、スシをつまむため、上半身を前へ伏せながら、穴山に告げた。

「Aか。そうか。わかった」

「カルピスとサイダーを用意してきましたけど、おのみになる?」

夫人は、男二人の会話を、自分の身体でかくすようにして、起ち上った。

「焼豚も、ハムもあるのよ。どしどし、召し上って下さらない?」

夫人は、ピクニックの主催者のように、包みをひらいたり、紙のコップと紙の皿をとり出したりして、まめまめしく立ちはたらいた。

席へもどった部長は、竹製のフォークまでそろえた御馳走を、あきれたように眺めやった。

夫人は、おもしろがって魔法ビンの口をあけ、部長の鼻さきへ持って行った。そこからは、熱い紅茶の湯気と一緒に、ウイスキーの香がたちのぼった。

「やれやれ、あんたたちの贅沢は、これは一体どうしたことかな」

下の重箱の中には、大ぶりのハムや焼豚のほかに、濃紅の血の色を固めて、純白の脂身をちりばめた、イタリア風のソーセージや、勢いよくそりくりかえったセロリの茎が、これでもか、これでもかと訴えるように、詰められてあった。

「柳さん一人の、ためばかりじゃありませんのよ。みなさんで食べていただこうとして、持ってきましたのよ」

「とても一人で、こんなに食べられるもんじゃないさ」

反感を示すというよりは、もったいなくてたまらないという感じを、むき出しにして、部長は言った。

「金があるから、贅沢をする。それはそれで、あたりまえなこったけどな。あんた方はもう少し、社会というものを考えなくちゃいかんよ。立派な洋館かなんかに住んで、女中さんにとりまかれていたんじゃ、社会というものはわからんからな。日本の社会がどうなっているか、警察にいるとよくわかるんだ」

「警察につとめなくても、それくらいのこと、わかるさ」

「いや、奥の奥のところはわからんさ」

「わかるよ。お経を読んで歩いてりゃ、いやでもわかるさ」

と、穴山は言った。

「わかってるとは見えんがね。わかってるなら、宗教家は何をやってるんだ。日本社会の現状が、もしわかってるなら、どうしてもっと熱心に救おうとしないんだ。宗教家がしっかりしてれば、もう少し社会の悪化は、救われてるはずじゃないか。君らが何もしないで暮してるから、悪いことのシリは、みんな警察へもちこまれるんだ。君らがヒマだから、おれたちが忙しくなるんだぞ」

「坊主がヒマとは、かぎらんよ。おれなんか忙しくて困ってるんだ」

「私利私欲のために、いそがしがったって、宗教家とは言えんからな」

「シリシヨクのない人間は、いないよ」

「そう、あきらめていいものなのか。そんなら、何のために寺があるんだ。何のために坊主がいるんだ。何のために仏教があるんだ」

「人間に私利私欲があるから、仏教があるんだよ」

「なんだって」

「そうなんだよ。人間という奴が悪い奴だから、仏教が生れたんだよ」

「悪いから悪いと、ほうっておいてすむものなのか」

夫人は、部長の片手にサイダーの紙コップを、もう一方に、ハムなど取りわけにした紙皿をもたせた。

久美子は、夫人から手わたされた紙コップを、ためらいがちに柳の方へさしだした。コップは、小きざみにふるえて、今にも彼女の手からおちそうだった。

「穴山さんをお叱りになるつもりじゃ、なかったんでしょ。わたくしをお叱りになるつもりだったんじゃ、ございませんの」

「叱るというわけじゃないが、とにかく贅沢がこれ見よがしになるのは、よくないと……」

「ええ。わたくし、いくら叱られてもダメなんですの。なおりませんのよ、心がけが。どなたに何を言われても、感じないタチなんでしょうね」

「ふうん、どうもそうらしいが。まあ、あんまりいい気になって、社会全体のことを考えないと、痛い目を見ることがありますからな」

「ええ。そうでしょうね。きっと、今にそうなると思いますわ」

「ふうん、きっと今にな、ふうん、なるほど」

部長は、大いそぎで御馳走を平らげはじめた。

「いいです、いいです。奥さんの心がけは、大いにいいです」

と、穴山は言った。

「反省したり、先のことを考えたり、そんなのは要するにつまらんこってす。ほかに何もできない連中が、そんなことやってウジウジしてるだけでね。そういうことは、老人にまかしときゃいい。生きてるということは、実行することです。そうでしょう。反省したり、批判したり、分析したり、研究したり。あれこれ比較したりね。あんなのはみんな、何一つ実行できない連中のごまかしですからね。痛い目をみるまでやらないでいて、どこに人生の楽しさがありますか。人間、どんなに用心ぶかくしたって、痛い目を見ないですむわけがない」

「この方、けしかけるのがお上手だから」

夫人は、指さきを巧みにつかって、ハンカチーフで口をぬぐった。

「まったくだ。よくない坊主だ」

さかんに食べいそぎながら、部長は言った。

「けしかけるのがお上手？　そのとおりです。しかし、けしかけるだけの男は、政治家だってヤクザだって、すぐ化けの皮がはがれるからな。けしかけるだけの、行為の裏うちが当人にあって、はじめて、けしかけが力になるんだ。ただ、けしかけるだけなら、何もしないのと同じこった」

「すると貴公は、何かやるつもりなんだな」

「つもりじゃない。現にやってるんだ」

「そうか。では、そのうち、つかまえてやるよ」

「お前さんが逆立ちしたって、おれはつかまらんよ。柳とはちがうからな」

ゴム長靴、黒い合羽《かっぱ》、古い麦藁帽子で変装した若い刑事が、足音あらくもどって来た。彼はすっかり、買い出しの魚屋さんか、駅で荷扱いする人夫のように見えた。

部長が、けわしい顔つきで起ち上ったのは、部下の呼び出しにこたえてではなかった。

彼が太い首をふり向けたのは、取調べの小部屋の方角だった。どこかで、ガラスの割れる音と、かすかな叫び声がきこえた。小部屋は、ここからでは見えなかった。留置場のま上にあたる小部屋には、別のせまい裏階段があり、それもここからは見えなかった。ここから見えるものは、人影のなくなった広間と、廊下、それに一般用の階段の降り口だけであった。つまり何も変った様子は、眼に入らないのに、柳にも、女たちにも、何かが突発したことが感じられた。

「宮口！」

部長がそう叫んで、いきなり眼前からかき消えるように、すっとんで行ったとき、おなじ叫びが柳の口の中でかすれていた。身をひるがえして走り出したのは、若い刑事の方がさきであった。

間のぬけたように、非常ベルが鳴りはじめた。走って行った二人の刑事は、かなりすばやく、抜け目ない動作をしていたはずであるが、見えなくなったあと、やはりどこか間のぬけたような空気をのこしていた。

「逃げた。逃げた」

小さい、小さい、小人のような掃除婦が、そう言いながら、廊下を走って広間に入ってきた。

彼女は、柳たちの方を見つめたまま、しばらく突っ立っていてから、

「大へんだア、大へんだア。犯人が逃げたぞう。逃げたぞう」

と、地だんだを踏みながら、大声をあげた。掃除婦は、どこかへ茶を運ぶ途中だったらしく、アルミのお盆を、しっかりとかかえていた。お盆の上の茶碗をころげおちぬよう支えているため、彼女の恰好は、ぎごちなく見えた。肩をはった姿勢のまま、彼女は階段をかけおりて行った。

「逃げたか」

と、穴山はつぶやいた。そして、刑事たちの走って行った方向に、大股で歩いて行った。

夫人が、柳の左の手をにぎり、久美子が右側によりそって、立っていた。

夫人は、穴山の歩いて行く方向に、きつい眼をむけて、にぎった指さきに力をこめていたが、久美子は、そちらを見ようともしないで、ぼんやりと、柳の横にかくれるようにして、立っているだけであった。何もしないで立っているだけの久美子は、ぼんやりしているように見えても、実は、これ以上は緊張できないほど、緊張しているのにちがいなかった。

ほんの一瞬間ではあるが、その広い二階には、柳と女二人のほかに人影がいなくなった。

「宮口が逃げた？　ほんとうだろうか。あんなに弱りきって、立つことも歩くこともできなかった宮口が、どうして、逃げることができたのだろうか」

もどかしいような、恥ずかしいような、さまざまな想いが柳の頭の中を、風雨に吹きちぎられた街路樹の葉っぱのように、かすめすぎた。

「逃げきれるだろうか。むずかしいだろう。裏階段のそばの窓から、とびおりて、屋根づたいに？　むずかしいな。しかし、ともかく何とかして彼は、逃げだそうとした。一体、どうやって彼は、たとえ数分間でも、屈強な特高係の手から、逃げだすことができたのだろうか……」

「逃げられます。今なら、逃げられます……」

と、ききとれないほどの小声で、久美子がつぶやいた。夫人ではなくて、久美子がそのような、はげましのささやきを口にしようなどと、柳は夢にも思ってはいなかった。第一、彼には、逃げる意志など全くなかったのであった。

「…………」

「逃げようとすれば、きっと……」

厳重に監視されていた宮口が逃亡できたとすれば、その一瞬、ほうりっぱなしにされている柳が、脱出できないはずはなかった。久美子にすすめられても、逃げるための身うごき一つしようとしない柳は、つまりは逃げるだけの行為をしていないわけであった。男らしい行動をやってのけることのできる、強い奴ではなくて、逃げるだけの仕事もできない、弱い奴という証拠であった。どうやっても貫きとおしたい、ハッキリした目的がある男だったら、このチャンスをつかんで、一刻も早く自由の身になろうとするはずではないか。

「久美子は、このぼくが死刑にでもなるほどの大物だと、思っているのだろうか……」

しみわたってくる恥ずかしさの中で、柳の全身はこわばっていた。と同時に、むちゃな逃亡を敢えてやったのが自分ではなくて、宮口であった、という妙な安心感が、とろけるような甘さで彼のからだを包んでいた。

廊下のはずれに、部長の姿が、揺れながらあらわれた。気ちがいじみた怒りのため、部長は、腕や足の自由を失っているように見えた。僧衣の穴山とならんで走ってくるとき、二人は、さかりのついた熊のように、どうしようもない活力でふくれあがっていた。警視庁の係が、二人とは正反対の、なさけない歩き方で、そのあとにつづいた。宮口に首をしめられて、気を失いかけた、その特高係は、口惜しさと恥ずかしさのため、もぎりとられてから時間のたちすぎた胡瓜《きゅうり》のように、しなびていた。

部長は、卓上の電話にとびついた。次から次へと附近の交番へ、指示をあたえていた。

「うまく逃げやがった」

と、穴山は言った。

「刑事の首をしめてから、逃げやがった。よくやったもんだ。逃げるということは、やさしいこっちゃない。えらい奴だ」

「一目でわかる。帯もなんにもしちゃいないんだ。はだしだよ。髪だってのびてるんだ。病人だ。顔がまっ青だから、すぐわかる。そうだ。着物だ。着物をぬいだとすりゃ、シャツだ。え？　バカヤロウ。人相なんか、どうだっていい。怪しい奴は、ぜんぶつかまえるんだ。あたりまえだ。この雨の中を、はだしでウロウロしてる奴が、ほかにいると思うのか」

部長は、恐しい眼つきで柳の方をにらみながら、息づかいも苦しそうであった。

「もう一人の方は？　あの若い刑事さんは？」

と、夫人は穴山にたずねた。

「あとを追っかけて、二階からとびおりたらしいんだ」

「逃げた人も、二階からとびおりたんですの」

「そうらしいんだ」

雨合羽をゴワゴワさせた巡査が、二人、駈けあがってきた。

「そいつを、その柳を留置場にもどしといてくれ」

とまどっている巡査の一人に、部長は命令した。

「そんな奴にかまってたもんだから、とんでもないことになった。早く、連れてって、ぶちこんどいてくれ」

殺気だったのは、部長ばかりではなく、二人の巡査もとまどいながら、ものものしい顔つきになっていた。

「宮口は、逃げられっこない。逃げられっこないが太い奴だ」

「こいつも、逃亡に関係があるんじゃないですか」

と、近よってきた巡査は、部長に言った。

「どうせ、そうだろう。どいつもこいつも、ロクな奴はいない」

首をしめられ、犯人をとり逃がした本庁の刑事を、部長は、憎らしさと軽蔑の眼で見やった。

「あんたは休んどって下さい。われわれがすぐ、つかまえてあげます」

相手の答えを待たずに、部長は階段を駈けおりて行く。一人の巡査が、そのあとにつづいた。

「お前さんは、逃げたりしないで、ゆっくりとつかまっていろよ。逃げるだけの才覚も、ないだろうが」

と、穴山が柳に言った。

「ああ、ぼくは逃げないよ。逃げられないよ。逃げる理由がないんだから」

柳は、あまり元気のない声でこたえた。

「そうよ。逃げたりしない方が、よろしいわ。どっちみち、すぐ出られるんですもの」

と、あいかわらず眼つきをやわらげないで、夫人が言った。

「さあ、さあ、いつまでも女のそばに、でれでれしていないで、早く下へおりるんだ」

と、巡査が柳をせきたてた。

「逃げた人って、ほんとにどんな人かしら。すごい男がいるものね」

と、夫人は、考えに沈むようにして言った。

「柳さんは、どうして……」

と、久美子がつぶやいた。

「柳さんも、逃げればよかったのに……」

「どうも、いろいろありがとうございました」

そう言って、裏階段の方へ歩いて行くあいだ、久美子の最後のつぶやきが、柳のまわりにただよい、彼の耳たぶから脚の先まで、しみとおっていった。

「宮口は逃げた。ぼくは逃げなかった。宮口は逃げた。ぼくは……」

一つことを想いつづけながら、柳は自分の房へもどった。

「宮口は行動しつつある。ぼくは、行動していない。宮口は奮闘している。ぼくは、だらけたままでいる……」

その夜は、看守もすっかり手きびしくなって、会話はすべて禁じられた。監視する方も、されるカ方も、カンがたかぶっていた。強盗は、不良少年の腕をねじあげて、もう少しでその骨をへし折りそうになった。不良少年が、強盗のしゃべった話の内容を、刑事に告げぐちしたためであった。

宮口が逃亡できたのに、自分にそれができないことで、強盗はいらだっているのだった。逃亡の意志のない小物たちも、何となく、興奮して、ジッとしていられなくなる。宮口が留置場へ連れもどされてこないかぎり、彼の逃亡はつづいているわけであった。カラになった保護室は、カラになっているだけで、そこにとじこめられていた一人の政治犯が、いま警察署の外の、風雨の中を走りぬけて行き、自由の世界で動きまわっている状態を想像させ、訴えかけてくるのだった。

「お前さんは、逃げないのかい」

詐欺の男が、柳をからかって言った。

「ああ」

柳はただ、困ったように答えるより仕方なかった。

朝鮮人の土方だけは、その日の事件にも、一向に反応を示さなかった。古毛布を房の上にひろげる時になって、彼は柳にささやいた。

「ニゲタッテ、ニゲラレルモンジャナイ」

男たちは、狭い場所で総立ちになり、毛布をひっぱりあったり、足の位置をうごかしたりしていた。柳には、朝鮮人のささやきの意味が、急にはわからなかった。

「あの男なら、逃げられるかもしれない」

「ニゲラレナイ」

「どうして」

廊下には、看守のあらあらしい声が、ひっきりなしに鳴りひびいていた。早く横にならないと、寝る姿勢がきゅうくつになるので、みんなはいそいでいた。柳と朝鮮人は、一ばんあとから横になったので、ほかの男の頭と足のあいだに、やっとのことで身体をおし入れた。たがいちがいに寝ている男の足が、柳と朝鮮人の顔のあいだに、はさまっていた。

「ニゲラレナイ。死ナナキャ、逃ゲラレナイ」

「…………」

「死ナナキャ、コノ世カラ逃ゲラレナイ」

自分自身に言いきかせるように、朝鮮人は、そうつぶやいた。

あいだの男が足をのばすたび、くさい足さきがほっぺたにぶつかるので、柳は、朝鮮人と反対の方へ顔をそむけなければならなかった。

この世から逃げられない？　死ななきゃ、この世から逃げられない？　それは、そのとおりだ。しかし、と、柳は思いまどっていた。警察署から逃げ出すことと、この世から逃げ出すことと、どっちがむずかしいのだろうか。どっちも、むずかしいことだ。ぼくは、警察署からも、この世からも逃げ出すつもりはない。ぼくは、まだ若い。まだ、とうぶんは死にそうもない。死にたいと思ってもいない。死なないでいられることは、ありがたい、いい気持がすることであり、留置場から逃げ出さないですんでいることも、気がラクなことである。だが、そうやってウカウカと暮していることが、正しいであろうか。いや、ぼくが今考えようとしていることは、ぼくの生き方が正しいか、正しくないかといったような、問題じゃないらしいぞ。ぼくは今、こんなことを考えているんじゃないのか。あの宮口に、恋人がいるかどうか。あの男に好きな女が、いるかどうか。いるとしたら、どんな女か。そして、彼が一体どんな風に、その女を愛しているのか。彼はこれから、その女のところへ逃げこもうとしているのかもしれない。女に会いたくなって脱走したのでないことは、わかりきっているが、愛している女だとしたら、その女のことが忘れられなかったにちがいない。彼は、政治運動に熱中している。そのためには、死を覚悟しているにちがいない。彼は、イヤでもオウでも「この世」から離れなければならぬ、どたん場まで追いつめられているのだ。この世からオサラバすれば、彼の政治運動はそれっきりになる。中断される。消滅する。そして、彼は革命家でも、行動者でもない、ただたんなる無機物に化してしまう。それは何となく、たよりないような、はかないようなことだ。だが彼は、たとえ死んでも、やりたいことを、やりつづけようとしている。おシャカ様は、そのような「彼」に対して、どのような教えを垂れるべきであろうか。大いなる仏陀は、宮口の逃亡を、はたしてどんな路へみちびくのであろうか。宮口は、仏陀を拒否するだろう。しかし、仏陀が宮口を、拒否するはずはないだろうな。いや、いや、彼の心配など、してやる必要はない。彼どころではなく、このぼくは今の今、釈尊の教えとの関係は、どうなっているんだろうか。ええい、めんどうくさい。革命のことも、仏教のことも、忘れちまえ！　しかし、そううまくは、いきそうにないぞ。この二つからだって、ぼくは、そうウマウマと逃げだすことはできんのだ。そうだ。それに「女」のこともあるし……。ウアア、大へんだ。とにかく、大へんなこった。大へんなこってはあるが、とにかく、ぼくは……。

蜜柑色の電燈の下で、身体をちぢかめながら、柳はたあいなく、眠りに入りはじめる。

柳は、自分の父と母が、自分のためにどんなに迷惑し、どんなになやんでいるか、一度も考えたことがなかった。別段、特別の不孝者でもない彼は、自分の両親が自分を守ってくれている、かけがえのない男女だということは、よく承知していた。彼にとっては、父も母も申し分のない、良い親であった。そうは承知していても、自分の現在の状態が、さほど両親をくるしめる不良行為だとは考えられなかった。と言うより、両親というものが、留置場で寝起きする彼の頭に、一向に浮びあがってこないのであった。

宮口の逃亡があってから、三日目に、柳の父が面会に来た。

仏教大学からの帰りに立ち寄った父は、やぼくさい背広を着ていた。服装ばかりではなくて、六十歳の柳の父は、どこから見ても、抜け目がないとか、やり手だとか、するどいとか、そういった風格とは正反対な、まじめなだけがとりえな、平凡人であった。口べたで、愛想がなくて、交際ぎらいな父は、警察署の人々の眼から見ても、一目で、この息子にはもったいない好人物の父親とわかるにちがいなかった。

面会には、目黒署の特高主任がつきそっていた。小柄な主任は、脂ぎった部長とはちがい、声も小さく、表情もひかえ目だった。太った部長は、とめどのない怒りで全身を、ますますふくれあがらせながら、逃亡した宮口を追跡して、町々を走りまわっていたし、はりきり屋の若い刑事は、宮口につづいて二階からとびおりたさい、足の骨を折って、入院中であった。

「どうもちかごろの学生は、字の書き方も知らないで……」

柳の父は、カーボン・ペーパーの上にかさねた半紙に鉄筆をひねくっている柳のかたわらで、主任に話しかけた。柳の調書は、何回書きなおしても、相手を満足させなかった。姓名、生年月日からはじまる、同じ文句を何度も書かせられる柳は、いいかげん、その仕事に飽きてしま

っていた。それに、彼の漢字の画《かく》、タテの棒やヨコの棒を書く順序は、不思議にまちがってい
た。書きおわってしまった一字一字は、別にまちがっていないのであるが、奇妙な手順で漢字を書いている息子の指さきを、父は、あきれかえったように見つめていた。

「……おやじの奴、何いってんだい。漢字の書きかたがまちがっていたって、そんなことは、要するに大問題じゃないじゃないか。そんな小っぽけなことが、どうして仏教や革命の大問題なんかと関係があるもんか」

柳は、いっぱしの闘士きどりで、せっかく面会にきてくれた父親を、軽蔑しようとしていた。

「……そんな小っぽけなことに気をつかっていたら、かんじんの大問題を忘れることになっちまうんだ」

自分に対する父の愛情が、なにげない様子をしている父の一挙一動から、まるで水のようにしみわたってくるので、柳はわざと、よそよそしい態度をせずにいられなかった。

「世の中の苦労をまるで知らない奴ですから、好き勝手なことばかりやりまして。厳重にとりしらべてやって下さい」

「ええ、ええ。お父さんの気持は、こちらでもよくわかって居りますから」

柳の父に好感をもっている主任は、父をなぐさめるように言った。

「思想犯が一人出ると、どちらの家庭でも親族でも、困るものですから。イヤなもんですよ、

いろいろと気苦労ですからね。ことに柳さんのところは、職業が職業ですからね。なア、柳。こんないいお父さんを持っているんだから、お前も少し考えんといかんぞ。こちらで押収した証拠品というのは、秘密に発行されている新聞ぐらいなもので、たいした罪にはならないんですが、警視庁や検事局では、もっとほかの関係をとりしらべているもんですから。私の力では、どうにもならんのです」

「うちでは別に、どうでも坊さんになれと言ってるわけじゃありません。自分で選んだ職業なら、何でもやりたいことをやれと言ってるんです。しかしこのままじゃ、とても一人前に独立して食べて行けそうにもないし、だんだん破滅してしまうばかりですから。学問や研究をやるならやるで、法律にふれない範囲でやるつもりなら、それもいいと思ってます。幸いにして、勉強させる金はないことはないんですから、勉強だけしていてもかまわないんですが。社会科学の研究だって、当人がやりたいなら反対するつもりはなし。ただ、警察のやっかいになったりして、つらい目にあって、それを貫徹できるような男じゃないんですから、それで困るんです。迷惑をかけられるのは、親ですから我慢しますが、みすみすヘンな具合に破滅するのをだまっているわけにもいきませんし」

「ごもっともです。え、柳。こんな理解のあるお父さんなんて、めったにいるもんじゃないぞ。ここに入っていた思想犯の父親は、裁判長だったんですが、息子さんを日本刀でぶった斬るって騒いでましたからね。陸軍大将の息子もいるし、神主さんの息子もいるし。みんな父親は、不忠者、売国奴は死んじまえとか言って怒ってますよ。お坊さんというのは、やっぱり気がやさしいんですかねえ。こんな理解のあることを言う親ごさんは、あまりお目にかかりませんね。柳、どうなんだ。お父さんの気持が、君にはわからんのか」

「わかってますよ。いい親爺さんだと思っています」

柳は父親の、裏がえしをした上に色のかわった背広と、底のすりへった靴を見ていた。品物を大切にする柳の父は、靴の底もたいらにすりへらすのだった。柳は靴でも下駄でも、先だけ斜にへったり、カカトも後がゆがんだ形になってしまうのだが、父のは、修繕の必要がないように、形のととのったまま古びてくるのである。

「では、そんなに良くお父さんを理解しているのに、どうしてお父さんの顔に泥をぬるようなことをするんだ」

と、主任は言った。

「お父さんは、どこから見ても非のうちどころのない、立派な社会人だ。そのお父さんの心にそむくようなこと、そのお父さんに心配や迷惑をかけるようなことをどうしてするんだ」

「現在の寺院には、民衆を救う力なんかありません。看板だけは仏教ですが、中身が腐ってるんです。だからお寺にいて、お経さえ読んでいればいいというわけにはいきません。今の坊さんにくらべれば、社会主義者の方がずっと仏教的なんですから」

「こいつ。そんなこと、お父さんの前で言っていいのか」

主任は苦笑しながら、父親の方をふりむいた。柳の父は、苦しげにおしだまっていた。

「ぼくは寺に住んでますから、寺の内情はよく知ってます。外部からはわからないかも知れませんが、寺の内情は清浄なもんじゃありません。お布施をもらって食べている、ただの商売人と同じことです。精神的なことを口にしながら、精神的な問題とは無関係なんです」

「今ここで、寺の内情について言わなくてもいいだろう」

柳の父は、つらそうに低い声で言った。

「お前には自分の好きなことをやる、権利はあるだろう。しかし、お前にはお母さんを守って行く義務があるはずだ。俺が死んだらどうする。こんな状態じゃ、お前にはとても、お母さんのめんどうをみてはいかれんだろう。おれが心配してるのは、それだけだよ」

底意地のわるい、ゆがんだ笑いが、柳の口もとにたまった。自分でも、そんな無意味な意地わるさを、子として父に示すのはイヤなのであるが、どうしても、どす黒い笑いの滴が、よだれのように彼の口のはたをぬらすのであった。

――坊主が、女房のことをそんなに心配するなんて、おかしいじゃないか。心配してやらなくちゃならないのは、衆生ぜんぶのことじゃないか。……柳は、自分でも衆生ぜんぶのことを考えつづけることなど、とてもできはしないくせに、その場の父に対しては、そんなむずかしい責任を押しつけたくなってくる。結局それは、相手が父親なら大丈夫という、甘ったれにすぎないのであるが、やはり柳は、そんな感じが青年の反撥心だと考えたがるのであった。

「お母さんも、きれいな、しっかりした、いいお母さんだそうじゃないか。うちの部長刑事が、お寺でお母さんに会ったそうだが、精神的にも肉体的にも魅力のある女性だと、感心していたぞ。君のお父さんが、あんなすばらしい奥さんを持ってるのは、うらやましいと、うらやましがっていたぞ」

父は、さして深い底意もない主任の言葉に、顔をこわばらせてジッとしていた。そんな父の感じている息ぐるしさが、柳にものりうつってくる。

柳は、自分の両親を、性的にむすびついた一組の男女として考えることが、ほとんどなかった。中学でも高校でも、父や母をセックスをもつ男として女として、うわさする同級生がいた。そういう話は、きたならしい話、しなくてもいい話、自分とはエンもユカリもない話だと思い、そういう話が出ると、柳はすぐ席をはずしてよそへ行った。柳にとっては、お父さんはお父さん、お母さんはお母さん、別々の人間であって、それほど互に肉体的に密着している男女だとは、気がついていなかったし、そういう考え方そのものがイヤなのであった。「自分はお母さんの身体から生れた」ということについてさえ、つきつめて考えるのが苦痛であった。月経とか、女性の生殖器とか、そういう女体の根源にまつわることを、よくよく考えるなどということは、どうしてもきらいであった。十九歳にしては、その方面の知識が、はなはだしくおくれている柳には、男女のセックスの現実的、具体的な姿になると、毛虫かトカゲにでもさわるような、身ぶるいがした。まして父母のこととなれば、セックスと関係づけて、あれこれ考えることなど、気質からも体験からも、柳にはできっこないことなのであった。

したがって柳が、息ぐるしげに沈黙している父から感じとったものは、妻帯しているきまじめな僧侶が、俗人から自分の妻に対する意見をきかされる具合のわるさなのであった。ことに柳の父は、家族の前で、女性のなまめかしさやセックスに関する話は小指の先ほどもしない性格であったから、なおさらなのであった。お母さんを大好きな息子にかぎって、お父さんに嫉妬するもんだという話を、文学好きな学友からきかされることもあった。だが、いくら反省しても柳は、自分がこの父親に嫉妬しているとは思われなかった。それほど母親が好きなわけでもなかった。自己のエゴイズムを美化する名手であり、自分が美女であり、愛される者であることを、たえず鼻の先にぶらさげている母よりは、たえず恥じ苦しんで、母からたよりない男と見なされている父の方が、柳には百倍も親しいものであった。

「お母さんが面会に来ないのは、来るのがめんどうだから来ないんじゃない。お前のことを怒《おこ》って、来ないんでもない。おれに任せているから、来ないんだよ。ママ母でもなし、お前をきらってるわけでもなし、とても心配しているんだが、来ないでいるんだ」

「来ない方がいいんですよ」

柳は、汚れきった、すえた匂いのするハンカチーフを、ふところからとり出した。はな紙が自由に使用できないので、柳の一枚のハンカチーフは、はな汁にまみれ、その粘液に埃がたかり、黒やみどりの糊が一面にぬりたくられたようで、とり出す指さきもねばついた。父は上衣のポケットから、自分のハンカチーフをとり出して、柳にわたし、その汚れきった方をポケットにしまった。

「それより、お父さんに質問があるんですがね」

と、こっちの悪意に気がつかない父に、柳は言った。

「浄土宗では、ナムアミダブツと唱えさえすれば、救われるということになってますが。日本には浄土宗があるから、ナムアミダブツと唱える人もいる。その人たちが、ゴクラクへ行けるとする。しかし、日本以外の場所では、どういうことになってるんですか。日本のほかにも、人間はたくさん生きてるし、ナムアミダブツという日本語を知らない人々も、いくらでもいる。知らない人の方が圧倒的に多い。たとえば、ハワイや南洋の土人なんか。パラオやアンガウルなんか。そういう人たちも、死ぬときは死ぬ。毎日どんどん死んで行く。そういう人たちは、救われないことになるんでしょうか」

柳が、ハワイや、南方の委任統治の島々の土人を例にしたのは、浄土宗の布教機関が、そこに設けられているからだった。

「………」

片耳が遠くなっている父は、耳に手をあてがい、前こごみになっていた。

「日本語を知ってる日本人だって、なかなかナムアミダブツは唱えませんから。まして、日本語を知らない、よその土地の人々が今後、何年たったらナムアミダブツを口にするか、わかったもんじゃありません。そのあいだにも、何十万、何百万という人間が、自然に死んで行く。ナムアミダブツの救いとは、全く無関係に死んで行く。たまたま日本に生れて、ナムアミダブツの教えを日本語できとれた人はいいけれども、そうでないほかの人たちは、そんな言葉がこの世にあることも知らないまんま、死んで行かなくちゃならないわけでしょう。そこんところが、何となく、たよりないような、不合理なことのような気がするんですが……」

「うん、うん、そうか。そういうことは……」

父は、思いまどいながら、正直に答えようと努めていた。

「……それは、やはり、身ぢかな所からやって行くより仕方ないよ。何よりまず自分が……。自分がまず信じてからでないと。自分が信じて、だんだんと人にもすすめて行く……」

「しかし、それでは、日本語を知ってる日本人のなかの、ナムアミダブツを知ってる人だけが特別に、先にすくわれるということになるでしょう。それでは、不公平ということになりませんか。仏教は本来、平等に人を救うのがタテマエでしょう。救う、救われるということに、差別やわけへだてがあっては、ならんわけでしょう。運不運があって、運のいいものだけが救われるというのでは、おかしいじゃないですか」

「……そうだ。差別や、わけへだてがあってはならない。そういうものをなくすために、法然上人は、南無阿弥陀仏の救いを説かれたんだから。運、不運。ウン、フウンということが、あってはよくないことだ。だが、やはり、運不運ということは、あるんだな」

「ぼくの言うのは、現実社会の日常生活のなかの、ウンフウンじゃないんですよ。幸福になったり、不幸になったりする、地上的なウンフウンじゃないんですよ。救いにめぐりあうさいの、ウンフウンなんですよ。救いにめぐりあうのが不公平、不平等だとすれば、仏教は不公平、不平等だと考えてるわけですよ」

「うん、そうか。それは……。それは、救いにめぐりあうさいの、ウンフウンと言うものも、やはりあることはあるだろう」

「あるでしょう。たしかに、あるでしょう」

「……そこに、たしかに不公平、不平等があるかもしれない。しかし、だから、その不公平、不平等をできるだけ少くしようとして、努めるために、一ばん平凡で、一ばんわかりやすい念仏往生という考え方が、生れ……」

「生れました。一文不知《いちもんふち》の愚鈍《ぐどん》の身《み》になして、という考え方が生れた。それは、正しいかもしれませんよ。しかし、その一ばん平凡で、一ばんわかりやすい念仏往生だって、やっぱりナムアミダブツという日本語がわからなきゃ、わからない。ね、どうしたって、そういう理窟になるでしょう」

「うん、そう。だが、だからと言って、念仏が無意味だとは思えないな」

「日本が帝国主義的侵略で、アジア各地へのびて行く。そして、むりやりにでも、日本語を通用させ、ナムアミダブツをひろめる。そうでもしなきゃあ、とても念仏は、日本以外の土地の人々にひろまらんでしょう」

「……うん、それは。そのお前の考え方は、おれにも多少わかるさ。だけど、人間というものは、耳がつんぼなら、どんな声もきこえない。目が見えなければ、何も見えない。それは、何も宗教ばかりに限ったこっちゃ、ないだろう。キリスト教にしたって、ドイツ哲学にしたって、フランス文学にしたって、ロシアの思想にしたって、みんなはじめは、その国のことばで、日本人の中へ入ってきたんだ。それは何も、帝国主義的侵略とかの力によったわけではないだろう」

「いや、ぼくの言ってるのは、そう言うこっちゃないんだけどな。つまり、簡単に言えば、念仏だけが救いだって、考え方がおかしいということなんです。ナムアミダブツじゃなきゃ救われないという、考え方そのものが、世界中の人間を相手にしては、通用しそうもないということなんです」

主任は、父親に同情しながらも、息子の攻撃的な態度を、おもしろそうに観察していた。

「うん、それは……」

大きくしても、小さくしても、うまみのない自分の声をとりあつかいかねるようにして、父は言った。

「……その点は、おれだって苦しいよ。矛盾もあるし、不徹底でもある。大げさに、世界を相手どることも、むろん、できないし、身ぢかなところで自分自身のことだって、うまくいかない所もある。恥ずかしい所もあるさ。それを、ごまかそうとするつもりはないよ。ただ、今のおれとしては、お念仏が一ばん身に合っているんだ」

「そうかなあ。ほんとに、そうかなあ」

「よくないよ。今ここで、そう言うことを言って、おれを困らせるのは、よくないよ。お前の、そういうやり方は、どうもよくない」

「でも、ほんとのことを言ってるつもりなんだ」

「いや、お前の言い方は、わざとらしい感じがする」

息子をやっつける気配など少しもなしに、自分の胸の井戸に、小石を一つ一つ、しずかに落すような、ひかえ目な調子で、父親は言った。

「宝屋さんのうちの方や、穴山君も来てくれたらしいね。みんな心配してるんだから、そんなわざとらしい言い方なんか止めて、もっと、すなおにならなくちゃいかんよ」

「ついこないだ、政治犯が一人、逃げたんですよ」

柳がそう言うと、主任は急に眼つきをけわしくした。

「その晩、おんなじ房の朝鮮人が、死ナナキャ、コノ世カラ逃ゲラレナイ、と言ってましたがね。ちょっと、感心しましたよ」

「朝鮮人も、いるのか」

「ええ、おとなしい男でね。念仏信者なんですよ」

「ふうん、そうか……」

暗くしかめられていた父の顔が、ほんの少し明るくなった。

「で、その朝鮮人は、何でつかまってるんだ」

「電線泥棒とかいう話ですがね」

それをきくと、また父の顔は暗くなった。

「最下低の貧乏人で、さきのあてのない朝鮮人ですからね。この世から逃げ出したくなるのは、ムリもないんですよ。いやなことばかりで、いいことは一つもないし、いじめられたり叱られたりしてるだけなんだから。だけど、生きてるかぎり、その厭なこの世から逃げ出せないんだから。この世におさらばしなきゃ、絶対に安楽の境界に入れないいんだから、ですから、彼がゴクラクを好きになるのも、ふしぎはないいんですがね」

「うん、そうだな」

「彼が生きてるうちに、朝鮮が独立でもすれば別ですが。今のところ、ダメらしいし。金もうけも下手くそで、革命運動にも参加できない。彼がこの世に絶望しているからこそ、ありありと、ゴクラクが目に見えてくるんでしょうね」

「うん、そうだな」

父の顔は、また少しく明るさをとりもどした。

「だけど、この世に絶望するってことは、なかなかできないんじゃないかな。ゼツボウした、ゼツボウしたと言ってても、どこかにまだ楽しみが残ってるもんだから。ほんとに、かけねなしで絶望した人が、ナムアミダブツと唱えるんなら、誰だってそれをとめることはできませんよ。だけど、ほんとに絶望もしていないのに、絶望したふりをして念仏を唱えるのはイヤらしいな。まして、絶望の点で、一ぱん人よりはるかに浅い体験しかない坊さんが、自分より深い絶望をもつ人々に、説教したりなんかするのは、どう考えても妙ですよ。ウソですよ」

「柳、せっかくお父さんが来て下さったのに。論争みたいなことばかりするな」

と、主任が注意した。

柳の父の苦渋の色は、ますます濃くなった。口をとがらせて、何か言い出しそうにして、やめにした。かと言って黙っているわけにもいかなくて、口をもぐもぐさせた。父のハゲ頭は、わずかながら薄い毛をのこしていて、つやがなかった。

「……お前は、いいことを言ってるつもりだろうが、お前の言い方は、実に無責任だよ」

「そうですか」

「……人間は、いいことを言うよりも、いいことを実行する方が、尊いんだ。大きなことを言うより、小さくても実行する方が。お前のは、ただ……」

父も子も、それ以上、その場で語りあうことはできなかった。二人とも、気まずさの壁を貫き通して、あくまで議論するタチではなかったのである。

逮捕されてから、四十五日目に、柳は釈放された。

そのあいだ、逃亡した宮口は、まだつかまらなかった。

そのことは、何となく柳を愉快にした。

逃亡事件のあった直後、警視庁の二人の刑事、牛のような男とリスのような男が、柳のとりしらべをした。二回目の取調べは、宮口に対する憎悪が、柳にも向けられたかたちで、二人は性急になり、興奮して、手きびしくなっていた。柳の態度も、前にくらべて強硬になっていた。刑事たちに対する反感や憎しみが湧きあがらないのは、あいかわらずであったが、「宮口の奴に負けたくない」という、競争心が強く彼に作用していた。「ぼくだって、特高の首をしめて、警察の二階からとびおりて脱走することぐらい、できるはずだぞ」バケツの水の中に首を突っこまれたり、腕をねじあげられたり、下腹部をふんづけられたりしている最中に、柳はそう考えつづけた。ゴムの棒でなぐられるたびに「もっとなぐれ、もっとなぐれ」と、彼にふさわしくない、馬鹿元気がでてきた。

責めさいなまれるうちに、リンチ事件のあったアジトに読経に出向いた夜の記憶が、次第にハッキリとよみがえってきたのは事実だった。たしかに、宮口が現場にいて、柳と話をかわしたことも想い出されてきた。階下にたむろしていた青年たちの顔も、一つ一つ想い出されてきた。刑事のつきつける写真のなかにも、その顔がまじっていた。夜なかから夜あけまで連続した、苦痛の中で、かなりこまかに（ことによったら、刑事たちの参考になるぐらい詳細に）、追及される事実が、想い出されてくるので、彼はかえって「もうこうなったら、一言だってしゃべってやるもんか」と、ムキになってくるのだった。二人の刑事は、決して強い男ではない。特別、問題にするに足りない男たちだ。それにひきかえ宮口は（また、穴山は）、強い男であるばかりでなく、どうしても、のちのち問題にしなければならない特殊な奴（奴ら）

だ。そう感ぜずにいられない柳にとっては、「敵」はむしろ、宮口や穴山の方であるように思われてくるのだ。自分の肉体に密着し、自分の上にのしかかり、叫びながらおおいかぶさってくる二人の刑事は、遠くはなれた無縁の存在のように思われ、どこで何をやっているのか皆目不明な宮口や、どす黒い底をのぞかせる穴山の方が、自分のすぐ傍に立ち、自分を冷笑し、分析しつくしている「やっかいな相手」として、からみついてくるように思われてならないのだった。宮口や穴山が、これからさきの彼に、決定的な影響を及ぼしそうな作用（それが、打撃にしろ、はげましにしろ）をあたえるであろうという、予感はつよまるばかりだった。それだのに、彼自身の方から宮口や穴山に、一体どんな作用をおよぼしたらいいのか、見当もつかないのであった。

柳の調書には、宮口たちに不利な事実はもとより、「宮口」という名前すら書き記されていなかった。そのことは、釈放される柳を、少からず愉快にした。

街路樹はすっかり裸になり、街ゆく人々は、年の暮をむかえるべく、冬支度していそがしげに歩いていた。執事につきそわれて寺へ帰る柳には、ソンをしたとか、ひどい目に遭ったとかいう気持は少しもなかった。彼は、ただ、殺風景な冬景色でも、街の姿、住民の往来がすべて、色あざやかで、活力ゆたかで、生きがいある、なつかしい喜ばしいものに感ぜられた。人生の暗さとか、つらさとか言ったものは、まるで感ぜられずに、ただ、自由になった自分めがけて

「人生のなまなましさ」が、いくらかウキウキした息づかいで、押しよせ、むらがり寄ってくるような気持だった。

「ぼくは、なんにもしていなかったんだ」

「へええ。なんにもしないで、こんなに長く」

警察署内の空気のもののものしさに、うんざりした執事は、なるべく人眼につかない裏通りを、いそぎ足で歩いた。

「刑事って、いばってますねえ。あんな乱暴な口のきき方しなくても、よかりそうなもんだのに」

「何か言われたの」

「ええ、起っても坐っても、どなりつけて叱りとばすんですからねえ。かなわないや」

「ああいう職業なんだよ」

「それにしても、おどかし方がひどすぎますよねえ」

執事は、誰かがあとをつけて来やしないかと、ふり向いてたしかめたりした。

父は、畠に出ていた。

江戸時代、いやもっと古い鎌倉時代をおもわせる黒塗りの門からつづく長い石畳は、一段たかい台地の下で、墓地への路と、庫裡《くり》への路とに分れる。さらに高くうずくまっている丘陵地の下、庫裡の屋根よりは高い台地のはずれに、父の好きな畠がつくられてあった。

自分のもとへもどってくる息子を迎えるのに、柳の父の一ばんいい方法は、まるで帰着の時間も知らないようにして、泥と汗にまみれ、農具を手にしていることなのだった。泥いじりに没頭して、ほかのことは忘れてしまうことであった。

小石まじりの固い地面を掘りくりかえす、鋤《すき》の刃の音を遠く耳にしたとき、柳にはそれがわかった。

母屋の方へは行かず、台地への斜面を彼は登った。古い麦藁帽子をかたむけて、古いセーターと古いズボンで、丸っこい身体をたえまなくうごかしている父の姿が、眺められた。陽の光をさえぎる、樹木の多い丘は、畠地への風通しをわるくしていた。腐葉土をモッコではこび入れ、人糞を何回も鋤き入れ、瓦の破片や、小石を根気よくふるい出す。それでもなお、なかなか土質の改善されない、畠には不向きな地面であった。

「バカバカしい。おやめなさいよ。野菜ならいくらでも、八百屋さんで売ってるわよ。くたびれるばっかりで、つまらないじゃないの」

今日もまた、舌打ちしてしゃべっている、母の声がきこえてくるようであった。

中庭の草むしりさえしようとしない母は、畠になど足をふみ入れようとしない。そんな母ばかりではなく、誰からも見られたくない、誰をも見たくないという気のくばりが、畠仕事に熱中する、父の肩つきにはみとめられた。このまま地面の下へ、もぐりこんでしまいたい、隠れてしまいたいとでも考えているみたいに、父はわき目もふらないでいた。

最後まで、みどりをそえていた大きな芋の葉、長い芋の茎も刈りとられたあとであった。やがて泥をかぶった氷の歯をむき出す、勢いのよい霜柱を待つばかりの畠土は、ぶあいそうに灰色であった。

起ち上って、こちらを向いた父の眼には、どうしてもおさえることのできない、喜びのかがやきがあった。口もとも、ごくあいまいな笑いでゆるみそうになった。

「…………」

何を言ってもマがわるくて、鋤の柄の上にかさねた父の軍手には、モジモジした力がこもっていた。

「お母さんが、待ってるぞ。早く行ってやれ……」

よわよわしい、しゃがれ声で、父はつぶやいた。下ばたらきをしていた、仏教大学生は、顔一面をぬらした汗をぬぐって軽く頭をさげた。老人に似あわぬ労働好きの、おつきあいをさせられて、閉口している書生は、「どうして早く、仕事を止めにしないのかな」と、言いたげだった。

「ナカヨシ会の子供たちが、どうして先月も今月も、人形芝居やってくれんのかと、ききにきました」

社交ずきの仏教大学生は、いそいそした声で「お坊ちゃん」に、話しかけた。

「オルガンを買ったら、どうかと思いましてね。先生に申し上げてるんですが、なかなかお許しがないもんで。若先生が帰ってきたら、よく相談しようと思ってたんです」

台地の側と、母屋の側、二つの側の生垣にはさまれた石畳の上を、ころげるように駈けてくる女中の姿が見えた。

女中の末子は、立ちどまって、丁寧にお辞儀をした。

「おかえりなさいまし」

立ちすくんで、こちらを見つめ、ポッと頬を赤らめると、小柄な身をひるがえすように、玄関の方へ駈けもどった。玄関への石畳をふんで行くあいだに、母屋の廊下を走りぬけてくる足音がきこえた。

「あら、お帰りなさい。お母さまがおまちかねよ」

玄関のタタキより、三段たかい板の間に、宝屋の若夫人が立っていた。

うすくらがりの中に、形よく白足袋をそろえた夫人の和服は、めざめるばかりはなやかに見えた。シブ好みの和服の衣地、いぶしたような色地の重みのありそうな帯地、どれが何というキジなのか、柳にはわからなかった。こりにこった着物と帯と、そのほかの服飾品（オビドメとか、オビヒモとか、エリとかスソとか）が、まじりあってつくりだす色模様が、なんとも言われない、おちつきはらった美しさで、彼を迎えていた。

「ほんとに、しょうがない子だわ。みなさんに御心配ばかりかけて。ほんとに、どういうのかしら、この子は……」

夫人の肩ごしに、母が顔を見せた。

電話のベルが、まだ段をのぼらない柳の頭上で鳴った。檀家の便利のため、寺の電話は、玄関のとっつきにあった。

「ハア、ハア、どなたですか。ハイ、ハイ」

警戒心でこわばった母の様子で、柳には、それが自分への電話だとわかった。

「ハイ。もどってはおりますが、ここしばらくは謹慎中でございますから。ハイ、どなたさまにも、お目にかからんことにしておりますので。ハイ。そうです」

母は、気むずかしく電話を切った。

「ゆだんもスキもありゃしない。もう、お仲間から、電話がかかってくるんだから」

「穴山君からじゃないの」

「ううん、ちがうのよ。朝鮮人みたいだったよ。クワバラ、クワバラ」

「ぼくの電話を勝手に切るのは、ひどいな」

「ひどいも何もあるもんですか。人がいいもんだから、みんなにだまされちまって。腹が立ったらありゃしない」

「お父さまは、おかえりのこと御存じなのかしら」

と、若夫人が母にたずねた。

「知ってますとも。あのひとがもう少し厳重に叱ってくれるといいんだけど。ダメなのよ、ほったらかしておくから」

「お父さまは、ああいう方だし。仏教学者でいらっしゃるから。そうガミガミおっしゃるはずないわよ。それが当然ですわよ」

「学者って、ダメね。奥さん、そう思わない？　実業家の方が、ずっとたよりになるじゃないの」

「そうかしらね」

二人の女は、柳を抱きかかえるようにして、浴室の方へ連れて行った。

母が、柳の背なかをこすっているあいだに、宝屋夫人は、柳のぬぎすてた衣服を、炊事場の大釜へ入れて煮ていた。

「末子さん。クレゾールは、あんまり入れすぎると、きれが弱るからね」

まるで自宅のようにして、指図する夫人の声が、浴室まできこえてきた。

「まあ、まあ、法界坊みたいに、穢くなっちまって。みっともない。どうせやるなら、天一坊みたいに、ハデなことをおやりよ。痩せちまって、苦労するばかりで、何にもならないことやるの、およしよ。つまらないじゃないの」

「お母さんみたいに、ハデなことばっかりねらったって、ダメなんだよ。人生は地味な苦労もしなくちゃな」

「だって、こんな目に遭ってたら、一生、ハデなことなんかできそうもないじゃないの。はたで見ていても、歯がゆくて、ばかばかしくて……」

「お母さんの満足する、ハデなことって一体どんなことなんだい。大臣や大将にでも、なれって言うのかい」

「息子のことは、母親が一ばんよく知ってますよ。なれっこないものに、なってくれなんて、誰も頼んでいやしない」

「でも、なれたら、大臣、大将になってもらいたいんだろう」

「なれっこないものに、ムリになれと言ったって、しょうがないでしょう」

洗えば洗うほど出てくる、柳の背なかの垢に、母親はあきれかえっていた。

「大臣、大将はダメだとしても、文学博士もあれば、代議士もあるよ。大僧正だって、いいわよ。小説家だって菊池寛先生ぐらいになれば、たいしたもんじゃないの。大金持にでもなってくれれば、何よりいいけど。あんたには店一つひらく才覚はないだろう。ひとかどのモノになってさえくれれば、お母さん、文句は言わないけど。だけど、お前さん、何にもなれそうもないんだもの。それじゃ、困るじゃないの」

白タイルの床にすえた、小さな腰かけに、好きかってな恰好で腰をおちつけ、自由に手脚をのばしたり、ちぢめたりして、柳は入浴をたのしんでいた。母がふんだんにあびせてくれる湯、あたたかく舞いあがる湯気、気持のよいシャボンの香りで、彼はすっかり満足していた。

「あんたが殴られたり、いじめられたりしたって、誰も感心したりしてくれる人、いやしない。少しでも、可哀そうがってくれるのは親だけよ」

いくら隠そうとしても、柳の肉の変色した部分が、母親の眼に入らぬわけにはいかなかった。傷あとなど、親に見られるのは、何よりイヤである柳も、裸であるからには、見られることを防ぐことはできなかった。

「そりゃあ、そうだよ」

母親の指さきを、くすぐったがりながら、柳は言った。

「可哀そうがられるはずはないさ。もともと、そんな資格がないんだもの。自分だって、感心していないんだから、他人が感心するわけがない」

「だから、もっと人から感心されるようなことを、おしよ」

「そうはいかないよ」

「どうして。どうして、そうはいかないのよ」

「だって、そうはうまくいかないよ。そう、人を感心させろと言ったたって。第一、いいじゃないか。そう感心させなくたって」

「それじゃあ、男として生きがいがないじゃないの。世すてびとなら、それでいいかもしれないよ。昔っから、風流人とか文人墨客とかさ、ああいう人はそれでいいかもしれないよ。あんたは、風流人でもなければ、文人墨客でもないじゃないか。そうだろう？　今から世すてびとになって、どうするのさ」

「うん、それは、そうだけど。だけど、お母さん、坊主というものは世すてびとじゃなくちゃ、いけないいんだよ」

「そんなこと知ってますよ。ばかばかしい……」

母の声が、気まずくかすれたので、柳は、言わなければよかったと思った。「坊主の女房」であることが、イヤらしい矛盾であることは、今さら言うまでもないのであるから、母の傷口をわざわざ突っつくようなまねは、彼としてもしたくなかった。よくも坊さんの奥さんで、平気でいられますねと、黒い反問をあびせかけたくなっても、やはりそうはできなかった。母にしろ、父にしろ、彼に向ってほほえみかけてくる親の顔を、投げつけた墨やインクの色で汚したくはなかった。もうとっくの昔に、汚しはじめているにしても、彼が特に両親の顔を目がけて、投げつけたわけではなくて、いろいろの関係から曲りくねって、不本意ながらそうなったのだと、自分には思いこませていた。

「ぼくが世すてびとに、なるつもりもないし、なれるはずもないけどさ。世すてびとのこと考えたら、何もそうそう他人を感心させたがらなくたって、いいじゃないか」

「だめ、だめ。あんたのは要するに、怠け者なんだから。熊谷の蓮生坊だって、文覚上人だって、もとはと言えばレッキとしたおさむらいですからね。武勇すぐれたおさむらいで、男としてやるだけのことは、やってのけた上で、世を棄ててるんですからね。最初っからダラダラと、だらしなくしていて何ができるもんですか。理窟を言わせれば、母さんなんか、まだまだ口で、あんたなんかに負けやしない……」

「……お母さんに、口で勝ったってしょうがないものな」

「勝てるもんですか」

「勝つ気が起らんよ」

「それより、ヘンな病気でもうつってるといけないから、前の方、よく洗っておき」

サクランボ、ハタンキョウ、グミ、クワの実、ブドウ、イチゴ。それに、イチジクの紫色の表皮と、あお白い内皮、その中のいかにも肉らしい赤。赤系統の果実の色のようなものが、ところどころまじっている、自分の変色した肉の部分に、シャボンの白い泡をぬりたくる。母親がいなくなると、「前の方」を、シャボンの泡のなめらかさを通して、柳はゆっくりいじくりまわす。一本一本、独立していた陰毛を、かさね合せたり、こねくりかえしたりしていると、人間の肉のはざまに生えている、「毛」というものが、何とも言われぬ、特殊、特別、めずらしいものに思われてくる。手あらく撫でてやると、ジャリリと音をたてて、「持主」に反抗するみたいに、白泡の下で黒光りしながら、団結しているらしい気配もあった。

「ヘンなものが、くっついているなア。なんだろう、この色は。したたか者のような、バカのような。この赤いような黒いような、ナマイキな色は、だまったまんま僕の両脚のあいだにはさまって、ジッとしているんだ」

よそよそしい観察と、言うに言われぬ親愛感で、貧血しそうなほどシンミリしながら、柳は、たった一本の短い肉の棒の弾力や固さを、今さらのようにたしかめていた。

「こいつが、ぼくの中心だなんてことが、ありうるだろうか。もし、ありとすれば、許すべからざることではなかろうか。こいつ、このやつ、何ですか、こんなもの。この偉そうにしている『股間の隠者』が、わずか二、三寸、のびたりちぢんだりすることによって、何かしら正義や不正、善や悪、よろこびや悲しみが決定されるというようなことが、どうして是認できるであろうか。何千万年かの甲羅をかぶったような、このすさまじい色ときたら、一種の神秘であり、御託宣であるであろう。なまやさしい、軽薄なものと、ぼくだって考えはしない。考えはしないが、どうして、こ奴にそのような、まるで天皇へイカのような特権が許されてよいものか。このひとりよがりの、ケチくさい独裁者を、ていねいに洗ってやる必要など、ありはしないのだ。いくら洗ってやったところで、こいつの根性がなおるわけはないのである」

浄泉寺の開山、つまり第一代目の住職は、その点で徹底した男であった。彼は、自分にとって不必要なものは、必要がないと判断して、あとかたもなく焼きすてたのであった。そのような徹底した境地に入れない柳にとっては、結局のところ、無難なところでいじくりながら、批評を加えるのが、せいぜいであった。

「こいつを、ヌケヌケと生きながらえさせておいたのでは、すべての精神的なるものは昏冥におちいらざるを得ない。かと言って、このモノなしに発育した思想を、この世の男女が、どうして信用してくれるだろうか。だからこそ、この穢らしい棒が、まるで神か仏のように、絶対的な偉力をほこりながら、沈黙することによって、おびやかしつつ、爆発の機をねらっているのだ。どっちみち、俺のものだという、自信マンマンのこの顔つき（全く、これが奴の顔なんだから、たまったもんじゃない）で、俺だけは世界がどうなろうと、社会組織がどう変化しようと、のけものにされるどころか、ますます増大する価値によって、『生の中心』であることを立証しつづけるのだと、笑いながら主張している。ああ……」

嘲笑しようとするボーを、柳は股のあいだにはさみ、密着させた両脚の下に隠してしまう。すると、団結した毛たちだけが、見えていて、ふくらみを増したつけ根のところ以外、ナマイキな突出物が見えなくなった。

しかし、見えなくなったために、かえって柳の肉と「彼」とのつながりはハッキリしてきて、柳の精神までが、いちじるしくきゅうくつになった股のところで、「彼」に引っぱられているのを感ぜざるを得ないのであった。

「それにしても、この寺を開いた江戸時代の、その坊さんは、焼きすてたあとで、後悔しなかったろうか。いや、おそらく後悔なんかしなかったにちがいない。むしろ、焼けあとを眺めるたびに、彼の決意は新鮮なものになったにちがいない。たちまちのうちに、充血したり硬直したりして、前へ前へと突進したがるボーなどが、精神の絶対的自由にとって、何よりの邪魔物であることは、言うまでもないのであるから、それから解放された開祖上人が、ふるい起ったことは充分に想像されることだ。ぼくら、ふつうの『眼』しか持っていない俗人にとっては、焼けあとが、みにくくひきつれたり、ゆがんで変色したもののように映じるであろうが、より高級な『眼』の光をランランとかがやかしていた彼にとっては、あたかも永久不変の美と健康をほこっているかの如き、肉体の各部分が、そもそも仮りのモノ、腐れる運命によって縛られたモノ、美だの醜だのという偽りの判断をかもし出す拠りどころにすぎないのであったろう。

他人の屍を見つめることによって、悟りを持続するなどという方法は生ぬるいはずであるから、自己のシカバネをありありと想いえがくために、焼け落ちた根源をあらかじめ用意しておいた方が、はるかに賢明だったにちがいない。ああ、それにしても……」

柳は、シャボンの泡でスベスベした二つの脚のつけ根を、ピッタリとくっつけあったまま、下半身をくねらせて、快感を味わっていた。

「ああ、それにしても、この快感は。これがうつろいやすき、不安定なもの、瞬時のまよいにすぎないにしても、何とコレがぼくに生きがいを感じさせることだろう。その生きがいたるや、あさましい沈没であり、先の見えないひとりよがりであり、あまりにもケダモノそのものの血統にすぎないにしても。ハックション」

白い泡の魅力を、洗い流すのはいかにも惜しかったが、冷えてきた背なかと腹に、彼はあたたかい湯をかぶせた。

タタミ四枚ぶんの面積はある、おそろしく頑丈な角テーブルをはさんで、女二人はおしゃべりをしていた。二人の声は、それぞれちがった意味あいで、はずんでいた。会話のさいちゅうにも（いな、むしろ会話なればこそ）、二人の女は公然と若々しさを競っているのだった。

「うまい考えですわねえ。感心しますわ」

「ええ、そうなの。なかなかね」

と、宝屋夫人は言った。

「どなたも、長生きがしたいし、お金の方もほしいですものね」

「そうよ。長命貯金とは、いい考えですわよ。クスリを飲むたびに、お金がたまる。こんないいこと、ありませんもの」

「なんだか人様の欲望を、そのまま利用させていただくようで、あさましいみたいですけどね。まあ、あんまり上品な商売じゃありませんけど」

「あら、そんなことありませんわよ。人さまをお助けしながら、儲けさせてもらうんですもの」

と、母はムキになったような振りをして、言った。

「ニコニコ貯金というのが、ありますでしょう。あれに、主人は感心していましたんですが、自分でもやりたくなったんですね。今の社会では、産業資本より金融資本の方が、どうしても支配者になりやすいんだそうですの」

「ええ、ええ、それはそうでしょうとも」

経済界の知識のまるで欠乏している、柳の母は、あいまいに相槌をうっていた。隣の部屋で、末子の手を借りて着がえをしながら、「へへエ。金融資本か。えらいこと知ってるな」と、柳はきき耳をすましている。

「ニコニコしながら、お金をためる。お金をためながら、ニコニコする。それはまあ、けっこうなお話ですけど。それだけじゃあ、まだ足りないと申しますのよ。ニコニコと暮しているだけじゃあ、それで果して長生きできるかどうか、きまったわけじゃない。もっとはっきり将来を保証するには、お金のほかに、おクスリの力が要る。おクスリと言ったって、いろいろございますでしょ。身体を丈夫にするばかりじゃなくて、御婦人の眼だとか鼻だとか、肌だとかを美しくするのだって、ございますでしょ。そのおクスリを毎月配達するのは、タカラヤ製薬でおひきうけして、貯金の方は第八銀行の方へ、おねがいする。どうでしょう、このプラン。奥さまなんか、どうお思いになる」

「うらやましいわ。お宅の御主人は。どんどん社会へ乗りだして、いらっしゃって。ほんと、うらやましいと思ってる」

「ですから、お寺さんがたにも、手伝っていただかないとね」

「ええ、ええ、それはもう。宝屋さんのことですもの」

お母さんの方が、どう見ても「おひとよし」だなと、柳は思っている。

「お手伝いは、喜んでさせていただきますけど、それは、どういう風に……」

鉄ムジと言うのか、茶ミジンと言うのか、柳自身には見当もつかない、ひどくゴワゴワした和服を着せられて、彼は客間へ入って行く。幅ひろのチリメンの帯は、何回腹をまいても、まだまききれないほど、長い奴だった。床の間には、白い冬の花と、温室《むろ》咲きの紅カーネーションが活けられてあった。たくましい樹木の枝に可憐についている、その冬の花の名も、彼には、わからなかった。ながいながい歳月に堪えてきた、その労苦と強靱さをほこるかのように、硬くねじまがった木材の性格をうまく利用した床柱。黒光りしている床柱の前に、彼は坐った。ねじまがっているのは、正面むきだけで、横がわは木質の硬度を示して、するどい直線に削りとられている、その床柱の工夫は、なかなか良いと、坐りながら彼は考えていた。

廊下にそって長くつづくガラス戸は、しめられてあったが、ガラス越しに、中庭の冬景色がながめられた。池の水は、樹々の茂みの影をうつして、澄んでいた。水は、黒く見えた。そのため、池をめぐって乾きはてている、さまざまの石は、白っぽく見えた。春から夏にかけて、水分をふくんで厚みをましていた庭苔は、乾燥と寒さのため、地面をはなれて、そりくりかえっていた。

「おたずねしたいことが、ございますが」

と、夫人が柳に言った。

「仏教の方では、奇蹟というものが、あるんですの?」

「…………」

母はもとより、柳にも、夫人がどうしてそんなことを言い出したのか、質問の意味そのものが、すぐにはわからなかった。

「キリスト教では、ありますでしょ。イエス様が第一、奇蹟を行いになったし。マリア様の像におねがいしたら、奇蹟があらわれたり。足なえが立って歩いたり、癩病が全快したり。そういう奇蹟というものが、仏教では……」

「ないと思いますけど」

「ないこと、ないじゃないの」

と、母が、じれったそうに言った。

「いや、ないんですよ。おシャカ様の説かれた仏教には、奇蹟なんてものはありませんよ。あっちゃいけないんですよ」

「いけないこと、ないじゃないの。奇蹟はあってくれた方が、いいわよ」

と、母は熱心に言った。

「壺坂霊験記《つぼさかれいげんき》だってそうじゃないの。夫は妻をしたいつつ、妻は夫にしたわれつ、かんのん様のお力で、めくらの眼があいたじゃないの」

「いや、あれは……」

「赤ん坊のできないひとが、子授けのお地蔵さまにお参りしたりさ。みんな、奇蹟をあたえていただきたいからよ。おエンマ様にコンニャクをあげるの、あれは何だったけかな。胃病をなおすためだったかしら、アタマがよくなるためだったかしら」

「ウソをついても、舌を抜かれないためじゃないの。コンニャクってペロペロして、舌に似てるじゃないか」

「そうかもしれないね。ともかく拝んだり、お願いしたりして、何か効き目がなくちゃ、誰もわざわざそんなことするわけないじゃないの。奇蹟がほしいからですよ、みんな」

「もしも奇蹟がありうるとすれば、仏教の必要はなくなるよ」

「え？　どうしてなの」

「もしも奇蹟がありうるとすれば、人間、百だって百五十だって、二百歳でも三百歳でも生きていられるはずだろ。また、たとえ死んだって、いくらでも生きかえることができるはずじゃないか。年とって、ヨボヨボになった腰まがりのお婆さんだって、薬師さまか観音さまでも拝めば、いつでも娘さんや、お嬢さんに生れかわることができるわけだもの。生老病死の四つの苦しみも、どこかへ消えてなくなっちまうんだろ。だからさ、何も仏教なんかなくなったって、さしつかえないじゃないか」

「さっちゃんて、すぐキョクタンなこと言うから厭よ。そりゃ、程度問題よ。あんたみたいな理窟ばったことばかり言ってたら、お寺はもちませんよ。一般の人は、そうそう、むずかしい理窟ばっかり、こねちゃいませんからね。お百姓だって、商人《あきんど》だって、みんな御利益《ごりやく》がほしいから、掌《て》を合せてすなおに拝んだりしてるのよ。その信心に水ブッかけるようなこと、言わない方がいいわよ。奇蹟がないなんて、そんなこと言ったら、お寺が困るわよ。ねえ、宝屋さん」

「だけど、奇蹟がないと悟った地点から、仏教は出発したんだからな。キセキにすがったりすれば、仏教のダラクどころか、仏教を裏切ることになるんだ」

「まあ、どうでしょう。偉そうな、このいい方。さっちゃんが、いくら偉そうなこと言ったって、わたし一向にピンと来ないわ」

「そりゃ、まあ、お母様の眼からごらんになれば、まだぼんぼんで。お母様が生んであげなければ、存在できない人なんですから、そりゃ、どうしたって、自然そう見えるでしょうけど」

宝屋の若夫人は、注意ぶかく母子の議論をききとっていたのだった。利口そうな眼つきは、色気のある鋭さでかがやいていたし、油断のない口もとには、たえず愛想のよい微笑をたたえていた。だが、彼女が、いかにもおとなしやかに、していればいるほど、柳は彼女が、生き餌をねらう猛禽類の冷静さで、翼をすぼめているように感じた。

「でも、長命貯金としましては、奇蹟がない方が、ありがたいんですわ」

「え？　それはまた、どういうお話なの」

と、母は、あきれかえったように言った。

「ええ。人間の生命と、人間の財産が、ながつづきしない、消えやすいものだからこそ、長命貯金が必要になるんですもの。生命、財産が、諸行無常の嵐の中で、風前の燈火《ともしび》だからこそ、合理的な工夫が必要になるんですもの。奇蹟などにすがろうとしない、仏教的な精神こそ、まさに長命貯金の目標にピッタリなんですわ。おクスリは、人間の生命を守る、もっとも合理的な方法ですし。貯金は、人間の財産を守る、もっとも保証された方法ですし。奇蹟なんて、そんなあぶなっかしい、あてにならない救いを待つよりは、この二つの安全確実な方法をしっかり握っている方が、百倍も千倍も、たしかな生き方なんですものね」

「ハハア、なるほど。よく考えましたね。よくも、うまく考えたものですわ。ほんとに、そんならば、ごまかしなしで合理的に、お手伝いできると言うわけですのね」

「ええ、そうなりますんですの」

「寺院がそういう面で、お檀家さんのお役にたてるんでしたら、現代的で後腐れなくて、私どもも気分がひきたちますわよ、ほんとに」

「私はただ、こちらさんが長命貯金の寺院出張所になって下されば、それだけ、こちらへチョイチョイおうかがいする、口実ができるわけですから。それで、おすすめするだけなんですの」

柳には、はじめから、大まじめで金もうけの話などする夫人が、とても本気とは思えなかった。彼女が口もとから微笑を消し去って、暗い顔つきをするとき（そのときの夫人が、一ばん美しく見えた）、クスリ附きの貯金などという、いくらか浮き浮きした話題などとは、遠くはなれた地点に、彼女の想いの地下水が、流れついているにちがいなかった。

第一、どう頭をひねった所で、仏教と貯金がそんなに、原理的にスムーズに、結びつくとは考えられなかった。むしろ、蓄財こそ、仏教とは根本的に矛盾する行為のようにさえ、思われてならなかった。仏教教団に、「財」を寄進するのが、古代インドの長者たちの、最良、最善の行為とされた。「ザイ」をささげる、「ザイ」を棄てる、「ザイ」を布施すること。そのためには、たしかにあらかじめ蓄財がなされなければ、不可能だったのであろう。寺院や塔を建立するには、巨額の費用がかかるわけであるから、地上にそそり立つ寺院と塔のすべては、各時代の「長者」たちの、寄進と布施のおかげをこうむっている。いわば、ささげられた「チクザイ」の、象徴みたいなものだったのであろう。

しかし、それにしても「財をたくわえること」は、どうしたって、それによって現世の欲望にしがみつくことになるのであるから、あまり仏教的な方向とは判定できない。

「ダメですよ。仏教と貯金は、結びつけようとするのが、ムリな話ですよ」

「ほら、また、あんたは。ぶちこわしの意見をいう」

「だって、おかしな話だから、おかしいと言うんですよ」

ほんとのところ、柳にとっては「長命貯金」の一件など、どうなろうとかまったことではなかったのだ。もっと驚天動地の大事件が、日本の仏教界、いな日本国そのものに降りかかる予感が、彼の一分刈りの頭上に、おおいかぶさっていた。寺院経済、いな寺院の存在そのものを、根こそぎ揺さぶるものの地鳴りが、柳の耳にきこえていた。

宝屋夫人の耳にも、何かしら、柳のそれとは全くちがった地鳴りが、きこえているにちがいなかった。社会主義とか、革命運動とか、またはダラクしつつある仏教とか、日本帝国の運命とか、そういった種類のものでない、何かしら柳には理解できない、柳の知らない「地塊」の「うなり声」のようなものが、彼女の耳の底で鳴りつづけているために、彼女はとっぴょうしもないような行為が、やりたくなるのにちがいなかった。

「穴山さんて方には、おどろきますわね。もう、五十口も、貯金の口を集めて下さったんですのよ」

「へえ、そうですの。わたし、あのひと、人相がわるいから、あまり好かないけど」

と、母は、穴山に対する反感をありありと示して、言った。

「何だか、卑しい所がある人じゃありませんか。利用できるモノなら、なんでも利用してノシあがって行く、そういうタイプじゃありませんの」

「ええ、きっと、そうなんでしょうね」

と、夫人は、気のない返事をしていた。

「穴山君ですか。あれは、悪にもつよく、善にもつよい男じゃないのかなア」

「さっちゃんには、わからないかもしれないけどね。お母さんの勘は、いつでもピタリとあたるんですからね。ああいう男は、自分の目的のためには、他人の幸福をメチャクチャにしても、平気でいられるんだよ」

「うん、それは、わからないことないけどさ。幸福って、一体なんなんですかねえ。ささやかな幸福とか、片隅の幸福とか、よく言うけどさ。穴山みたいな男に、すぐさまメチャメチャにされちまうような幸福なんて、それでも『コウフク』と言えるのかなア」

スキヤキの炭火のため、部屋は、冬知らずのあたたかさだった。大皿に盛られた牛肉は、大の男五人でも、食べきれそうにない量であった。あざやかな皿の藍色に、むごたらしいほどつりあった、肉の色。それは、殺された牛の肉というよりは、まだ生きている肉。牛の形を失ったかわりに、別の形に生れかわった、別の生物の一種のように見えた。霜ふり肉は、白をまじえた血の色であるのに、血なまぐさい感じはなくて、果実の赤のように、安全なつやでかがやいていた。肉ずきの柳は、スキヤキに向いあうと、殺された牛のことなど忘れてしまう。燃えあがる歓喜とでも言った、肉のよろこびで充ちあふれて、たまらないおいしさで、我を忘れるのだった。

それに、庖丁《ほうちょう》の切れ味をしのばせる、ぶつ切りのネギ。冷たい水を浴びせ、ミソギでもやったあとのように、神秘的な白さでジッと身をよせあっている、ネギの山。うすぐろさのために、したたかもののように見えるシラタキの、ブリブリした感じ。焼豆腐の、やわらかい切口。ミリンと醤油の泡だってくる匂い。

「まだ、肉のなまぐささの、溶け失せないうちに。外がわだけ土色にかわって、少し赤みののこっているうちに。そう、そう。煮えすぎないところで、あんまり味のつきすぎないうちに……」

ネギを嚙み切ったあとでは、シラタキの舌ざわり。次は、おとなしい豆腐の歯ざわりと、しみこんだ肉汁の味。つづいて、脂の少い肉をひときれ、脂だらけの厚い肉をひときれ。そのあとで、白米の味を口の中で調合して……。

「まるで、コウフクそのもののようね」

柳の猛烈な食べぶりに、夫人は見とれていた。

「コウフク？　ちがいますよ。ただ、うまいだけですよ」

一息ついた柳は、あつくてたまらない舌と脣を、息を吹いてさましていた。

「もうもう、肉が好きで、好きで。肉をたべなきゃ、生きていかれないみたいな人ですからね」

と、母は、うれしそうに笑っていた。

「お宅の先生は、お肉、召し上りますの」

「ええ、ええ。大好物。眼がない方ですの。昔は、書生ッポのころは、お豆腐とうどんが、世の中で一ばん、おいしいものだと思ってたんですのよ。結婚したてのころは、困りましたわ。すぐ、豆腐買ってこい、うどん買ってこいでしょ。わたしはまた、二つとも大きらいですからね。今じゃア、スキヤキのあった翌朝《あくるあさ》は、昨日の肉のこってないかって、きくしまつですから。そのくせ、肉は高いから、贅沢だ。あんまり買うなって、言ってますけどね。ひとさまからもらった、お肉なら、文句言わずにムシャムシャ食べてますけど。あまり上等の肉を買うと『金《かね》グソたれるようなもんだ。バチがあたる』って、怒ってますけどね」

「金グソとは、うまい言葉ですわね。名古屋の方言でしょうか」

「どうせ、お百姓のことばですよ。怒るときには、名古屋弁がでるんですよ」

「お宅の先生でも、怒ることおありになるの」

「ありますとも。大ありよ。つまらないことでムカッ腹を立てては、後悔してますわ。怒るだけ、好人物なんですのよ」

ああ、ああ、これではダメだ。とてもダメだと、柳は、煮えかげんのいい松阪肉を一つまた一つとのみ下しながら、思いつづけていた。こんな調子では、うちのおやじさんが高僧になりきることなど、とてもムリな相談じゃないか。金グソとかいう名古屋弁が、どうとかしたんだって！　ああ、ああ、なんたることだ。なんとか、もう少し、哲学的な深遠なことばでも、つぶやいたらどうなんですか。何です、金グソとは。金グソでも鉄グソでも、どのみち人間の肉体が排泄するものは、不浄のものにきまってるじゃないですか。

眉の上、ひたいのあたりからはじまって、咽喉もと、胸、はら、股《また》にかけて、働いたあとの牛のように、牛の匂いのする汗がにじみ出してくる。

「まあ、まあ、大へんな汗ですこと」

母が炊事場へ去ったあと、夫人は柳のそばへよって、彼のひたいの汗を彼女のハンカチーフでぬぐった。

「警察の署長さんの部屋で、私のやったこと、まだおぼえていて？」

「………」

「あなたの傷跡に、私が口をつけたこと、おぼえていて？」

「おぼえてるに、きまってるじゃないですか。あんなとき、あんなみっ、い、い、ともないことをして。忘れられるもんですか」

「みっ、い、い、ともないというのは、あなたが恥ずかしかったということなの？」

「…………」

「きっと、気味がわるかったんでしょうね」

「気味がわるいのとは、ちがいますよ」

「じゃあ、いやらしい、罪ぶかいことだというのね」

「……まあ、ああいうことは」

「よくない、と言うのね。悪とか罪とかいったモノだと言うのね」

問いつめられると、柳は、息ぐるしくなってくる。

「ああいうことで、男が女を、非難したりできるもんではないですから。だから、つまり、みっともないと言うよりほかに、言い方がないですから……」

「ああいう場所でなきゃあ、かまわないんでしょう？」

「…………」

「もしも、ああいう場所でなかったら、あなたは私がほしいでしょう。そうじゃないの？」

柳は、夫人のことばに返答することができなかった。夫人があまりにも鋭く、彼の内心のうごきを、はしばしまで見ぬいているからである。彼の方では、年上の女性の心理、ことに夫人のような、知能の発達した奥様の内心のうごきになど、ついていけるわけはなかった。それに彼は、やはり「若い坊主がものめずらしいから、口なおしみたいにして、ぼくを箸の先でつまんでいるんじゃなかろうか」という疑いと不安を、すてきれなかった。もう一つ、「姦通」という行為には、正面きった「悪」とか「罪」とかいう以外に、男らしくない、卑怯な、コソコソした、元気ざかりの青年にふさわしくないものがふくまれているようで、厭なのであった。夫人に推察されたとおり、彼は、彼女がほしかった。「裸の彼女」と想像するだけで、もうあたりが今まで見たことのない「闇のかがやき」で、きらめき、波だち、うずまくような気持だった。だからと言って、女に甘ったれるということは、一個の男性として、武士の風上におけぬ、恥ずかしいことではないか。女をひっさらってきて、自由にするのなら、まだまだ責任と勇気を証明する点で、許されるかもしれない。だが、ずるずるべったりに、夫のある女の、ふところにしなだれかかるとなったら、その厭ったらしい安易な甘さで、男の口がひんまがらないだろうか。

廊下を折れまがってくる、末子の足おとがきこえた。メロンの皿をのせた、漆塗りの盆が、ガラス容器のふれあう音を、かすかにたてた。

夫人はすばやく、柳のそばをはなれたけれども、果実の皿を卓上にならべる末子のそぶりは、ぎごちなかった。末子は、室内の気配を察したらしかった。

「悪とか罪とかいうものを、そう簡単にきめることはできないでしょう」

その場をつくろうように、夫人は言った。それは、わざとらしくきこえた。末子にも、そうきこえたにちがいなかった。彼女は夫人の方を、白眼でチラリとにらんでから、部屋を出て行った。

「この世に悪があるからこそ、仏様の救いが必要になるんじゃないのですか。悪がさかえて、悪がはびこればはびこるほど、仏様が、ありがたいものになるのじゃありませんの。悪が下火になり、悪が衰弱してくるにつれ、仏教も色あせてくるんじゃないのですか」

「それは、そうかもしれませんが」

「あなたがもし、少しでも仏教に身を入れて何かなさろうとなさるのなら、悪について研究なさる必要があると、私、思いますけど」

「ええ、それは、そうかもしれませんが」

「善」についてはもとよりのこと、「悪」のコトとなったら全く自信のない柳は、ことばを濁すより仕方なかった。

「悪の研究」などは、自分には不向きなこと、専門外のこと、やっても成功おぼつかない、断崖のよじ登りであって、自分はせいぜい平らかな麓の方で、悪の山容を仰ぎ見ていればすむと考えていた。

「どのみち、悪にぶつからずにはすみませんわよ」

熱をおびると、ますます澄んでくる両眼で、夫人は柳を見つめた。

「善人にしろ、悪人にしろ、悪にぶつからずにすまそうとしても、不可能ですわよ。よくて。よく、おぼえておおきなさい。悪の味をよくかみしめること。それでなきゃ、とても悟りはひらけないのよ。まず、悪を知ること。骨身にしみとおるまで、悪を知りつくすこと。悪のたのしみ、悪のはたらき、悪のすごみを、口からゲップが出るほど腹いっぱい食べつくすこと」

「ムリですよ。急に、そんなこと言われたって」

「ムリなことないのよ。ちっとも、ムリなことなんかありはしないのよ」

と、夫人は、冷静そのもののような口ぶりで言った。

「あなたにも、嫉妬心はあるでしょ。あるにきまっているわね。私のことを例にとるのは、おかしいけれども、他の女の方を例にとれば、あたりさわりがあるでしょうから、私のこととして。もしもよ。もしも穴山さんが、あなたの眼の前で私を手ごめにするとしたら、あなた、どんな感じがします？　平気でいられますの」

「それは、もちろん、平気ではいられませんよ」

「あなたが、止めようとする。穴山さんが腕力をふるう。あなたも腕ずくで、始末をつけようとする。そうなったら、あなたはきっと、穴山さんを殴り殺してでも、私を救って下さると思いますけど。ねえ、そうじゃなくて」

「……それは、その時にならなきゃ、わかりませんよ」

柳の舌は乾き、柳の咽喉は、いがらっぽくねばついていた。

「その時は、いつでもやってくるのよ。何回でも、その時がやってくるのよ」

「ぼくは、穴山を殺すのは厭ですよ。第一、ぼくが人殺しなんて……」

「誰も、殺してくれなんて、お頼みしてはいませんわ。私が申し上げているのは、柳さん。その時に、あなたが、厭でも悪にぶつかるということですのよ。ですから、あなたには、仏教の真精神を味わうチャンスが、無数にあるということになるわけですのよ」

「………」

「女は、私だけではありませんし。男は、穴山さんだけではありませんし。それに、悪は何も、男女関係だけにへばりついているわけではありませんし。あなたのお好きな、社会主義の運動にだって、革命党の組織にだって、いくらでも巣くっているんでしょうからね」

母は、表玄関の方に来客がある様子で、なかなか客間にもどらなかった。客は、借地人の男らしく、金銭の額を大声でしゃべるのが、遠くとぎれとぎれにきこえてきた。畠から帰ったはずの父も、女の客のある客間には、めったに姿を見せぬならわしであるから、この部屋に入ってくるはずはなかった。客間とは襖つづきの次の十畳間、それにつづく二つの部屋にも、誰もいなかった。夫人は起ち上って、廊下に面した障子をしめた。二段にかさなる丘は、高い樹々が多いから、夕暮れは早くくる。

夫人は、他人の家の勝手を知ったようすで、電燈のスイッチをひねった。炭火のガスの匂いが、肉のあぶらで光る柳の鼻を突いた。

夫人が寄り添ってくると、高価な衣類の冷たさ、それに包まれた彼女の膝のあたりの、ひきしまった肉の感じが、柳の膝につたわった。柳は、女の二つの膝、それにつながる二つの股を自分の方へ、ひきよせた。柳の手さばきは、いかにも乱暴で、芸がなかった。彼はひたすら、年上の女にはたらきかけ、彼女の圧迫をはねのけることに熱中して、相手の感情がどうなろうと、かまってはいられなかった。そんなに大げさに、女の膝に手などかけないでも、やわらかく寄り添っている女に接吻することは、できるはずだった。白粉ののった白い顔、眉墨を刷《は》いた眉毛が、ちかぢかと迫ってきたときに、彼は眼をつぶって脣を押しつけた。女の脣は自由に、落ちつきはらってうごめいているが、彼の脣はただ押しつけたという感じで、停止していた。彼の脣は、衝突して倒れた自転車の二つの車輪のように、からまわりしていた。脣を吸いつけたまま、女が巧みに上半身をうしろへ傾けたとき、彼はやっとのことで、彼女の身体を肩へまわした手で、ささえることができた。キッチリと折り曲げている女の、二本の脚の肉のきしみが、きこえるような気がした。しかし、そんなものがきこえるはずはなくて、にじりよった女の下半身の下で、畳や座蒲団が、かすかに音をたてたのにすぎなかった。

あんなにも邪気をふくんで輝いていた、女の二つの瞳は、まぶたの下にかくれていた。とじられた女のまぶたは、なだらかなふくらみとなって、おとなしくしていた。そのおとなしさは、意外でもあったし、また、たまらなく可愛らしくもあった。彼がはなした脣めがけて、女の脣がせり上ってきた。そのとき、どちらの脣からともわからないが、なまぐさい牛の肉の匂いがただよった。

「愛して、私を愛して」

こんな姿勢のままで、よくもセリフのような声音で口がきけるものだと、柳が感心するほど、なまめかしい、正確な発音で女がつぶやいた。

「好きなのよ。ほんとに、好きなのよ」

「可愛い」

柳は両腕に力をこめ、女の息の根でもとめるように、女の肩をだきしめた。だが、それは、女を抱くというよりは、やっとのことで女にしがみついているような恰好だった。

二人が、はなればなれの席にもどって、坐りなおしたとき、宝屋夫人は言った。

「私は今、こんなことを考えているのよ」

彼女は、器用な手さばきで、襟もとの乱れをつくろっていた。

「あなたが今に、大きな悪にぶつかったとき、その現場にぜひとも居合せたいと、考えているのよ」

正月はぜひ、熱海の別荘へ来て、保養するようにと、夫人は、帰りしなに柳をさそった。柳には、保養の必要はなかった。若い彼の肉体は、留置場の規則的な生活のため、前よりもむしろ張りきっていた。

部屋へもどった柳の母は、まるで自分が招待でもされたような様子で、柳の熱海行きをすすめた。東京を少しでもはなれれば、息子と悪い仲間とのつきあいが切断されると考え、彼女は夫人の申出をよろこんでいた。

愛想《あいそ》よく「お母さまも、ぜひ」と、母にも同行をすすめている夫人が、実は、母につきそわれて柳が来たのでは、おもしろくないことは、ぼんやり者の柳にも、夫人の眼の色から察することができた。宝屋の若夫人の眼の色も、手つきも、足どりも、言葉づかいも、その日から母には解読することのできない暗号通信となって、柳の耳目にうつりつたわるようになったのである。

「久美子さんは、どうなさっていらっしゃるの。三味線は、もうすっかりお上手になったでしょうね。何をやっても、人なみすぐれたお嬢さんですものね」

「ええ、それが、あの子、ちかごろは」

夫人は、眼くばせするように、柳を見つめた。

「仏教の本ばかり読んでいますの」

「へええ。仏教の本を？　めずらしいですわね。若い女の子さんが、仏教を。そうですの。はじめて、うかがいましたけど」

「何ですか、今、全集が出ておりますでしょう。南伝《なんでん》大蔵経とか言って、黒革の表紙に金文字で印刷した、厚い御本。あれは、なんでも漢訳の大蔵経とちがって、漢文ではないそうですのね。パーリ語の原典から現代の日本語に訳したものだそうで、あればかし読んでおりますんですよ」

「へええ、南伝。そうそう、うちでもとってたわね。さっちゃん、少し見ならいなさいよ。おえらいわ。そんなむずかしい本を、いい、しろとの方が。おどろきましたね」

「うん、あれにはお伽話《とぎばなし》のような、インドの説話も入ってるんだ」

と、柳は言った。

「ジャータカと言うんだ。本生譚と言ってね。イソップよりおもしろいよ。象やライオンや、鳥や虫やね。動植物、なんでも出てくるんだよ。王様やお姫さまや、悪い女や、バラモンや夜《や》叉《しゃ》やいろいろ出てくるんだ。ジャータカならわかるかもしれないが、ほかの哲学論文みたいなもの、久美子さんにわかるかなあ。北方からシナに伝来したのが、漢訳の一切経なんだ。南伝の方は、南方からつたわった経典で、漢訳とはちがったものが入ってるんだ。むかしの日本の坊さんは、北方系の漢訳だけで勉強したんだよ。今の専門の仏教学者だって、南伝を読んでるものは、そうたくさんいやしないんだよ。あの全集は、活字が大きいから、よみやすいけど、久美子さんが、ほんとにあれを読んでるとは、ぼくには信じられないがな」

「ひとさまの御勉強にケチをつけること、ないじゃないの」

母親は、急に専門家ぶった口のきき方をする柳を、かるくたしなめた。

「それより少し、自分でも仏教を勉強した方がよろしいのよ」

「久美子の勉強と言ったところで、タカが知れていますけれど。とにかく、お花やお茶や、三味線もすっかりそっちのけで、そのナンデンばかり読んでおりますんですの」

「一体、仏教の全集の、どういうところがお好きなんでしょうかねえ」

柳の母は、不思議でたまらないらしく、そうたずねた。

「久美子が言うところによると、仏教では女性というものが、大へん罪ふかい者になっておりますそうなんですのね。私には、よくわかりませんけど、その女の罪の深さを書いてあるところに、あの子、興味がありますそうなんですのよ」

「へええ、それはまた、何ともはや……」

と、母はすこぶる気まずくなって、言った。

「仏教も、よろしいけど、女ばかり悪者に仕立てているところが、気に入りませんわ」

と、母は憤慨したように言った。

「女あっての男じゃありませんか」

「ええ、それはもう、お母様のおっしゃるとおりですけど。十八ぐらいのときは、女も男も、すぐ何にでも夢中になりますからね。それで、あの久美子がね。柳さんと、仏教問答をやりたいそうなんですの。そのこともありますので、このお正月は、ぜひとも柳さんに、熱海の方へおいでになっていただきたいの」

「問答をやるのは、禅宗なんだけどな。浄土宗では、問答はあまりやらないことになってるんだ」

「行っておあげなさいよ。久美子さんだって、問答の相手なしじゃねえ。お困りだわよ。ひとりで問答するわけにいきませんもの。ねえ、奥さま」

久美子との問答なら、やってもわるくはないと、柳は思った。およそ仏教的と名のつくものなら、なんにでも直面した方が、トクをするような気がする。だが久美子の精神のうしろには、宝屋夫人の、はなはだ反仏教的な肉体がひかえているのだった。

「ぼくはぼくで、至急に、考えをまとめたいことがありますからね。やるべきことは、やってからでないと、熱海へは行けるか、どうですか」

夫人が玄関の板の間を下りて、石畳の上に立ったとき、電話のベルが鳴った。

「西方寺さんじゃありませんの。きっと、秀雄さんよ」

すばやい夫人の勘は、見事にあたっていた。

冬に入ると、秀雄の声はかすれていた。咳《せき》もまじっている電話の声は、声だけで、胸のわるい秀雄の、神経質に蒼ざめた秀麗な顔つきを、受話器の向うにうかびあがらせた。

「彼は、どっちみち、早死するな。今から、こんな老人みたいな声を出していたんじゃあ……」

こちらの声が、妙にはずんで大きくなるのを止めながら、柳はそう思っていた。

「今、熱が八度ばかりあって、寝てるんだが、明日あたり目黒へ行くよ」

と、秀雄は、病人とすぐわかる声で言った。向うの電話口で、叔母がそばからささやく声がきこえた。

「病気なら、見舞に行くよ。わざわざ来てもらわなくても。こっちは、一寸行って帰ってきただけなんだから。別に、どうということもないんだ」

「あんなこと言って。一寸行って帰ってきたなんて……」

と、柳の背後で母が、笑いながら言った。

石畳に立った夫人も、電話口の柳の声にきき入っていた。

「君に、読んでもらいたいものがあってね。それを持って行くよ」

「え？　読んでもらいたいって、何を」

「ぼくの書いたものなんだけどね。君に読んでもらって、意見をききたいと思ってさ」

「読むのはかまわんけどな。一体、何を書いたんです」

「うん、まあ、戯曲のようなもの……」

「ギキョク？　芝居ですか。芝居なんか、あんた書いたの。おどろいたなあ。よく、そんなひまがあったもんだ」

「うん、戯曲と言っても、まあ、仏教のこと書いたんだけどね」

「文学は、ニガ手だからなあ。それ、仏教劇なのか」

「……うん。つまり古代インドの教団のことを、戯曲風に書いたものなんだ」

「ふうん、古代インドか。いろいろと、みんな、やるもんだなあ」

「いろいろと、みんなって？　誰か何か書いてるのか」

「いや、そうじゃないけどね。十八ぐらいの女の人で、南伝大蔵経を読みふけっている人の話、さっききかされたばかりだからさ」

　柳がそう言うと、母と夫人がふくみ笑いをした。

「南伝を読んでるって？　ふうん、それは感心だな。ぼくの戯曲もな、その南伝の律《りつ》の部分をタネにしたもんなんだ。ともかく、読んでくれよ。明日あたり、行くから」

秀雄にかわって、電話に出た叔母が、なぐさめるような、いたわるような言葉を、なめらかにのべたててから、電話を切った。

二階二間が、柳の私室だった。東と南に縁側のあるひろい二階からは、三段になった丘の樹々の、黒いもりあがりがながめられた。

「労働僧だな。どうしたって、そのほかの形態は、これからさき、許されないな」

遠い丘のいただきの松が、寒い夜の風に鳴っていた。秋の嵐のたびに倒れて行く松は、まだまだ、目黒ではめずらしい林をのこしていた。のびるだけのびて、あぶなげに傾いている松の幹は、お互にふれあうようにして揺れうごいていた。ふくろうが、松の枝のどよめきのあいだで、ゆっくりと鳴いた。

「労働僧か、乞食《こつじき》僧。労働者になるか、乞食になるか。その二つの路が、わずかに許された僧侶の生活態度ではないかな。労働者の中には、もちろん農民もふくめなくちゃならない。農業僧。それが、理想的なかたちかもしれんな。唐や宋の時代の『語録《ごろく》』をよむと、中世シナの禅宗の坊主は、耕作をやって自給自足していたらしいな。それでなきゃ、乞食して歩く放浪者だったのだ。北海道のトラピストでも、キリスト教の坊主は、キャベツをつくったり、牛を飼ったりして、農業にいそしんでるらしいからな。だが、しかし……」

柳は、よくノリのきいたシーツ、枕カバー、軽くて温い純毛毛布の肌ざわりを楽しんだ。好き勝手に、手足をのばせるのは久しぶりなので、自分の肉体の活力を試すように、背泳のかたちで、彼は寝たまま体操をした。その次は、厚い羽蒲団《はねぶとん》をかかえこんで、腹を押しつけ、クロールのように手足をうごかした。

「しかし、仏教では、ことに古代インド、西域の沙漠地帯、中世セイロン島にあっては、職業をもつこと、労働をすることが、教義に反することではなかったのかな。汗水たらした生産のよろこびと言うものが、彼らにとっては、棄て去るべき執着の念にすぎなかったのではないかな。労働すること、生産することぐらい、人間にとって生きがいのあることはなさそうなもんだけれども、聖なる彼らは、それを拒否したのではなかったかな。今でも、ビルマの坊主は何もしないで、ひたすら乞食によって暮しているらしいからな。あくせく働くことそれ自体、彼らにとっては破戒の行為らしいんだ。もしも『生』が、うつろいやすき、いつわりの実態にすぎないとすれば、『労働』も『生産』も、まるで影みたいに頼りない行動にすぎなくなるはずだからな。だが、ぼくは、そう思わんぞ。そうは思えないぞ」

タオルのパジャマの奥の、男根を敷蒲団にこすりつけながら、柳は考えつづけた。

「社会主義という奴が、あるからな。コレを一体、どうしたらいいんだ。五ヵ年計画とか、プロレタリアの祖国とか、要するに社会主義というのは、はたらくだけ働いて、生産を増加するのが目標らしいじゃないか。働カザルモノハ食ウベカラズ。能力ニ応ジテ各人カラ。欲望ニ応ジテ各人へ。労働ハ神聖ナリ。スタハノフ運動、労働英雄。つまるところ、労働すること、生産すること。それが中心になって、熱度を上昇させて、最大限に人間エネルギーを吐き出すことらしいじゃないか。だとすれば、労働を拒否して、社会主義国で生きてくことなんぞ、できるはずがないじゃないか。資本主義国だって、そうですよ。アメリカのホワイトカラー、サラリーマン諸君は、実によく働くそうですからね。そりゃもうキチンキチンと、時間一ぱいよくはたらいて、能率のいいことと言ったら、とても日本の坊さんなんか足もとにも及ばないそうですぜ。それを聞くと、ぼくなんかも、せめて一回ぐらい、現代紳士サラリーマンになって見たくなるんだ。ここらへんの町工場の労働者は、たいがい、ぼくより血色がわるい。門前のブリキ屋、自転車屋、裏の植木屋やガラス工場の職工など、脂ぎって太っている奴なんか、一人もいない。とても、生産のよろこびの面影はない。彼らにとって、労働は神聖どころか、苦役なのだ。ロードーすなわち過労プラス、栄養不良みたいなんだ。しかし、労働はしなきゃならんぞ、ロードーは。ぼくみたいな青年（栄養過剰の）にとっては、労働とは、身体をきたえること、要するに身体にいいことなんだ。労働の体験のない青年は、どんな秀才でも、どことなく宙ぶらりんな、いやらしい所があるからな。おれの学友の、あの文学青年や哲学青年、あるいは政治青年を見るがいい。口ばっかり達者で、手斧もノコギリも、クワもカマもろくに使えやしないじゃないか。労働する坊主の方が、まだまだ労働しない大学生より、ましかも知れんぞ。ましと言ったところで、今のままでは、日本の坊主はしょせん、旧時代の遺物、将来の発展性の全くない、屍体係にすぎんけれどな。……とにかく、乞食か労働者になるとして、はたして、どっちがむずかしいだろうか。乞食はどうも、青年にふさわしくないようだが、どんなものだろう。すると、労働者か。……」

忍び足で階段をのぼってくる、末子の足音がきこえた。

素足でも、足袋をはいても、末子はほとんど足音をたてなかった。柳の枕もとに彼女が腰をかがめると、赤いコール天の足袋の裏の、すえたような匂いがただよった。

熱い湯気のたちのぼる番茶、柳の好物のあげせんべいを、彼女はさし出した。

「女中さんも、爺やさんも労働者だっけな。するとぼくは、労働者の御主人か……」

柳の寝床の頭の上には、四つ折りの屏風が立てめぐらしてあった。屏風には、秀雄が苦心した、二千字ほどの楷書の碑文の漢字が、息ぐるしいほど行儀ただしく並んでいた。一冬かかって、この唐代の碑文を書きあげたとき、秀雄は精も根もつきはてて卒倒したのだった。電燈の光でクリーム色に見える屏風の白紙に、動かない末子の影が、うつっていた。

「つかまるときに、煙草とマッチを縫いこんでくれて、ありがとう。おかげで、中の奴はよろこんでいたよ」

彼は腹ばいになって、油であげた塩せんべいを、勢いよくかんでいた。

末子は膝を正して、うつむいていた。

「誰か来なかったかい。穴山か誰か」

「穴山さんには、若先生が今日おかえりになること、お知らせしておきました」

「そうか。何か言ってなかったか。穴山は」

「ハイ。穴山さんのお寺に、昨日の朝、行きましたら、これを渡してくれとたのまれました」

それは、お布施の金を包んだ半紙を、そのまま使った手紙だった。金だけ抜いたあと、またもとどおり折ってあるので、お布施の包みのように見えた。


「Aを中止するようEに知らせた。

EはどうしてもAをやりたいそうだ。

Mの意見にそむいてもやるそうだ。

もしもEがAをやればMが困ることになるのを知っているのだが、それでもEはAをやるつもりだ。

Aの内容はおれは知らんが大へんなことらしい。EがAをやることをMに知らせておいた方がいい。EとMの今の住所はおれは知らんが。つまりEとMは仲間割れしているのだ」

穴山の手紙は、鉛筆をのんきそうに走らせたものであった。

Ｅとは、目黒の坂の上で会った、農村青年、越後のことであった。Ａとは、越後たちの計画している秘密の仕事のこと。Ｍとは、言うまでもなく、目黒署を脱走した宮口のことにちがいなかった。Ｅすなわち越後、Ｍすなわち宮口、この二人の非合法運動者がどこに潜伏しているのか、知るはずもない点では、柳も穴山と同じことであった。またＭの部下（あるいは下級党員）たるＥが、Ｍの命令にそむいて、Ａなる計画を実行せんとしているにしても、それが、柳に何ら関係のある事態で、あるわけもなかった。まして柳には、越後の意図を宮口に通報する、義務などさらさらないのであった。

東京という都会が、どれほど無制限、かつ急速に膨脹しつつあるにしても、留置場を脱出した政治犯が、半年も逮捕されずにすむほど、広大無辺なひろさがあるわけではなかった。あの宮口が今まで、再検挙されずに逃げつづけていることが、すでに奇蹟なのであった。宮口だって、やがて自分を見舞う運命は百も承知の上で、敢えて脱走したにちがいなかった。彼の大胆な脱走の目的が、いろいろあったであろうが、Ａ計画を中止させることが、その重要な一つであったことは、柳にも想像できた。だとすれば、Ａ計画をやみくもに敢行しようとする越後は、宮口にとって危険きわまりない「同志」ということになる。鉄の規律とやらを破りすてた、裏切者ということになる。穴山は「EとMは仲間割れ」と、簡単そうに書いているが、血で血を洗う内部闘争の一端を示すものであることは、まちがいないのである。

「非常時」という、ものものしい用語が流行しはじめていた。

「非常時」が、もし事実だとすれば、それはたんに、職業軍人、職業政治家、在郷軍人会や院外団の一スローガンにとどまるものでは、ないはずだった。資本家にとっても、工場労働者にとっても、農民にとっても、まごうかたなき同一の「非常時」であったばかりではなく、現在の政府をくつがえそうとする革命党にとっても、非常時なはずであった。いなむしろ、根こそぎ検挙をくりかえされ、組織らしい組織のなくなっている革命党こそ、あらゆる非常（時的）手段によらなければ、身うごきがとれなくなっているにちがいなかった。

宮口たちが、私刑《リンチ》によって同志（裏切者）を殺害したか、否か。それが、柳の取調べにあたった警視庁の特高たちの、何よりも自白させたい眼目であった。

「事実」を知らない柳には、自白したいにも「吐くコト」がなかった。

「もしかしたら、ぼくがお経を読みに行ったアジトで、宮口たちはほんとに、悽惨な私刑を実演したのかもしれないな。あの薄っぺらな板でこしらえた、寝棺によこたわっていた男こそ、もしかしたら、同志の手で絞殺された屍体だったのかもしれんぞ」

留置場の中で彼は、くりかえしそう想っていたのだった。

「非常手段」の中でも、もっとも非常なものは、殺人にちがいない。スパイ、プロヴァカートル、裏切者を自分たちの腕力と智力で、地上から抹殺することにちがいなかった。組織を守るために、組織破壊者の息の根をとめてしまうこと、あの世へ送ってしまうこと。ほかならぬ宮口たちにとって、その非常行為が、不法行為とも、倫理道徳に反する大それた行為だとも、考えられていないことは、大いにありそうなことだったのだ。

だとすれば、「A」とは、彼らの新しい殺人計画であるのかも知れなかった。

爆破、焼打、襲撃、私刑、暗殺。何であるかは予測できないでも、血なまぐさい匂いは流れ寄ってくる。

越後が、血気にはやる小児病患者であるのかもしれない。宮口が、血気にはやる急進分子を統制する、正統な指導者なのかもしれない。しかし、いずれにしても、柳にはどうすることもできないのだし、どうするつもりもないのであった。

「穴山もバカだな。こんな手紙なんか書いて。直接、話しに来ればいいんだ」

「どこかへ旅行にいくとか、言ってましたけど」

坐りこんだ末子は、なかなか立ち去ろうとしなかった。

A、E、M、みんなローマ字の符号だ。越後や宮口の顔も見たし声もきいたが、彼らも彼らの計画も、ぼくにとっては無色透明の記号みたいに遠くはなれている、と柳は思っていた。

「誰も来なかったかい、ほんとに」

柳には、今のところローマ字符号にすぎない、EかMが、やがて自分に連絡をとりにやってくる予感があった。

「朝鮮人が一人きましたけど、台所口へ来て、また来るからと言いおいて、すぐ帰りました」

もはや用事のすんだはずの末子が、モンペの膝をそろえて枕もとにいるのは、柳には気づまりだった。可愛い女中さんに、すぐ手を出すのは、金持の坊ちゃんによくあることだ。よくあることを、自分もやるのは、つまらないこと、安易なことだと、柳は警戒していた。

「……あのオ」

と、末子は、言いにくそうに言った。

「……宝屋の奥さまは、悪い女だと思いますから、若先生はおちかづきにならない方がよいと思います」

「そうかな。どうして、悪い女だとわかるんだい」

「どうしても、良い女だとは思えません」

「そうか。注意してくれてありがとう。さあ、もう下へ行って寝た方がいいよ」

「ハイ」

赤くもえている桜炭、よくかきならされた石綿の灰、それに煮えたっている鉄瓶の湯。どれも今さらいじくる必要がないのに、末子は火箸を手にして、しばらく火鉢のそばにしゃがんでいてから、のろのろと二階から下りて行った。

次の朝、女中も書生も爺やも、寝しずまっているうちに、柳は起き出した。

鐘楼の横をのぼる墓地への路は、百段を越える石段のつながりだった。銀杏《いちょう》の大木は、もうすっかり葉を落して、灰色の裸木だった。栗や樫《かし》や柏《かしわ》、その他の闊葉樹の葉が、いくら掃いても、毎朝、その石段をおおっていた。白く乾いた葉、黒くしまった葉、杉や松や檜《ひのき》のこまかい葉、手ごたえのある大きな葉を、力一ぱい掃きおとし、掃きあつめるのは、寒い朝でも肉体をほてらせて、気持がよかった。石段のてっぺんから、順々に、ていねいに掃いて行くのもおもしろいが、斜面の中段の広場をすっかりうずめた枯葉を、ナギナタでも振りまわすように竹《たけ》箒《ほうき》を大きく使って、掃きよせるのも、地面と格闘しているようなおもしろみがあった。できるだけ腕をのばし、箒の半円を思いきりひろげると、掃きよせるというより、掃きのける感じで、茶褐や灰白や黒い落葉の層の下から地肌があらわれる。凹んだ地面から、落葉を掃き出すには、箒を鋤《すき》のように縦にかまえて、はねかえすようにする。いいかげん落葉の小山が、方々に積みあがると、箒を熊手にかえて、もっと大きな山にまとめる。葉っぱの大山が腐蝕してから、堆肥に利用するのは、柳の父の役目であった。

霧がはれて、朝の陽光が少しずつ、境内に射しはじめる。丘陵から遠い部分から、おずおずと冬の陽が明るい光を投げかける。林の茂る丘の半面は、まだまだ暗い冷たさの中に沈んでいる。

大きな物置小屋の建てられた、寺の裏庭は、早くから陽の光を浴びる。そこが、柳のお気に入りの「労働」の場所であった。

物置小屋の扉の掛金をはずし、農具の掛けならべてある奥から、柳がとり出すのは、木《こ》びき用の大のこぎり、ハンマーと鋼鉄のカスガイ、それから重いマキワリときまっていた。

一間ほどの長さに切られた赤松の太い丸木。これは、台にする木の株にしっかりとカスガイで打ちつけておかなければ、ノコギリをあてても転げまわって、仕事にならなかった。

なつかしい大ノコに、目たてのヤスリをあてると、鰐《わに》の歯のような刃の一つ一つが、するどい光を放つ。幅のひろいノコの刃の横側に、チビ筆の先で油をくれてやる。虹色にたまった油の光は、鈍くトロリとしている。ヤスリで削られたばかりの刃の切れ目は、若々しく鋼《はがね》の白さでかがやいているが、四十度の角度でとりつけられた太い柄のあたりは、同じ鉄でも、年寄りくさく黒ずんでいた。

まず物置の横手に積まれた、薪の山を柳は見やった。残り少くなっていれば、わが家の燃料を生産し補給する喜びが、それだけふえるからだ。

木屑でまみれた、しめっぽい古座蒲団を、椅子がわりの木の根っこの上に投げて、それに腰をすえる。

太い頑丈な木の枝を、ぶっちがいに二本打ちこんだ奴が、たがいに三尺ほどへだたって一組、彼の眼前にあった。あまり大物でない枯木は、その二つのぶっちがいの上に置いて、切りおとすのである。

松の大木ともなれば、そんなぶっちがいでは役に立たなかった。電信柱の三倍の太さのある、まだ生きている幹ならば、一間の長さの奴を、四つか五つに切り分けるのに、一時間ちかくかかることがある。ひねくれた節の多い奴ほど、短く切りおとしておかないと、マキワリで割るときに骨が折れるのだった。

その朝、朝食前に柳が片づけたのは、まだ青春の水っ気のたっぷりある幹が一本、もう一本は、老いさらばえて樹木の肉体の、解体しかかっている腐木だった。

二本とも同じように、松の幹のむくつけき皮をかぶっていた。まだ生きている奴の胴体は、手もとへ引くノコギリの刃の食いこむたびに、水分がほとばしるようであった。そして、樹木の粉が、こぼれおちるたびに、ヤニっぽい松の香りがただよった。その粉は、なまなましい肉色をおびていた。

松の肉は、次第にノコの刃を、両側からしめつけはじめる。すると柳は、木片のクサビを、細い切り口に打ちこむ。そして、こじあけられた創口《きずぐち》にさしこんだノコを、ひたすら前後に押しうごかす。ボートを漕ぐときのように、上半身を前へ倒しては、また後もどりさせる。原始時代の怪獣の鱗《うろこ》のように、灰色の厚い皮はまだ胴体にくっついたままだし、横たえられた胴体も、充実した肉の強さを誇るかのように、堂々としている。ノコの刃は、そ知らぬ顔つきで、柳にも松の幹にも勘づかれぬのろさで、喰い入って行く。地面にこぼれおちる、樹木の粉の肉色が、白っぽくなったり、濃くなったりする。それは、柳の眼には見えず、ノコの刃だけが知っている松の胴体の内部に、ヤニの塊りや、かくれた固い節、虫に食われたもろい組織があるからだった。カツオ節のように固く、乾いた血のような色をした粉もあった。黄色っぽくこぼれ落ちる、白墨のようにあっけない粉もあった。

裏庭に運ばれる前に、丘の中腹で切りそがれた松の枝。その枝の筋肉や骨は、まだ松の胴体の中にのこっていた。引きよせるノコの刃が、歯ぎしりに似た音をたてるのは、胴の肉に横ざまにかくされた、強靱な筋《すじ》や頑固な骨に、さしかかったからだった。

ノコの位置が下へおりて行き、下側の肉と皮をわずかに残すまでで、切断をしないでおく。そして、二尺ほど横にずらして、また別の創口をつける。三本か四本、切断線が並んでから、丸木の向きをかえて、次々に切りはなす。今までは、もっともらしい幹の形を保っていた松は、もはやいくつかの肉の塊となって、バラバラに転がされる。柳は無言で腰をあげ、別の胴体をかかえあげる。

新しい肉の上をすべる、なめらかで調子のよいノコの刃音。すでに地面に転がされた、樹肉の断面には、美しい年輪があざやかに見える。メノウのように、肉に埋っていた節は、切口も紫ガラスのように光っている。

「ぼくの腕の筋肉は、たくましくなって行く。一時間ごとに、強く強くひきしまって行く……」

柳は、「三国志」の動乱時代の、一農民になったつもりで、豪傑修行を楽しんでいるのだった。「漢楚軍談」や「水滸伝」。帝国文庫でよみふけったシナ大陸の、痛快きわまる武勇の物語。大蛇を斬り、犬の股肉や人肉マンジュウをむさぼりくらい、槍や矛を水車の如くふりまわし、強弓を満月の如くひきしぼり、ひっさらった大将を脇にはさんで圧しころし、敵に射られてハミ出した眼球を「もったいなし」と呑み下した、強い男たち。

関羽や張飛のような大豪ともなれば、腰のまわり、この松の幹の五倍ほどにふくれあがっていたのだ。英雄の耳たぶは、長くふっくらと垂れさがり、ひげはひげで滝のように走り下って、膝の下の方は錦の袋でくるんでおかなければならなかったのだ。

ああ、ああ。あの花和尚《かおしょう》、魯智深《ろちしん》は、まるごと一匹の狗肉と、桶三杯の酒をくらって、大寺院の本堂にあばれこみ、あらゆる和尚どもと、あらゆる仏像、仏具、しまいには建物まで破壊しつくしたのではなかったか。

曹操《そうそう》にしろ、孫権《そんけん》にしろ、またかの劉備《りゅうび》にしろ、天下を三分して彼等の権力を確立するまでに、一体、どのくらいの数の男や女を殺したのだろうか。

「エイッ！」

相手が、腰よわの老木とあなどって、柳はノコをマキワリにかえた。

マキワリの硬木の柄は、柳と爺やの手脂で光っていた。老衰するにつれ、意地わるくなった腐木は、黄白色の粉を泡のように噴き出しながら、マキワリの刃をはねかえす。

「エイッ！」

「朝早くから、ご精が出ますな」

と、爺やが声をかけた。苦労しぬいた老大工の声には、かすかながら皮肉がこもっていた。

「おや、若旦那。ノコギリの目まで立てなさったか。へええ、これはなかなか……」

爺やは眼を細め、ノコギリの刃を専門家らしくしらべていた。

「ぼくの仕事は、菜っぱの肥料《こやし》でな。掛《か》け肥《ごえ》（声）ばかりなんだ」

柳は、留置場でおぼえてきたばかりの、俗語を使った。労働の専門家の眼で見られたのでは、自分の仕事ぶりが、いかにも素人くさい、バカバカしいものに思われたからだった。

「へええ。若旦那の仕事は、菜っぱのこやしですかな」

爺やはわざと、感心したように笑った。

爺やの首すじと手首には、腫物《できもの》の膏薬が塗られてあった。赤黒く陽やけした皮膚には、ふかい皺がより、膏薬の油が気味わるく光っていた。霜やけのひどい末子の手の甲にも、炭火の熱で溶かした黒い薬が、注ぎこまれていたが、それは彼女のけなげな働きぶりを示すようで、醜くはなかった。しかし、しなびた爺やの皮膚をテラテラと光らしている油薬は、老人の業病《ごうびょう》をむき出しているようで、母などは眉をしかめた。

「お金をあげるから、あんたは銭湯へ行ってきなさいよ」

爺やは、そんな風呂銭を節約して、酒屋のコップ酒をあおってくるのだった。

「生、老、病、死か」

と、ひそかに柳は思った。

「死の前には、老というモノがあるのだ。老いさらばえ、老い疲れ、老病にとりつかれるということがあるんだ。しかし、今は非常時だぞ。若者の命をあっけなく奪ってくれる、戦争と内乱の時代なんだ。ぼくがまさか、爺やの年まで、生きながらえることはあるまい……」

爺やは、屋根のつくろい、炊事場の改築、本棚や本箱のこまかい仕事でも、器用にやってのける名人だった。そんな大工の名人が、どうして寺の爺やさんにまで落ちぶれねばならなかったのか、柳には理解できなかった。

いゝなせな江戸ッ子の面影は、全く消え失せて、一人息子が西洋洗濯の店をひらくのを、唯一の楽しみにしていた。あとは柳や末子や書生たちの世間知らずを、冷笑するのが生きがいなのであった。

百姓の力仕事を軽蔑する老大工は、柳の父の畠の手伝いなども、きらっていた。彼が尊敬しているのは、口八丁、手八丁の柳の母だけであった。

「行ってまいります」

仏教大学へ通う二人の書生が、駈け抜けて行く。

「そこら、うろうろしないで、早く帰って来いよ。旦那様の畠を、手伝わなくちゃ、いけねえからな」

と、爺やは書生の背なかに、いやみの声をかけた。

卒業すれば、地方寺院の住職になれる大学生たちが、爺やを無視しているのは言うまでもなかった。

末子が物干の柱にかける、長いサオを手にして柳におじぎした。末子の好きなニンニクが、竈《かまど》の灰の中でくすぶる匂いがした。

「くせえなあ。田舎者には、感じねえのかなあ」

と、爺やがつぶやいた。

「おれのできものが臭え臭えと騒いでるけど、ニンニクの方がよっぽど臭えや」

「爺やさん。まだ物干の柱、かえてくれないの。奥さまに叱られるわよ」

柱の一本は、サオを掛けわたすと、あぶなっかしく揺れた。

「わかってるよ。末子の奴、ちかごろ色気づきゃがって。何をやらかすか油断もスキもあったもんじゃない」

「爺やア」

と、便所の窓口から、柳の母のよく通る声がきこえた。

「あんた、まだ物干の柱とりかえないの。だめじゃないの。洗濯ものは毎日ほさなきゃならないんだから、すぐやってちょうだいよ。みんなが困るんだから」

「へい、へい、かしこまりました」

「うちにいい材木がなければ、サッサと買ってくればいいのよ。わかったでしょ」

「へい。わかりました。すぐいたしやすから」

柳は、みんなの言葉のやりとりに、追いたてられて二階へあがって行く。

「南伝《なんでん》か。とにかく少し読んでおかないと、久美子さんに会っても、秀雄が来ても、話にならないな」

浄泉寺には、「南伝」のほかに、漢訳の一切経が四組もそろっていた。一ばん古く出版されたものほど、巻数は少いが、それでも一組の一切経を通読している僧侶は、現代日本に一人もあるまいと、柳は判断している。卍蔵経《まんじ》。これは、柳の父が書生のころに、ようやくの想いで買い入れたものだった。帙《ちつ》入りと言っても、薄板を両側にあてがって、数冊まとめて紐でくくっただけで、飾りけは全くない。

陽あたりのいい、二階の南側に、つめこまれているので、紙の背はすっかり変色していた。いかにも素朴なつくりの「卍蔵経」は、父の刻苦勉励の想い出であろうし、本棚からとりだされることもなく、埃をかぶっている和とじ本の列は、柳にも多少の感慨をもよおさせた。

「読まれることもなく、忘れられた昔の知識の堆積！」

昔と言っても、明治に刊行された活字本が、昭和の現代とそう遠くへだたっているわけではなかった。けれども、二枚のうす板にはさまれ、紙の背に父の筆で、内容の部類分けを書きこまれ、おとなしく並んでいる「卍蔵経」が、おそらくこれから先も、熱っぽい研究者の眼にさらされることもなく、しまいこまれた仏教文献として、古びて行くであろうことは、まちがいなかった。太い老松の幹の、腐蝕した胴体ほどでないにしても、紙魚《しみ》にむしばまれた痕は、うす黄色い粉をこぼして、血のない血管のように見える。

朽ちた松の肉からは、ノコの歯先から、まるまると肥えた白い幼虫が落ちることがあった。

もろい樹肉、死にかかった胴体の肉に、生みつけられた虫の卵は、幹の命が弱まるにつれ、成長したのであった。何の虫か親の名はわからない、カイコに似た幼虫は、まだゴムのように弾力に富む、白く長いかたまりにすぎなかったが、それでも腐蝕した老木にくらべ、「これから生きはじめるのだぞ」という、色つやがあった。

「蔵経」には、もちろん、そんな幼虫を育てる肉体はなかった。それはむしろ「精神の宝庫」でなければ、ならぬはずだった。

だが、それは使い物にならなくなり、河底の泥に埋まっている金庫のように、図体ばかり大きいのが、かえってみじめなのだった。

「読めば、いいことが印刷されてあるんだ」

ひなたぼっこで、あたたまりながら、柳は考える。

「法然がくりかえし読破した一切経は、この蔵経にくらべ、はるかに巻数が少かったのだろう。だが、智慧第一の法然坊はまっ正直に、くりかえし読みつづけ、読みおわったのだ。そして、結局のところ、自分にとって千万巻の精神の宝庫が、無意味であったことを発見したのだ。法然の努力は、崇高なものだった。それが崇高なのは、全精力をかたむけ、すべてを棄てて、読破し研究した書物が、自分にとって何物をもあたえてくれないと、悟ったことなのだ。彼は決して、最初っから、どうせ無意味だなどとは考えていなかったのだ。彼は、誰よりも、一切経を信じていたのだ。彼は、ほかの誰よりも、すみずみまでよく理解し、中途で投げるようなことはしないで、困難な研究を続行したのだ。たしかに彼は、大蔵経の大海の中に沈みこみ、漂って、精神の緊張の波で自分自身を洗っていたのだ。ああ、あの時代、あの人にとって『読みふける』ということが、何とすばらしい実験であり、試煉であったことか」

一階のトタン屋根の上に、執事の小谷がしゃがみこんでいた。彼はペンキをいれたブリキカンを手首にぶらさげ、器用に刷毛《はけ》をうごかしていた。新しく塗られた部分だけ、あざやかな茶褐色になっていた。塗って行くにつれ、彼はたえず位置を移動して、塗りたてのペンキから、両脚をずらさなければならなかった。

「どうも、しろとじゃうまくいかねえな」

「小谷さん、うまくいく?」

玄関の前に立って、末子が小谷の方を見あげていた。

「ペンキ塗りは、あんがい疲れるな。手首がだるくなってきた」

「奥さまが、小谷はもの好きだ。ペンキ屋にたのめばいいのにって、おっしゃってたよ」

「なにごとも、経験だからな」

小谷は、自信のない笑いをうかべて、あぶなっかしくうずくまっていた。彼が動くたび、トタン屋根は不安定な音をたてた。

「小谷さんは、器用もんだからな。どうして、どうして、なんでもやっちまわア」

と、姿の見えぬ爺やのしゃがれ声が、きこえた。

「ひやかすなよ。こっちは冷汗かいて、やってるんだ」

小谷は苦笑しながら、窓ごしに柳の方を見た。

「ひやかすわけじゃねえよ。ただ、しろうとの塗ったペンキは、すぐはげちまうからな。それを心配してるだけさ」

と、爺やの、意地わるくかすれた笑声がきこえた。

「塗るのは、誰がやったって同じこったろ。むずかしいのはペンキの調合だよな。それさえうまくいきゃあ、誰が塗ったって、うまくいくはずじゃないか」

「まあ、二、三ヵ月たてばわかるこってさ。しろうとは、どうしたってペンキばかりやけに使って、のびがわるいんだよ」

「チェッ、爺やの奴、すぐけちつけやがる」

小谷は、爺やにきこえないように、小さな声で言った。

とにかく、無関係なんだと、柳は思った。とにかく何て言ったたって、小谷にとっても、爺やにとっても、末子にとっても、「大蔵経」は無関係なものなんだ。母にとってはむろんのこと、時によっては、有名な仏教学者である柳の父にとってさえ、存在を忘れられがちな洞窟の秘宝なのだ。父のほかの男女は、みんな「たいした金目《かねめ》のものらしいぞ。たまにはハタキでもかけておこう」ぐらいにしか、大蔵経とのつきあいはないはずだった。

「大正新修大蔵経」「国訳一切経」。この二つは、今なお刊行が継続している大全集なので、「卍蔵経」のような、しみじみと古めかしい感じがしなかった。

特製本の「大正」は、藍いろのしっかりした帙で包まれていた。とびきり大判に、小さな活字がギッシリと詰めこまれ、帙をひらくと、新しい和紙と新しい印刷インキの匂いがただよった。

土地の値あがりがいちじるしく、檀家の商人の財産が急速にふえつつある現在なので、金まわりのいい東京の寺院は、どこでも「大正」を予約していた。学問好きの僧侶は、ごくまれであるから、あらましは寺に重みをつけるため、あるいは出版関係者（それはいずれも僧門の学者だった）との義理で、買わされていた。毎月、かなりの金額を支払わされる住職の中には、宗務所にとられる宗費が、倍増したような気持になり、ふくれつらをする者もあった。

不信心な関東地方では、浄土宗の三部経を読んでくれと注文する客は、ほとんどなかった。「勤行式《ごんぎようしき》」と称する、小さな薄い、折りたたみ式の経本。それ一冊で、たいがいは用が足りた。儀式を荘厳にするためには、巻物にした「三部経」と、美しく表装された「アミダ経」一冊あれば、不自由はしなかった。

「勤行式」も巻物も、読みやすい大きな字で刷ってあるので、暗い蠟燭《ろうそく》のあかりで、眼のよわった老僧でも、読みたどることができた。経文のまだ暗記できていない、若い坊さんにとっても、それらの「現代的」経本は、ありがたい救いの手であった。

おおぜいで合唱しているうちは、二、三人のお経のまちがいは、専門家のほか感づかれなかった。たった一人の読経では、中途でつかえると、先にすすめなくなる場合があった。本堂の経机、朱塗、黒塗、金ピカさまざまの机にのせられた、簡便な「経本」は、儀式の安全を保証する道具にすぎなかった。

「大正新修大蔵経」を道具にする？

そんなことは、できる相談ではなかった。して見れば、いつのまにか現実ばなれした陶酔境へ、客をひきこんで行く読経の最高潮にあってさえ、柳たち僧侶はみんな「一切経」の千万分の一も、想いうかべているひまはないのであった。

「それにしても、やっぱり『大正』は、たいしたものだなあ」

と、柳は考えずにいられなかった。

敦煌《とんこう》の発掘からこの方、新しく発見された経典資料は数かぎりなかった。オックスフォード大学では、スタイン博士の持ち帰った貴重な品々の整理が、まだ終っていなかった。沙漠から、北京の学者や書店へ流れた資料も、小出しに公表されはじめていた。それらのうち、漢字の活字で印刷可能なものは、すべて収録しようと、「大正」の監修者は計画していた。今までに名の知れわたり、研究しつくされている経典でも、異なった版本の校合は、なみたいていの苦労ではないにちがいなかった。文献が多すぎるのである。西域の沙《すな》が、次から次へと吹きよせられ、やがて一つの町、二つの駐屯地をうずめつくすように、たくわえられ、受けつたえられる文献の、あまりの多量が、仏教学者の眼を血走らせ、現実と仏教のかかわりあいに、目をくばるゆとりをなくしてしまうのであった。最新の材料に没入し、考証に専心していれば、かんじんの仏教哲理を究明していられなくなる。浄土宗学の専門家は、ともすれば古代仏教、根本仏教を忘れがちになる。サンスクリット（梵語《ぼんご》）、パーリ語（サンスクリットよりいくらか新しい古代語）にくわしい学徒が、同時に、支那仏教に精通することは、ほとんど不可能にちかいのであった。

あまりの豊富さが、かえって絶望をさそうのである。

おまけに、そのほか、チベット語とビルマ語が、また別の一切経を生み出していた。

「彼はチベット版を持ってるぞ」

「ビルマ版が、うちの図書館にほしいんだが」

といった調子で、これらの異なった言語の蔵経を、日本ではたして、何人、いくつの大学、研究所が所有しているだろうか。とすれば、たとえ所有していても、それらを活用できる僧侶の数は、十本の指を折るまでもないのであった。

宝庫の奥から射しかける、智慧の光を浴びるより先に、宝庫そのものの巨大な暗さで、視力を失わねばならないのだ。

「どんなに良心的な、どれほど勉強好きの坊主だって、とてもムリなんだ」

柳は、ひとごとのように、のんびりと考えつづけていた。

「よく考えてみると、これら幾組かの仏教大全集は、何とも気味のわるい怪物、とうてい征服できるはずのない魔物かもしれんぞ。だって、そうじゃないか。読めば読むほど、ちがった面相、ちがった叫び声、要するにそれぞれ異なった『仏教』が、あとからあとから餓鬼のごとく押しよせてきて、けなげな研究者の脳髄を食べつくそうとするんだ。日本の浄土宗にせよ、禅宗にせよ、この大蔵経の洪水の前では、ほんの一片の木ぎれのように、部分的な漂えるものなんだからな。『木ぎれ』と言ったところで、その一宗派だけでも『浄土宗全書』だの『法然上人全集』だの、これまた、そうとうの巻数が、押しあいへしあい待ちかまえているのだ。

すべてを棄て去るために、すべてを吸収し、すべてを身にまとう? まったく、おかしな話なのだ。『一切』とか『大蔵』とかいう言葉は、これで大丈夫という安心に浸らせてくれるどころか、むしろ反対に『おそろしい無限』をくりひろげて、眼をくらくらさせずにはおかないのだ。先祖代々、苦心さんたんして拡大し保存してきた貯水池の中で、子孫が溺れ死ぬようなものではないか」

江戸時代に創設された浄泉寺は、学問寺であった。つまり学問好きの僧侶たちが、全国から集ってきて、この律院で勉学にふけったのだ。檀家はなしの、仏教研究の道場であるから、布教もしないで、ひたすら読書し、もっぱら講義をきき、すぐれた著作を木版刷で刊行してさえいればよかったのである。

柳が「労働」の道具をしまっている、裏庭の物置には、今でもそれらの版木が積まれてあった。木活字を使う工夫もなかったのか、固い厚い板に、達筆の文字を彫りつけた版木は、いくらかそっくりかえったりしていて、かさばった厄介者と化していた。

「律院」というからには、むろん二食。朝は粥、午後はソバ粉の汁ぐらいで、すませていたにちがいなかった。

芝の増上寺の大僧正が、隠居する場所だったとも、言いつたえられている。隠居するにしても、全国の秀才を教育するともなれば、よほどの学僧でなければ、ここの住職、つまり研究所長はつとまらなかったにちがいない。

「おやじなら、まだまだ、ここの研究所長にふさわしい男かもしれんな」

と、柳は思った。

「そりゃあ、江戸時代の律僧《りっそう》とは、くらべものにならんさ。しかし、ぼくのおやじは『学問』、つまり一切経に対するあこがれ、尊敬の念をもちつづけているからな。不徹底な学問僧である自分自身を、よく反省し、深く恥じているからな。その点では、増上寺の大僧正より、うちのおやじの方が、ぼくは好きなんだ。うまいことなんか、とてもできそうにない、ぼくのおやじは全くのところ、いい奴なんだ。大人物でなんか、あるわけがないさ。支配者になんかなれっこない、好人物にはすぎんけれども、ともかく『恥ずかしがっている』、あの素朴なところは、決して棄てたもんじゃないんだ。ぼくだって、ぼくのおやじの善良さを利用しようなんて、企んだことはないぞ。ぼくだって、とびきりの好人物なんだからな。無類のくすぐったがり屋のぼくが、父の好意につけこむはずがないじゃないか。

そうだ。『南伝』だっけな。秀雄君は『律部』をタネにして、芝居を書いたんだっけな。久美子さんは、どうせ『本生譚』、つまり仏教説話をよんでるんだろう」

その南伝大蔵経は、階下の父の書斎の前の廊下に、黒い背革に金文字をうたれて、並んでいた。柳は、階下へ行く。

四季咲きの椿の花が、池の面に落ちた。鯉は、それだけでもおびえ、尾ひれを光らせて走った。一匹がもぐると、それにつられて他の魚も身をひるがえす。澄みきった冬の水は、赤と黒の入りみだれたあと、底の泥を煙がわくように浮きあがらせた。

三段がまえの丘の地脈、水脈が絶えることなくわき出させている「泉」。その豊富な泉は、学問僧を俗世からへだて守る、堀を、自由なかたちで学舎のまわりに掘りめぐらすのに役立ったのである。中庭の池はかつては、「心」の字のかたちを表現していたにちがいなかった。今では次第に埋められて、「心」のかたちは、一部分を残すのみになったが、それでも普通の料亭の池などにくらべれば、はるかにふくみの多い曲折を、庭木や羊歯《しだ》の茂みの蔭にかくしていた。

「水」は、それを眺めていれば「水想観」にふけることができる。「太陽」も「地面」も「死体」も、それぞれ修行する僧侶にとっては、想いをこらし、想いをふかめる手段であったはずだ。したがって、形おもしろい池の水は、決して風流心を満足させる「眼のたのしみ」ではなくて、「自然の文字」を借りて書かれた、深遠な経文であったのである。苛烈な太陽光線の、絶対にまちがいのない強力さについて。生物を載せている大地の表面と内部の巨大さについて。その堅固さと、変化について。また、生きとし生けるものすべての運命を象徴する屍を前にしては、永劫の流転と、一瞬の定着との対比について、さまざまな「想観」をこころみることができたはずだ。

浄泉寺の敷地を、泉のある台地にえらんだのは、おそらく「水想観」を身ぢかなものとして、とり入れ、押しひろげるためであったのであろう。

「今となっては、日想観も地想観もあったもんじゃない。つまるところ、人想観だけでゴチャゴチャやっているんだからな」

中庭に下りた父が、しゃがみこんで菊の鉢をいじくっていた。講義に出かける前の、寸時を惜しんで、大好きな植物を可愛がる父の背なかには、地面とは離れられない小作農の、しんぼう強さと非社交性がにじみ出ていた。

厚物咲や狂い咲の大輪の菊は、もはや茎の根本から切りとられていた。

花のない菊の根株には、わずかに枯れかかった葉が、数枚のこっていた。

来年の秋の、見事な開花にそなえるためには、もとの根株をわけるにしろ、新しい苗を挿すにしろ、今年の冬から用意しておかなければならない。

百鉢ほどが咲きそろうと、母は菊見の客を迎えようとして、はしゃぎだす。彼女はそのほかのときに、夫が菊づくりにどんなに苦心しようが、手つだうつもりはなかった。

「悪人も使いようですよ」

と、母は縁側から、庭の父に話しかけていた。

「金さえやれば、手のひらをかえすように、よく働く男ですから、いいかげんに手なずけておいた方がよござんすよ。昔はあれだって、おじいさんがお寺に地所を寄附したりしたこと、あるんでしょう。先代までは檀家総代で、寺にはつくしていたんですから。当人は、前科者で、やくざの親分でも、まア寺とは因縁のふかい男ですからね」

「おれは、誠意のない男はきらいだよ。他人に迷惑をかけて、平気な男はきらいなんだ」

父は、菊の鉢にかがみこんで、こちらを向こうとしなかった。

「私だって、きらいだわよ。ただ、きらいですまないから、うまくあしらっているだけで。これだけの大寺になれば、金をせびるダニはつきものですからね。そう思ってつき合ってれば、いいんですよ。少し悪《わる》でなければ、役に立たない世の中なんですもの」

「おれは、悪人は好かんよ。悪党とつきあうと、不愉快でたまらん」

「小谷だけじゃア、おどしがききませんよ。顔役の親分は、どうせうるさい男にきまってますけど、うるさいからこそ、借地人におどしがきくんじゃありませんか」

「悪党を使えば、こっちまで悪人になるんだ。それが、わからないのか」

「悪党をこわがってたら、何もできませんもの」

「こわがるんじゃない。きらいなんだ」

感情をたかぶらせた父は、息ぐるしそうに言った。

「でも、善人なおもて往生す、いわんや悪人をや、って言うじゃありませんか。法然上人は、斬り取り強盗の大親分でも、ナムアミダブツで救ってやったんでしょう。悪人、悪人て言うけれど、みんな簡単な人間ですわよ。金や女がほしくて、人をだましたり、人を殺したりするだけですもの。たいしたちがい、ありませんわ」

「悪人だって、改心すればいいが。あの男は……」

「では、改心させなさったら、よろしいのよ」

「………」

父は、菊の名を書いた、小さな木の札を一つ一つ注意ぶかく、鉢の泥にさしこんでいた。根株だけのこした菊は、どれも同じように見えるから、そうしておかなければならなかった。だまりこんだ父が、母に向って「あさましいことを言うな」と言いたいのは、わかりきっていた。だが、そう言えない父の息苦しさが、そ知らぬ顔で本棚の本をぬき出している柳には、痛いほど感じられた。

第一、父は母を熱愛していた。みじめなほど、罪ふかいほど、女である母に執着していた。叱りつけたあとで、母にふれたくなる父は、それだけでももう、自分がいやになるにちがいなかった。

第二に、父には「悪党」を改心させる力がなかった。悪人に接触して相手を変化させるより先に、悪人を避け、悪人に接近しないでいたいのだった。人間ぎらいが、どうやって人間を救うことができるだろうか。

第三に、「あさましいこと」を抜きにして、寺院の経済が成りたたないことを、父はよくわきまえていた。あさましい、あさましいことをなくするために建てられた寺院を、現代風に維持するために、あさましい土台を固めねばならないのである。

かつての清浄な僧侶たち、律院の戒律を正しく守って、学問に専心できた学僧たちの真似をしたいと、父がどれほど願ったことであろうか。

だが、父が母を愛しはじめたときから、父の切なる願いは不可能になってしまったのだ。

「お前、宝屋さんの別荘へ行くつもりか」

と、父は柳にたずねた。そして、古びた銀時計を、古びたチョッキのポケットからとり出した。

「いや、まだ決めたわけじゃありません」

「そうか。あれ、もうこんな時間か。それじゃあ……」

やっと滑りこんで間に合ったり、一分でも遅刻したりするのが、何よりきらいな父は、いつでも不必要なくらい、早目に家を出るのだった。

「おれは熱海というところは、あまり好かんよ。ぜいたくで、ゴテゴテしてるばかりで。そんな別荘へ行くくらいなら、田舎の寺へ行かないか。田舎の寺へ行って、百姓の仕事でも見てきた方が、よっぽどタメになるよ」

「うん、ぼくも田舎へは行ってみたいんだ」

「読みたい本があったら、何でも買ってやるから。その本を持って、しばらく田舎へ行っていろよ」

「田舎って、どこですの。あんまり遠い所はやめにしてほしいわ」

と、母は不平そうに言った。

「伊豆だもの、熱海にもちかいんだ。別荘地なんかにいたって、社会のことは何もわかりゃしません。農村の苦労も、見させといたほうがいいんだよ」

「でも、どうなんでしょう。農村なんて一日いたら、たいくつしちまうんじゃありませんか」

「母さんは、すぐそういうことを言うからいけない」

「ぼくは、どこにいたって、たいくつなんかしやしないよ」

ふくれ面をする父と、つまらなそうな顔つきをする母をからかうように柳は言った。

第一巻、律蔵、一。

すべりのよい上質の洋紙、上等のクロースの固い表紙。ちょっと仏教書とは思えない一冊をかかえ、柳は陽あたりのよい本堂の縁側へ行く。

庇《ひさし》の木組には、水の波紋が光の模様となって、照りかえされていた。小さな滝の形で落ちている、上段の泉の水は、たえず水面をゆらめかしているので、頭上に映る光の紋や光の縞も、ゆらめいていた。

柱にも障子にも、壁にもゆらめいている、池の反射する日光を眺めているのが、柳は大好きだった。台地を切りそいで、一段ひくく壁のように突き立つ岩組にそって、池は本堂の東と北をめぐっていた。その岩組の上から、下の水面に向ってふりそそぐ日の光が、また上向きにはねかえって、廂の裏側に達しているので、そこに描き出される光のかたちと動きは、何かしら微妙なやわらかみと、不思議なあかるさを持っていた。

浅い池は、底まで透けて、長く大きいガラスの容器のように見えるところもあり、枯れ葉や朽ちた藻でおおわれて黒ずんだところもあった。その水面のかすかなゆれ方や、水底に達する光のうつし出す、動かない底泥の実態（仏教語を使えば、実相）に眺め入っているだけでも、飽きることはない。更に、反射された光が、水の動きを光線の本性によって映し出すのであるから、水と光の両方に親しみ、その二つのふれあいに立ち会っていることになる。

「ぼくが今、こんな贅沢な楽しみにふけっていることは、誰も知らんだろうな」

誰にたのまれたわけでもなく、誰に見せようというわけでもなく、反射されたままに、古い建造物の一部をなめている光の舌を眺めていると、彼は自分が「自然」の意志、「自然」の秘密につつまれているような気がするのだった。

のびすぎないように、よく手入れされたつつじ、ふじ、どうだん、かえでが岩組の上に植えこまれていた。岩と岩のあいだにも、水しぶきや、水のしたたりを受けて、似あいの灌木《かんぼく》が突き出ていた。岩組の下には、滝の落口にも、池の隅にもさまざまな羊歯《しだ》や、水草が水面に傾いているので、光の直射と反射は、なおのこと複雑になるのであった。

きびしい禁欲生活をつづけ、世の常の快楽をたちきっていた人々が、この「水と植物と岩と光」の一角を築いたとき、彼らのプランと指さきには、一種の欲望がこもっていはしなかったろうか。屋根を葺くこと、壁を塗ること、材木を切り出すこと、およそ居住する場所一つつくるにさえ、厳重な戒律があったはずだ。もしも住家が、少しでも個人的な楽しみを保つために工夫されたら、それだけで「罪」のはずであった。まして「風流な庭」など、喜びいさんで造りあげることは、それだけでもう、教団の鉄の規律にそむくことにはならなかったのだろうか。

「宇宙にちらばった無数の星の、どれか一つは、今の今、爆発しているんだよ。わが若き友よ」

芝の増上寺の炊事場で、中国から留学してきた密海さんは、そう柳に語ったではないか。

して見れば、真の仏教徒にとって、自然は決して、眼を楽しませる風景でなどあるはずがなかった。なごやかにひろがり、ひそやかにうずくまる、美の一角でなどあってよいわけがないのであった。永久不変なるものは、何一つありはしない。ああ、「自然」でさえも。そう、ゴータマ・シッタルタは説かれたのではなかったか。

縁側の板は、いいあんばいに温まっていた。

水のゆらめき、光のゆらめきの中に、あお向けに寝ころがる。ここちよい水音を耳にしながら、重い本のページをめくる。

「ふふうん。今巻依用ノ底本ハHermann Oldenberg刊行本（ロンドン、一八八一）ニシテ、兼ネテ暹羅《シャム》版ヲ参照セリ、か。なるほど、たいしたもんだ」

仏典に出てくる言葉は、たった一つの名詞でも、むずかしく異様で、自分とはへだてられたもののように、柳には思われた。

「ええと、つまるところ、ここに紹介されておりまするのは、漢訳では、『広律』という奴でございまして。それは『四分律』六十巻、『五分律』三十巻、『十誦律《じゅうじゅ》』六十一巻、『摩訶僧祇律』（ええと、これはマカソウギリッツと読むんだろうな）四十巻、および『根本説一切有部毘奈耶』（コンポンセツイッサイウブビナヤでしょうか）五十巻等の有部《うぶ》律、鼻奈耶《びなや》十巻である、か。おんなじビナヤでも『毘』と『鼻』と二つあるのは、どうなってるんだろうか。読むとなれば、まず最初に、経分別《きょうふんべつ》からはじまることになるな。『キョウフンベツ』、パーリ語で言えば、スッタビバンガですぞ。これが、比丘《びく》さんたちに二百二十七条、比丘尼《びくに》さんたちに三百五十一条の戒を示していますね。ビクニさんの方が、条文の数が多くなっているところに、注意！

そら、比丘戒のとっぱなに、おっかないのが出てきましたぞ。

『波羅夷』。パライとは、何とおっかなそうな字がまえではないですか。パーラージイカ。この波羅夷を犯したら最後、ビクとしての資格を失い、僧伽《さんが》つまり教団から追放されてしまうんだからな、パーラージイカとは、打ち破られたるもの、の意味だそうですね。打ち破られたら、仲間はずれ、村八分にされるのでありまするから、打ち破られるな、打ち破られまいと、必死にこころがけねばなりませんね。

ところが、そのチャンスがあまりにも豊富に、ぼくらを包んでいますね。全く、我らは、打ち破られるためにのみ、生きているように見えますわい。

第一波羅夷。

『――いずれの比丘といえども不浄法を行ぜば、波羅夷にして共住すべからざるものなり』

不浄法とは言うまでもなく、女犯《にょぼん》のことである。大体、女というものが何千万年前に発生したものであるかは不明であるが、いずれにせよ仏教教団ができてからのち、誰かが最初に、この女犯パライをやってのけたんだろうな。犯人がないのに戒律が定められるはずはないから、とんでもない犯人が誰か一人出現したために、他の者をいましめるため、第一波羅夷は制定され、発布されたのであったにちがいない。

ほら、ここにハッキリ書いてあるじゃないか。

むかし、むかし、毘舎離《ヴェーサーリ》国の近くの迦蘭陀《カランダ》という村に、スディンナカランタカブッタという長者の子供がおりましたのじゃ。(どうも、この訳文は少し不親切みたいだな)。長者の子供、その名はスディンナカランタカブッタと書けばいいのにな。これでは、子供の父親、すなわち長者が、スディンナカランタカブッタであるように誤解されるぞ。で、そのスディンナがだ、たまたま大衆に囲繞《いにょう》せられて坐し、説法したまえる世尊にお会いしたというわけなんだ。会わなければ、問題はなかったんだ、なまじ、世尊になんぞお目にかかっちまったから、タダですまなくなったんだ。ほら、お説教に感激したスディンナの奴は『さてさて、家になんぞ居たのでは、完全無欠にして清浄無垢、みがかれたる真珠貝の如き梵行《ぼんぎょう》を修することは容易にあらず』なんて、言い出しましたぜ。『われ、よろしく髪鬚を剃除して袈裟衣を着し、家より出でて家なき身となるべきなり』か。

両親は、困ったろうな。

世尊だって、すぐさまお許しにはなりませんよ。『スディンナよ。如来《にょらい》は父母に許されざるの子を出家せしめず』と、おっしゃった。

ぼくの両親がぼくに困り、宮口の両親が宮口に手を焼いてるのと、おんなじこった。宮口の奴こそ『家より出でて家なき身となるべきなり』そのものを、実行してるわけだからな。

彼はカランダ村に帰ると、さっそく父母に申しました。『父母よ。世尊の説示したまえる法を我が了解《りょうげ》するが如くんば（全く、めんどうくさい訳文だな）、家に在りて住する者には、完全無欠にして清浄無垢、みがかれたる真珠貝の如き……』

両親は驚いたでしょうね。世尊も罪な説法をしたもんです。

『わがスディンナよ。汝は実にわれらが寵愛する唯一人子にして、幸福に成長し安楽に育てられたり。スディンナよ。汝は苦の何物をも知らず。われらは死によりても汝と別るるを欲せず。いわんや生存せる汝の出家するをゆるさんや』

こうなると若い者は、すねたり、ごてついたりするからな。息子は、敷物もない地上に寝ころがった。『死か、しからずんば出家!』七日間の絶食。これが経文には、一日の食を取らず、二日の食も取らず、三日の食も取らず、四日の食も取らず、五日の……と、ゆっくり書いてあるよ。悟りをひらくためには、急ぐことはないからな。

『まあ、まあ、そんなところに寝ていないで、お立ちなさい。ね、食べたり飲んだりして、楽しんだらどうなの。楽しめることを楽しんで、福徳円満、あたりまえの人生を享楽するのが、どこがわるいの。出家するなんて、とんでもない』

二千年前のインドの父と母の、やさしい声がきこえてくるようだ。スディンナは、沈黙戦術。息子の親友を動員して説得にかかったが、彼はあいかわらずだまりこくっている。

世間なれした親友(つまりは穴山みたいな男だ)は、両親に言った。

『このままじゃ、スディンナ君は死にますよ。どうでしょう。ここのところは、一応、彼の願いをきいてやって、出家させてみたら。出家したって、死ぬわけじゃないですから、会うことは会えますすよ。死んだら、元も子もありませんからね。どうせ、出家したって長つづきしないでしょうから、そうすりゃお宅に帰ってきますよ』

かくしてスディンナは、家なき身となることを許された。よろこび勇んで、世尊のお弟子となり修行に入る。いよいよ開始された修行と申すのは、まず阿蘭若住者《アランニャ》。アランニャとは山林あるいは荒野のこと、人里はなれてそこに住む。乞食者《こつじき》、次第乞食者。糞掃衣者。乞食にも種類があるらしいが、要するに食をねだって歩く。糞掃衣者とは、便所掃除にふさわしい衣服を着用することかな。

ところが、あいにく移り住んだ地帯は、大飢饉となった。『白骨狼藉』と書いてあるから、死屍るいるいの有様で、東北地方の冷害どころではなかったのだろう。作物は葉と茎ばかりで、実というものができない。これでは、施しものを食べて暮すわけにはいかないのである。

実際、ここん所は矛盾してるんじゃないかなあ。性欲だけ絶って、食欲の方はそのままにしておくのは。食べなければ、死ぬ。死ねば、修行も教団も仏教そのものもなくなる。だから、食べねばならぬ。理窟はそうかもしれないけれど、畠の農作物だって、俗人どもが汗水たらして作ってくれるからこそ、毎年収穫があって、そのおあまりがいただけるんだろう。修行はけっこうだけれども、どうも禁欲が片ちんばじゃないのかなあ。だから、ごらんなさい。一たん飢饉がくれば、乞食者も次第乞食者も、教団経済そのものが、あわてふためかなければならんじゃないですか。『これはいかん』と、スディンナは考えた。この地方で乞食することは、もはや不可能である。ヴェーサーリに行けば、親類縁者もたくさんある。おまけにいずれも、金銀ゆたかな金持で、食物の貯えも腐るほどある。あそこへ行って彼等の援助を乞えば、悲鳴をあげている比丘仲間も、さぞやたすかることであろう」

「……乞食するには、下衣だけ身につけ、上衣と鉢を手にもって行く。今はたんなるお坊ちゃまではなく、いっぱしの長老となったスディンナを、ヴェーサーリの親戚たちが歓迎しないはずはない。

彼らはまず、六十大盤の供養食を彼にささげたんだ。一つの盤には、何人前が盛られてあったろうか。十人前とすれば、六百人の飢えたる比丘たちが、腹をみたすことができたはずだ。スディンナは、さぞかしお仲間のあいだで、男をあげたことであろう。さて彼は故郷の村で、『次第乞食』をしながら、父の家の方へ行く。

ちょうどその時、彼の生れた家の下女が、昨夜残った粥を棄てようとしていた。そこで、彼は『妹よ』と呼びかけましたよ。『若《も》しそを捨つべくんば、わが鉢中にうつせ』とな。廃物利用、ゴミタメあさりこそ、仏弟子の食生活に最もふさわしき行為であったろうからな。ぼんやり者の下女は、言われるままに、粥を鉢の中にあけてやりながら、ようやく御主人さまの令息であることに気がついた。

下女はすぐさま『どうやら若様らしい方が、さきほどここへ』と、スディンナの母に注進しました。

『え？　何ですって。それをだまって、お帰ししちまったのかい。まあ、まあ、あきれかえったひとだねえ。ほんとに若旦那に粥の残りなんかさしあげたんだったら、お前さん、クビですよ』

ぼくの母が、わが家の下女末子に対するが如く、彼の母は大げさに叫んだのであった。

彼の方は、どこかの家の壁にもたれて、粥をすすっていた。彼の父が通りかかって、びっくりして駈けよる。『なんだ、スディンナじゃないか。どうして、こんな所で。さあ、さあ、早く家へ来なさいよ』

かくて若き長老は、父の家に到った。しずかに、設けの座にすわる。『さあ、食べてくれ。お食べなさい』と、父はしきりに食をすすめた。

『止みなん、居士《こじ》よ』と、息子は父に言った。居士とは、在家の有徳者のことだ。『われはすでに汝の家にて粥をもらいうけ、今日の食事をなしおわれり』

『そうか。では明日の食事は、ぜひともうちで』

息子は無言でうなずくと、座を立って去って行く。

母親の方は、明日の御馳走の支度で気ちがいじみてきた。まず地面を緑色の牛糞（そんな牛糞があるのか、どうか知らないけれども）で塗りつめた。そこへ金貨の山を一つ、金貨でない黄金の山を一つこしらえた。その二つの積重ねの大きさは、そのこちら側に立つ男が、向う側に立つ男に見えないくらい。その上をきらびやかな敷物でおおい、その中間に息子の座席をしつらえ、まわりは、これまたきらびやかな幕など張りめぐらした。

それから息子の嫁さんを呼び出して『あんたは、あの子の一ばん好きだった着物を着なさいよ』と、命令する。

翌朝はやく、スディンナはわが家に到り、席につく。父は得意げに、二つの金の山を息子に示した。

『これが、お前の母方から来た財産だよ。このほかに、父の財産、祖父の財産もあるんだよ。それがみんな、お前のものになるんだよ。どうかね。苦しい修行など止めにして、俗人にもどらないか。これだけの金があれば、教団に布施もできる。貧民も救える。そうやって功徳を積めば、不足はないはずじゃないか』

あっぱれな若き長老は、おもむろに答えましたね。

『父よ。われ、強《し》いて努むるにあらず。難きを犯せるにもあらず。われ、よろこびて梵行を修せるなり』

もしも、かのしたたか者の脱走者、闘士宮口がスディンナだとしたら、どう答えたろうか。

おそらく宮口なら『せっかくの父上の御厚意、ありがたくちょうだい致します』と答え、もらった財産をそっくり、革命党へ寄附したのではなかろうか。

父親は飽きることなく、口をすっぱくして息子をくどきましたよ。

『お前から、金をもらおうとしてるんじゃないんだよ。どうぞ、この金をもらってくれと頼んでいるんだ。じれったいな。どうして、やると言うのに取れないんだろうな』

『居士よ。お父さんよ。怒っちゃいけませんよ。もし怒らないなら、申し上げたいことがあります』

何事ならんと、父親はきき耳をすましました。

『しからば、居士よ。卿《けい》は大きなる麻布の袋をおつくりなさい』

『おやすい御用じゃ』

『この金貨と黄金をその袋につめて、車で運びなさい』

『おやすい御用じゃ』

『そして、ガンジス河の流れに投じて、沈めなさい』

『エッ!』

『さすれば卿の身にある怖れ、おどろき、心労のすべてが消え去ることでしょう』

『テヘヘヘ!』

長老スディンナの父は、はなはだ喜ばざりき。こういう息子は、今の法律では『禁治産者』

とよばれ、危険人物とみなされている。

こうなっては、嫁さんの魅力を借りるより仕方ないと、父は考えた。美しきスディンナの妻は、義父に命ぜられたとおり、家出した夫の二本の足に、とりすがった。

『わが夫《きみ》よ。あなた、梵行を修めていらっしゃるのは、結局、天女を手に入れたいからじゃありませんの。一体、どんな綺麗な天女なんでしょう。にくらしい！』

『妹よ。我は、天女のために梵行を修するにあらず』

『まあ。実の妻を、妹とおっしゃった。まあ、この私を妹などと。何とよそよそしい、冷たい、情しらずの……』

若き妻は、悶絶して床に倒れ伏しました。気絶した真似をしたのか、それとも真実卒倒したのか、ぼくには、女性のことはよくわからんなあ。

両親の計略を見ぬいたスディンナは、

『食を施して下さるとおっしゃるから、参ったのです。食べさせるつもりなら、さっさと食事を用意して下さい。いろいろと私を困惑させるのは、止めにして』

ずいぶん心臓のつよい、わがまま息子じゃないか。食べるものだけは、食べて帰るつもりなんだ。父と母はあわてて、とびきり上等の軟い食物、硬い食物を並べたて、充分に食べさせた。

両親はまだ、あきらめたわけではないから、あの手、この手と工夫をこらす。

そのうち母親が（母親の方が頭の回転が速い点は、うちによく似ているわい）、うまい手を思いついた。

『ねえ、スディンナや。うちは今こそ、金がありあまるほどあるし、暮しの心配がないけどねえ。お前が続種《あとつぎ》を生んでくれないと、大へんなことになるんだよ。あとつぎのない家の財産は、リッチャヴィ王に没収されることになってるのよ。このままで、もしお父様がなくなってごらん。私は、無一文にならなきゃなりませんよ』

これは、スディンナの予想していなかった難題である。彼は何も、わざわざ自分の親や生家を不幸にするために、出家したわけではないのだ。

そこで彼は『その程度のことなら、してあげてもよろしい』と、答えた。

『え、それじゃ続種を生んでくれるかい』と、母親は喜びましたよ。

そのときのスディンナには、現在のぼくなどとちがって、妥協の精神、まあまあ、それで無事にすむならばという、いいかげんな心がまえなどありはしなかった。彼の先輩や師たちが、まだ波羅夷の戒律を確立しないで、各自の判断にまかせていたのがいけなかったのだ。ましてスディンナは、自己の欲望をとげるために、母の申出を利用し、うけ入れたのではない。相手の女性も、正式の妻である。いやいやの性交を一回だけすませてしまえば、あとは絶対に、女体にふれない覚悟もしている。たしかに、彼の胸中はそうだったと、察してやらなくてはなるまいな。もしそうじゃなかったら、もともと喰わせもののインチキ修行者だから、苦悩も戒律もあったものではあるまい。

母は息子の嫁に『汝、月の華《はな》起りて完《おわ》らば我に告ぐべし』と、申しわたしました。かしこまった嫁は、月の華が起って終了すると、そのむねを母に告げた。どうして、こういう生理学的な説明をしなければいけないのかな。ぼくは、好かんけどな。

母親は、美しい嫁に手を引かれて、大きな林の中に住むスディンナを訪れた。

自宅の寝室と、林の中の小屋と、どちらがこの奇妙な手つづきにとって、ふさわしかったか。スディンナには、秘密にする罪の意識はないのだから、どこでも早いところすましてしまえばいいわけだ。ぼくだったら、そうとう神経質に情況判断で迷ったであろうが。

彼は、未だ制戒せられざるが故に、その罪たるを知らずして、もとの妻と三度、不浄法を行ぜり、か。三度か。母の願いが達成されるよう、念入りにしたのかしら。

おそらく彼の性行為は、彼の一家の者のほか、誰にも知られなかったにちがいない。もしも相手が、同じ人間であったら。だが、当時は、神さま仏さまで、天地は充満していたのであるから、たちまち発見された。発見されたと言うのは、必ずしも正確な言い方ではない。というのは、地上に許すべからざる大罪が発生すると、天界の神（あるいは仏）のおしりが熱くなってきて、居ても立ってもいられなくなるそうであるから。

地居天という、感覚鋭敏な神さまが、まっさきに叫びだしたのであった。

『ああ、熱いぞう。熱いぞう。けがれなき、悪罪なき我らが僧衆のあいだに、スディンナカランタカブッタの奴のおかげで、けがれと悪罪が発生しましたぞう』

彼の叫喚をききつけた、他の連中、つまりは忉利天《トウリテン》、夜摩天《ヤマテン》、兜率天《トソツテン》、化楽天《ケラクテン》、他化自在天《タケジザイテン》などが一せいに『……発生しましたぞう』と、叫喚しはじめたのである。

これら宇宙をどよめかす絶叫の合唱は、下界の人間の耳には、きこえなかった。スディンナの妻は、ものの見事に男の子を生んだ。友人はその子に『続種』という、おめでたい名を附け、スディンナの妻には『続種母』、スディンナ自身には『続種父』という、あまりにも明々白々な名をくっつけた。

スディンナは、何となく気持がわるくなって来たのである。

『いや、これはまずいぞ。これは、ぼくにとって、まずいことだぞ。せっかく出家したのに、続種父などになってしまって、いいものだろうか。これでは完全無欠、清浄無垢なる梵行を修するどころの話じゃないじゃないか』

根が生まじめな男であるから、疑い、なやみ、後悔して瘦せおとろえ、四肢の肉がなくなったあとに動脈静脈、血管だけがむき出すことになった。

よく気のつく坊さん仲間が、彼のいちじるしい変化に気づかぬはずはなかった。

『どうしたの、あんた。前には顔の色も、肌の艶もあんなによくて、丈夫そうだったのに、今の衰弱はこりゃどうしたことですか。まさか修行するのが、いやになったわけじゃありますまいな』

『いや、いや。修行がいやになったのではありません。実は、私は私の妻と不浄法を行じましたので。そのため疑いと悩みと後悔が湧きおこって……』

『アリャリャ。同志スディンナよ。なんと、まあ。とんでもないことを、して下さった。えらいこっちゃ、これは。これで疑いと悩みと後悔が湧きおこらねば、おかしな話ですぞ。わが友よ。そもそも世尊が、さまざまな表現と伝達の工夫をこらして法を説きたもうのは、みなこれ欲を離れるがためで、欲と結びつくためではありませんのじゃ。解きはなたれるためであって、縛られるためではない。傲《おご》り高ぶりを破るため、渇をいやすため、愛を除くため、種を断つため、ネハンのために法を説かれたのでありまするぞ。君のやったことは、信仰の念を起させたり、信仰の念を固めたりすることではなくて、まだ信じていない者には不信をひきおこし、すでに信じている者をも転向させるようなことですぞ』

騒ぎたてる比丘たちの訴えをききおわって、世尊は『スディンナよ。汝はまことに汝の妻と不浄法を行ぜりや』と、たずねられた。

『まことなり、世尊よ』

『汝、愚かなる者よ。こは法にふさわしき行為にあらず。法にしたがう行為にあらず。威儀にあらず。沙門行にあらず。浄行にあらず。なすべからざる行為なり。愚人よ。われ種々の方便を以て、欲熱の静止を説きしにあらずや。愚人よ。むしろ怖るべき毒牙の口中に男根を入るるも、女人の根中に入るることなかれ。むしろ燃えさかる火坑中に男根を入るるも、女人の根中に入るることなかれ。おお、汝、愚かなる者よ。ここに汝は、実に実に、罪業、卑業、悪行、汚行、末水法（水で洗わねばすまぬような行為）、唯有二人成就法《ゆいうににんじようじゆほう》（たった二人でなければできぬ仕業）、隠処法（かくれた場所でなければできぬ仕業であろうか）をやってのけたのじゃ。汝こそは、あまた不善法の最初の犯行者、先駆者であるぞ。うんぬん』

うっかり親孝行をしたばっかりに、えらく叱責されてしまったものだなあ。原始仏教にあっては、孝行も忠義も、絶対的な倫理であるどころか、むしろ棄て去るべき執着、精神の自由を縛る欲の縄にすぎなかったんだからな。孝行という動機は、スディンナの罪を少しも軽くしてはくれなかったのだ。

とにかく、憲法第一条は、次の如く定められた。

『いずれの比丘といえども、不浄法を行ぜば、パライにして共住すべからざるものなり』

やれやれ、まことにまわりくどい物語の主人公となった、彼スディンナカランタカブッタは、恥をさらしたかわりに、戒律の経典に永久の名をとどめたのである。……」

丘の中段のあたりで、息せき切らした爺やさんの叫び声がきこえた。それは、墓地の塔婆や、林の枯枝をぬすみにくる、少年たちを追いはらうためだった。急斜面を駈けのぼっては、滑り下る悪童たちは、燃料を集めてこいと言う、親たちの命令もあるので、爺やさんなどをこわがるはずはなかった。それに、「盗む」ことは一種の冒険なのだから、おもしろくてたまらないにちがいなかった。

走りまわる子供たちの元気な足音にくらべ、爺やのかすれ声は、怨みがましく、のろくさくきこえた。

幼い盗人たちの、棄てぜりふじみた、からかいの言葉。逃げまわりながら投げる小石が、木の幹にあたる音。石の一つは、柳の眺め入っている池の上の、生垣まで飛んできて、枯草の茂みの中へ落ちた。

「どこの餓鬼だ。名を言え。先生に、そ言ってやるからな。畜生め。巡査に人相を言って、調べさせてやるからな」

貧乏な家々は、寺の正門の前にも、墓地の裏にも立ち並んでいたし、入れかわり立ちかわり、はるか遠くからやってくる少年もいるから、犯人がどこの家の子供なのか、知るすべはなかった。

毎年、柿の実が赤く色づくころになると、柳の母はヒステリカルになった。栗の木にのぼって、栗の実を竹ざおで落している爺やの足もとで、落ちてくるイガ栗をぬすんで逃げる子供もあった。銀杏《ぎんなん》の黄色い実が、黄色い葉の茂みからこぼれ落ちて、妙に人間臭い匂いをただよわす日には、高い高い梢に投げあげる子供たちの石つぶてが、あたりを騒がせ、あぶなくて近寄れないくらいだった。

「いっそのこと、実のなる木はぜんぶ切っちまったらどうかしら」

集団をなして攻めよせてくる「敵」に、すっかり興奮してしまうと、母はそう口走った。

「あんな奴らに、人形芝居なんか見せてやるの、およしよ。バカバカしい。ずうずうしいったらないんだから、ここらの子供たちは。帰ったあとでも、本堂が臭くて、臭くて。畳はよごすし……」

まったくのところ、浄泉寺の境内は、いい遊び場であるばかりではなく、一種の猟場だったのである。向うから攻めこんでくることはあっても、こっちから攻めよせて行くことはできない。それは、何故か。「要するに、こっちが所有する者だからだ」と、柳は考えていた。

仏教徒は、無所有でなければならない。無一物でなければならない。しかし今のところ、柳一家は、地所、建築物、果樹、その他の財産を所有している。して見れば、攻めこまれるのは致し方ないことではないか。

「いずれの比丘といえども、持ったならば、あるいは持とうとする意志を持ったならば、パライにして共住すべからざるものである」

この方が、第一条にふさわしいのではなかろうか。持ってさえいなければ、失う心配、奪われまいという警戒もいらないのだ。持っているから、いけないのだ。そうは思っても柳自身、秋まつりの夜など、群をなして襲撃してきた町の若い衆が、柿の木によじのぼり、枝ごと柿の実を奪略したりされると、ついつい怒鳴りつけずにはいられないのであった。果実を惜しむわけではなくて、果樹を育てた者の心づかいを無視する、無神経なやり方がシャクにさわるのであった。

そんなことで、一々腹を立てているようでは、僧侶の資格ゼロなのである。自分のための果樹など一本だって、所有してはならないはずなのだし、植物にしろ動物にしろ、物を産み出すものすべては、万人のものでなければならないはずなのだ。

「キミは誰のもの？　ボクのものじゃないの」「そうよ。ワタシはアナタのものよ」などとささやきあって、ひしと抱きしめあうようなことは、愚人よ、もってのほかなのである。所有したがる心と、不浄法をやりたがる心は、直結しているのであって、もしも所有を全く棄てさることができるならば、その瞬間から、まさに男女の結合は無意味になりうるのである。所有の方にあきらめがつかない以上、不浄法もまた同様に、つきまとわずにはいられまい。「愛を除くため、種を断ずるため」に、仏法は説かれたという。ところが、種を断じてしまったら、子孫は絶えることになり、国民は減少して、はては皆無になり、国家も社会も存在できなくなる。したがって、この憲法第一条は、マルクス主義よりも、アナーキズムよりも、もっと激烈な危険思想をふくんでいるのではなかろうか。「生」が汚れの根源であり、無意味な幻影にすぎないとすれば、何のために人間どもを生かしておく必要があろうか。地球がカラッポになるまで、人間どもを早いところ極楽へ送りこんでしまえばいいではないか。

「徹底して考えていくと、おっかなくなるから、いいかげんにしておこう」

長い敷石をふんでくる、下駄の音が、本堂の玄関の方へ近づいてきた。

中年の女と、若い男であった。白い布でくるんだ骨壺《こつつぼ》をかかえているから、お経を頼みにきたお客さんにちがいなかった。

小柄なために、誰よりも身うごきのすばやい末子が、茶の間から取次に出てゆく。

湿気の多い本堂の畳は、いくら取りかえても、フワフワとたよりなかった。陽あたりのいい玄関の板敷は、一枚ずつお互にはがれそうに隙間があいていた。

「前にも一つ、お骨《こつ》をあずかっていただいている神田ですが」

「神田さん？」

檀家以外の人、墓地を持たないで、お骨だけ寺におさめている、フリのお客であった。末子は、畳の間より二段ひくい、板の間に立っていた。柳は、畳の間に突っ立って、のぞいていた。

「お檀家の方ではありませんね」

末子は、寺の客のことについては、柳よりくわしかった。

「ええ、田舎の方にお寺はあるんですが、こちらにお骨をあずかっていただいています」

「どうぞ、おあがりになって。それで、そのお骨をまたおあずかりいたしますんですね」

「ええ、そうなんです」

中年の女は、言いにくそうに言った。

「そうしますと、このお骨のお経をおあげするわけですね。前のお骨のお経は、おあげしなくてよろしいんですね」

「いえ、それは、あの、両方の……」

「ハア、承知いたしました」

愛想のよい末子の言葉には、相手の心理を見ぬいている調子があった。盆暮のお附届もいたしますから、よろしくお願いしますと言い置いて、骨壺をあずけて帰る、しかしそれっきり、音さたなしになる人もあった。その中年女が、ややおずおずしているのは、前のお骨を置き去りにしたあとで、またもう一つ持ちこんできた心苦しさのためなのだった。

「どうぞ、おあがりになって、お待ち下さい」

いそいそした、色黒の婦人のあとから、血色のわるい青年が、ひどくつまらなそうなそぶりで、本堂の外陣《げじん》に坐った。

柳は、婦人のかかえてきた骨壺をうけとり、内陣《ないじん》の奥にすえた。木綿の白布の下で、白い骨壺はまだいくらか、火葬のぬくもりをもっていた。

「神田さんの、前のお骨、探してくれよ」

「ハイ、わかりました」

末子は玄関の次の間へ入って、事務用の机の引きだしをあけていた。

増加するばかりで、減る気配のない「あずかり骨」は、番号札（それは、ふつうの荷札だった）を附けられ、記帳されているはずだった。はずだったというのは、帳簿の係の執事が、きわめていいかげんだったからだ。

死んでからの戒名だけ書きつけて、生きているあいだの姓名を忘れているのもあった。死亡の年月日、預け主の名前、預け入れの時など、どれか一つ書きもらしているのもあった。カンのいい執事は、自分の頭の中だけにしまっておいて、お骨の出し入れをすませていた。

今日は、その執事がいなかった。

「若先生、神田さんという名が、二つありますけど……」

「神田なんとか、名前がちがうだろう」

「それが、両方とも神田氏と書いてあるだけですの」

と、末子は、困ったように笑っていた。

「お骨をあずかった年月日は、書いてないのか」

「ええ」

「年齢は、どうなんだい。その死んだ人の」

「それもありません」

「男か女かも、書いてないのか」

「ええ。小谷さんて困りますわねえ。自分がいるときはいいですけど」

「番号はどうなんだい。それも附けてないのかい」

「一つの方は、三十八番で、もう一つは番号がありません」

「ふうん」

「いいですわ。何とかして探しますから」

「そうかい、頼むよ。ぼくじゃあ、わからんからね」

内陣の外側につづく部屋。金ピカの千手観音や、黒塗りの不動様、小型の仏像を安置した古い古い厨子《ずし》。それに、来たての女中さんなら気味わるがって近よれない、日本の坊さんの木彫り像。法衣をまとった木彫り像は、木肌も黒ずんでいる上に、埃をかぶっている。意志の強そうな頬の骨は、とがったり、かくばったりしていて、白い塗料は、火傷《やけど》の皮がはげるように、まだらに落ちている。ナマ身の人体とは異なり、屍体ともちがって、妙にしっかりと坐りこんだ木製の坊主は、柳の母親も「好かないわ。こんなの」と、相手にしないしろものだった。

六十箇を越える骨壺が、それらの仏像をならべ立てた、下の置き場所におさめられていた。西洋館のカーテンにふさわしいような、花模様の幕をはね上げると、上下二段に仕切られた暗い置き場に、お骨たちは満員のありさまだった。

金襴にしきの布に包まれ、赤い紐の房までつけられた、宝石箱のように小さな壺。白布も掛けずに、針金でしばりあげた大きな壺には、馬の骨でも入りそうだった。次から次へと押しこまれる仲間たちに押されて隅の方にちぢこまり、おまけに上からもう一つ、お仲間を載せられている壺もあった。

番号順に並べられたわけではなし、底を見せてかしいだり、鉢あわせに重ねられたのもあって、前の方を取り出してからでないと、奥の方の番号がわからないのである。

末子は壇の下へ頭をつっこんだり、顔を横向けにしたりした。髪のもとどりをつかんで武士の首でも吊り下げるようにして、一つ、また一つと取り出していた。

五年も動かさなかった壺などになると、黒カビでも生えたように、厚い埃をかぶっている。

「埋葬認可証は、お持ちになりましたか」

「ええ、あの、それは持ってまいりませんでしたが」

と、婦人は柳に答えた。

「お骨をおあずかりするときは、埋葬認可証を一緒に、おあずかりすることになっています」

「はあ、さようですか。実は、それを持ってまいりませんのですが」

「でも、埋めるわけではなくて、あずかってもらうだけなんですが、それでも要るんですか」

と、青年は口をとがらして言った。

「ええ、規則でそうなっているんです」

「そうでございますか。それは、困りましたわね。では、のちほどお届けすることにしまして」

「母さん。前のお骨の場合はどうだったの。お父さんのときさ。やっぱり、埋葬認可証を持ってきたのかい」

と、青年は、いらだたしげに言った。

「さあ、たぶん、持って来なかったように思うけど」

と、母親は困ったように、あいまいに言った。

末子はなかなか、「神田氏」の骨壺を探しあてられなかった。青年は、女中さんの困惑を皮肉な眼でながめやっていた。寺が預り品の整理を怠っていることが、一目で明らかだからだ。

「前の場合は、どうだったんですか。埋葬認可証をそちらで、受け取っていますか」

と、青年は柳にたずねた。

「調べてみます」

柳は、事務机の上の綴りこみをめくって見た。「神田秀一、三十一歳」というのが、一枚、綴り込まれてあった。この青年の父親にしては、若すぎていた。

「神田さんというのは、これ一枚ですが」

柳は、仕方なしに、それを二人の前にさし出した。

「ああ、ちがいますわねえ」

「これは、ほかの人のですよ。うちは神田円蔵ですからね」

冷笑した青年は、首を横に振った。

「前のとき、認可証なしで受け取っていただけたとすれば、今度も、そう願えるはずじゃありませんか」

「しかし、お骨をおあずかりするときは、認可証を受け取ることになっているんですがねえ」

「でも、神田円蔵の埋葬認可証は、こちらにないんでしょう。お骨の方も、なかなか見つからないようですねえ」

青年に問いつめられたかたちで、柳はだまっていた。

末子は、三十八番の札のついた骨壺を、やっと探し出した。

「これでしょうか」

額の汗をぬぐいながら、末子はそれを、首をのばした二人の客の前に置いた。壺をくるんだ白布には、何も書いてなかった。

「さあ、これでしょうかしら」

と、婦人は恐いものを見るように、首をかしげていた。柳は白布をほどいたが、磁器の白い肌にも、文字一つ見えなかった。

柳は更に針金も、ほどいた。ほどくとき、中の骨片がザラリと音をたてたので、婦人は「アッ」と声をはなった。蓋をあけると、ほんのかすか、うす赤やうす灰の色をおびた骨片が、あっけなく入っていた。その上に、一枚の木札(それは、貧しい葬式の日、棺の上に位牌がわりに飾られてあったものだろう)が置かれてあった。木札には、ひどくまずい字で「神田秀一之霊」と、記されてある。たぶん、カルシュウムとか石灰とかの匂いなのだろう。焼かれてから年月を経た、人骨の匂いがただよった。

「これは、ちがいますな」

蓋をしめて、針金を掛けるとき、不器用な柳は、うまくいかなかった。火葬場の人夫は、電気ガマの燃える音を背にして、事務的に縛ってから、器用に結び目をつくるのだが。

青年は、ますます軽蔑の念をむき出して、口をへしまげた。母親の方は、ハンケチを口にあてがい、長いため息をついた。全く、誰だって、一人の男の白骨がこんな具合に、泥か砂のように手がるくあつかわれるのを目撃しては、ため息がつきたくなるにちがいなかった。

「やっぱり、ちがいますですか」

「うん。これじゃないよ」

「それじゃ、物置の方にあるかもしれませんから」

末子は、かがめていた腰を上げて、本堂裏の廊下の方へ去った。

「物置か」

と、青年は吐き出すように言った。

「ええと。新しいお骨は、神田何とおっしゃいますか。神田円一郎さん？　はあ、そうですか」

柳は、一たん安置した骨壺を、またかかえてきて、白布の上にチビ筆を走らせた。うすい木綿の布は、墨をにじませて、書きにくかった。

「これの兄にあたりますの。うちでは、お父さんも長男も、胸をわるくして、次々と死にますので、今では、これ一人がたよりでしてね。これが出世してお金ができるようになりましたら、お寺の方へも、御迷惑をおかけしないですむと思いますですが」

「いいえ。お寺は、それが仕事ですから。別に迷惑ということはありませんよ。いくつでも、お骨ならおあずかりしますから」

柳がそう言うと、病弱な感じの青年は、いやそうな顔つきをした。この次には、あんたのお骨をあずかりますという意味にもとれるのだから、青年が厭がるのは当然だった。

物置の奥で、ハタキをかけたり、息を吹きつけたりする音がきこえた。「若先生に、恥をかかしては」とあせる、末子が、吊り下げたものを落したり、立てかけたものを倒したりしている様子が、客にも柳にも手にとるようにわかった。

「何でしたら、よろしいんですの。今日もってきた長男のお骨だけ、拝んでいただければ」

「だって、母さん。よく探せば、あるはずだもの。せっかく来たんだから、ついでにおやじの骨も、拝んでもらった方がいいよ。あずかってもらった物が、なくなるわけがないんだから」

「いや、なくなるはずは……」

と、自信なげに答える柳に、おっかぶせるようにして、

「そうでしょう。なくなってたら、問題ですからねえ」

と、青年は眼つきをするどくしていた。

埃の入った眼を、しばたたきながら、顔をまっ赤にした末子がもどってきた。彼女は、さきほど持ち出した骨壺と、大きさも古さも寸分ちがわない、別の壺をぶらさげていた。

「……これじゃないかしらと、思いますが」

と、さし出す末子の手もとを、二人の客は疑わしげに見つめた。その壺の白布にも、のっぺりと白い肌にも、何も書かれていなかった。

「何も書いてないようですね」

と、青年は気むずかしく、膝をのり出している。

「また、蓋をあけて、その中を見るんでしょうか」

と、婦人は迷惑そうに、眉をしかめた。

またもや無造作に、柳は針金をほどく。そして、またもや乾きはてた骨片の、ずれる音。無機物と化した骨片が、ふれ合うと、生きていたころの運命や性格とは無関係に、どの壺の中でも、全くかわりない音を立てるばかりだった。

カマの熱と、取り分け箸の先で、崩れこわれ、磁器の穴に封じこめられた骨にくらべ、その上に載っている、小さく折りたたまれた紙片の方が、まだしも「生きている」ように見うけられた。埋葬認可証には、まだ役割がのこされているが、骨はもはや行き場所に迷う、やっかいものに過ぎないのだ。

「ああ、神田円蔵さん、四十九歳。これですね」

柳のさし出す認可証を、受け取ろうとはせずに、婦人は恐しげにのぞきこんだ。

「ああ、これが、お父さんの骨、ほんとに……」

婦人は、口にあてがっていたハンケチで、眼のあたりをぬぐった。

「まちがいありませんね」

「ハア、骨壺には見おぼえがありませんけど、認可証にそう書いてありますなら……」

「よかったですわね。見つかって、ほんとに」

と、末子が柳のうしろでつぶやいた。

青年は気まずく、おしだまっていた。何かしら黒い怒りと不満が、彼の、まっすぐ立てた瘦せた背すじ、きっちり折っている細い両脚の、とがった膝がしらに、こもっていた。

柳は「神田円蔵」の骨をくるんだ布に、死亡者に関する必要事項を書きしるした。チビ筆の先は、すす埃にまみれた。

「預け主の名前は、何と書きましょうか」

「さあ、どうしましょうかしら。私の名前にしましょうかしら、それとも、これの名前にしておきましょうか」

あわれな母親が問いかけるように、振り向くと、父親と長兄を失った次男は、そっぽを向いた。

「息子さんのお名前は？」

「神田円次と申します」

と、母親が代って答えた。

母子ふたりの暮しの貧しさは、着ふるした和服にも、黄ばんだ皮膚の色にもしみついていた。

亡父の骨はもとより、死んだばかりの長男の骨をひきとりに来るあては、神田家にはなさそうだった。病身の次男が、半坪の墓地を買い入れる金をかせぎ出すのは、まれな幸運にめぐりあうか、それとも「悪いこと」でもしないかぎり、できない相談であろう。

柳は黒い法衣と、柿渋色の袈裟《けさ》、庫裡の衣桁《いこう》にひっかけてある奴を、すばやく身にまとう。

歩きながら紐をむすんで、本堂へもどってくる。

「お骨とは、何ものなのか。死んで焼かれた、人間の骨とは、一体なにを意味するのか。蒼白く色あせ、カラカラに乾いた骨の破片が、やっかいな手続をふんで、なおもまだ地上に保存されている意味は、全くのところ、何なのだろうか」

重々しくひびく鉦《かね》を、彼はできるだけ、おごそかに叩く。色とりどりの、ちりめんの布を縫いあわせ、ふっくらと綿の入った「蒲団」の上で、鹿革を張った太い撞木《しゆもく》にふれて、江戸時代に鋳られた鉦が、深く沈んだ音をひろげる。

「があんがあ　しんじょう　にょうこうろう」

そこで、一打ち。「願わくは、わがこころ、香炉のごとく清浄ならんことを」

冬の陽光《ひかり》のあかるい障子をへだてて、小鳥のさえずりがきこえた。

客あしらいの上手な末子が、かしこまって首を垂れた婦人のかたわらに、手あぶりの火鉢をはこんでくる。

二つ並んだ白い壺は、ゆらめく蠟燭の光で、いくらか赤みをおびている。朱と金と黒、色あざやかなウルシ塗りの壇は、よく磨きこまれ、両側に垂れた支那風の幢《まく》の錦の色にはさまれて、東洋の封建時代の、いかめしさを保っている。

天井から下げられた天蓋は、こまやかに細工された金色の飾りを、四方にたらしている。ミガキ粉でこすった、真鍮《しんちゅう》の蠟燭立も、よく輝いている。木の刻んだ蓮の花は、金粉でまぶされ、金属とはちがった、にぶい光を放っている。

「……にょうぜえ　があもん　いちじい　ぶつざい　しゃあええこく」

かくの如く我聞く、一時、仏、舎衛国にありて……。

阿弥陀経は、極楽の光栄と荘厳を、次第にくわしく、ありありと写し出し、説ききかせて行く。ああ、なんとたくさんの仏たちが、そこに勢ぞろいしていることだろうか。そして、それらの輝くばかりの仏たちが、なんと数かぎりない象徴と、叡智と、救いを身につけて、死者を待ちうけていることだろうか。

なごやかなゴクラクの光。さわやかなゴクラクの風。とほうもなく立派な、ゴクラクの大建築！

金、銀、サンゴ、ルリ、ハリ。ありとあらゆる宝石、宝玉の巨大な集積にとりかこまれ、ゴクラクの池は、どんなに美しいさざ波をたてていることだろうか。

だが、浄泉寺の本堂は、さむざむとしていた。二つの貧しい骨壺が、安置されているため、よけい寒々としていた。

青年は苦しげに咳をした。そのたび母親は、気づかわしげに息子を見守った。

「この青年が、ゴクラクを信ずるだろうか。とても、とても……」

体験できなかったことを、想像するのは、むずかしいことだ。地上の豊富さを味わえなかった男が、どうしてあの世の豊富さを、思いえがくことができるだろうか。

「だがなあ。この二人のお客さんにこそ、ゴクラクが必要なんじゃないのかなあ。だって、この母子がこれから先も、地上の楽しみを充分に享《う》けることなんぞ、ありっこないんだからなあ」

フグの腹より、もっとふくらんだ木魚の胴は、あの世へ誘うお経にふさわしく、かるがるしくない音で鳴った。清水の落ちる音も、リズミカルにきこえた。

阿弥陀経がすむと、次は念仏。この方は、フセ金《がね》を細い木の棒で叩くのが、伴奏だった。T字型の棒は、「鬼の念仏」のザレ絵（大津絵）で、法衣の袖をたくしあげた赤鬼が、持って歩いているものだった。たいらに伏せた円盤状の金属は、おどろくほど高い音をたてた。T字型の横の棒は、両端とも叩かれつづけて、むくれあがり、そそけだっていた。

「お焼香を、どうぞ」

と、柳は客をうながした。

母親の方が、着物の前の合せ目を気にしながら、すすみ出た。

香炉の灰に埋められ、消えかかっていた炭火のかけらから、香のけむりと匂いが立ちのぼった。婦人は、つまんだ香を額の上まで持ちあげてから、三回ほど火の上にこぼした。彼女が、何ものに向って、何を念じているのやら、柳にはわからなかった。不幸のうちに死んだ夫と長男に、のこされた母子の幸福を、ねがっているのかも知れなかった。それとも、二つの人骨に向って、どうぞお先に安らかに往生して下さいと、たのんでいるのかも知れなかった。或は、それとも、胸にこみあげてくる悲しみだけは、切実なホンモノではあっても、拝む対象がニセモノであるのか、どうなのか一切不明のまま、昔からのしきたり通りに、ひたすら掌を合せているだけなのか。

「さあ、あなたも」

席にもどった母親は、息子をせきたてた。息子は、起ち上ろうとしなかった。彼は、合掌もしないで、首をあおむけ、必死になって肉のうすい臀《しり》を座蒲団にくっつけていた。

「おれは焼香なんか、したくないんだ」という、反抗の想いが、彼の意地を張った苦しげな顔つきに、あらわれていた。

「早く、お焼香をしていらっしゃいよ」

母親は、二度ほど息子をうながした。その度に青年は、ますますかたくなに首すじをそらして、我慢していた。

会葬者の焼香がおわるまで、フセ金を叩きつづけるならわしだった。柳は、ときどき二人の客の方を見やっては、叩きつづけた。

「おお、罪ふかきスディンナカランタカブッタよ。君がもしぼくだったら、こんな場合、どうしたろうか。君は、フセ金も木魚も叩きはしなかった。君には、檀家とのつきあいなんか、なかったんだからな。第一、君には、お骨をあずかって、番号札をくっつけ、出したり入れたりするビジネスなんか、ありはしなかったんだからな……」

レーニンは、アメリカ式ビジネス精神を、吸収することを、新政府の指導者、新官僚にすすめたそうだ。して見れば、仏教界が事務の達人を養成する必要も、あるのかもしれんなと、柳は思った。村長、町会議員、代議士にまで進出する坊主もあるくらいだからな。だけど、世尊は、あらゆる地上の事務は空しいと、説かれたのではなかったかな。もしそうなら、事務の下手なことは、むしろ仏教的なことかも知れんぞ。彼の手は、彼の考えとは無関係に、フセ金の棒をはなし、鉦の撞木をにぎった。

読経のおわる前から、婦人は懐中をさぐって、お布施の包みをとり出していた。彼女は帯のあいだから財布を抜き出して、いそいで開いた半紙の包みの中へ、お金を入れ足しているのだった。一人分のつもりで来たのに、二つの骨を拝んでもらったので、礼金もふやさねば悪いと、むりをしているにちがいなかった。

母親の気弱な配慮が、厭でたまらない次男は、鉦の音が鳴りおわらぬうちに、起ち上っていた。

穢らしい場所から逃げ出すようにして、青年は、玄関に脱いだ下駄を、あらあらしくつっかけていた。母親は、何度も頭を下げてから、あわてて息子のあとを追った。足早な息子にとりすがるようにして、彼女の足もとは乱れていた。

「おれは、きらいなんだ」

遠ざかって行く青年の、腹だたしげな声が、玄関で見送る柳の、人一倍敏感な耳にきこえてくる。

「若い坊主なんて、死んじまえばいいんだ。若いくせに、悟りすましたような面《つら》しゃがって!」

「……お前、そんな」

「寺なんか、みんな、焼けてなくなっちまえばいいんだ! そうすりゃ奴らだって、人間の苦しみがわかるんだ」

柳のかたわらに立っていた末子は、柳の顔を見ないようにして、ひっそりと茶の間へ去った。

「神田円蔵」の埋葬認可証を綴じこもうとして、柳は、インクの変色した書きこみに目を走らせていた。

「死因。変死。自殺」とあった。

そうだったのか。柳は、布施の包みをひらいて、その金額の半分を末子の前にさし出した。

「あら、よろしいんですのよ。若先生、そんな」

「だって、末子が探してくれなきゃ、神田のお骨は見つからなかったじゃないか」

「奥さまに、叱られますわ」

「だまってりゃ、いいじゃないか」

「そうですか。では、いただきます」

末子は、妙に色っぽい眼つきで、柳の方を見やりながら、霜やけでふくれた掌の中へ、札《さつ》をしまいこんだ。

死因、変死、自殺。あの青年の父親は、自殺したのだ。もしかしたら、と柳は思った。もしかしたら、今日あずかった、あの新入りのお骨のモトの身体、あの青年の兄も、自殺したのではなかろうか。二人つづいた変死者だと知られたくないために、埋葬認可証を、わざと持参しなかったのではあるまいか。

秀雄が訪ねて来てくれるまでの、数時間、柳はかなり淋しい、ひとりぼっちの気持に沈んでいた。

神田円次とよぶ、貧しい一青年に、こっぴどい悪口を言われたことも、胸にこたえていた。だが、どこの家へお経を読みに行っても、誰か一人は、睨んだり、舌打ちしたりして、坊主に対するむき出しの反感を示すのがふつうであるから、一々気にしてなどいられはしない。

ただ柳を暗く緊張させたのは、「若き坊主」に対する青年の反感が、漠然とした気まぐれではなくて、彼の全人生にこびりついて離れない、怒りと不満から発生していることであった。

神田青年の父と兄は、自殺したのだった。だんだんと澱《よど》み溜ってくる苦悩の下で、あえぎあえぎ生きつづけたあげく、この社会、この地上の生存、この自分自身が何とも厭でたまらなくなり、このまま生きているより、死んだ方がましと決断して、死んだのだった。

ぼくの父、ぼくの兄さんが、救いようのない貧困の中で、あれほど苦しみ、あれほど身もだえして死んで行ったのに、この血色のいい青春坊主は、ぬくぬくとゴクラクを讃《たた》えて生きのびているではないか。濁世《じよくせ》を厭がり、みにくい此岸《しがん》から、うつくしき彼岸《ひがん》へ渡れと説きすすめている渡し守、船頭その人が、めったなことではくたばりそうにない、丈夫すぎて無神経な面で、鉦や木魚を叩いているではないか。

あの青年は、そう思ったのだ。そして、そう思った病身の青年に、反対することなど、柳にはできそうもないのであった。

秀雄の来る前に、もう一組、二人連れの客があった。町内の方面委員と、町会の役員だった。二人づれの男が来れば、死人の出た家からの使者か、警察の刑事にきまっていた。方面委員が来るのは、遺族のちからでは葬式をやれない口であった。

世間ずれした二人の中年男は、「こういう場合、町内の規定で、お寺さんへのお布施は、ほんのわずかしか出せませんが」と、わびるように言った。

「メリヤス工場に通っていた女で、身寄りの者と言えば、あとにのこった十《とお》になる女の子だけですからな」

柳は、ホトケさん（死者）の住所と、読経の時間をききとって、二人を帰した。

「寒くなると、死人がふえるな」

と、彼は末子に言った。

「ええ、二《にっ》、八《ぱち》が一ばん忙しいって、小谷さんが言ってましたです」

寒さ、暑さの最もはげしい、二月、八月に、弱っていた病人は大量に死ぬのである。

浄泉寺にくらべ、西方寺の檀家数は、五倍ほどである。したがって、土曜、日曜、祭日には、住職の秀雄は外出ができない。人間は、土、日、旗日にばかり死亡するわけではないが、一周忌、三回忌などの法事となれば、死者のつごうよりは、生きている人々のつごうを考慮しなければならないからだ。

年のわりに老成している秀雄は、その日、とりわけふけて見えた。神田青年とくらべれば、経済的には、はるかに恵まれているはずなのに、秀雄の表情からは、あの貧乏青年と全く同様に、人生の喜びの色や匂いが、ほとんど消え失せていた。

胸にわだかまるなやみを、熱っぽく吐き出したりする、子供じみた騒がしさとは、秀雄は無縁だった。玉の井や新宿の手っとり早い、女遊びは、馬鹿にして、一流の料亭や待合の女主人と顔なじみになり、しかも柳などには、その気配も察せられないところがあった。書道のほかに、謡曲や、仕舞、小唄の三味線まで弾《ひ》いたが、いずれもつまらなそうに始めて、たちまち上達した。

二人は、長い石段を登って、墓地の方へ歩いて行った。

「インテリは、消炭《けしずみ》みたいに、燃えやすいが消えやすいと、よく言うね。さっちんはどうなんだい」

と、秀雄は言った。

「そうかなあ。ぼくは、よくわからんけど。一体、ぼくがインテリなんだか、どうだかねえ。それも、あやしいもんだろう。だけど、消炭と言われると厭だな。消炭みたいな人間なんて、いるものかねえ」

「さっちんが消炭だとは、思わないがね。どっちかと言えば、燃えやすい方じゃないのかな」

「うん、ぼくは君とちがって、ませた方じゃないからな」

石段を登りきると、檀家総代の墓が、小型の砲台のように高台の一角を占めていた。花崗岩の石の柵は、どの一本もガッシリと太く、その一本だけで一個の墓石がつくれそうであった。そこからは、目黒川をはさんで、電車の走る向う側の高台まで、家々の屋根がすっかり見わたせた。

ふつうの墓の二十倍の面積を、高々と石で組みあげた、その堅固な「突角陣地」は、墓地の掃除にくたびれた柳が、いつも腰をおろす休憩所でもあった。白と黒と灰色の、冷たい石造のトリデは、攻めよせてくる町々の騒音や、東京湾に注ぐ水路を通って吹きわたってくる、冬の風をゆったりと受けとめていた。軒を接して、平伏したような低い屋根の下のどこかで、大正琴を弾いていた。その音が足もとから、かすかに哀れげにきこえてきた。

柳は、墓石の下の段の正面に腰をおろした。和服の秀雄は、立ったままで話した。

二人は、自分たちの日常生活とは、まるで無関係なことのようにして、古い古い異国の「戒律」の話をした。それが、秀雄の「戯曲」の内容をなしていたからである。

「古い昔の話、どうせ他人の話だと思って読んでいれば、実におもしろいんだ。あれが自分のことだとなったら、やりきれんからな」と、読んだばかりの「比丘戒篇一、波羅夷」を想いだしながら柳は言った。

「戒律というもんは、どこかおかしな所があるよ。仏教ばっかりじゃない。戒律となれば、みんなそうなるんだ。だけど、戒律も馬鹿にできないんだよ。戒律にあてはめてみると、人間の行為のおかしさが、はっきりしてくるからな」

と、秀雄は憂鬱そうに言った。

「人間の女と不浄法を行ずるのが悪ければ、サルのメスと不浄法を行ずるのは、悪いにきまってるじゃないか。それだのに、わざわざ猿の実例が挙げてあるぜ。全く、どうかと思うな」

柳は、秀雄とちがって、愉快そうな大声でしゃべった。

「猿の奴が愛されてると思って、相手の比丘の所へやってきてさ。淫相を示すんだろう。シッポをもちあげたりしてさ。比丘の方でも、自分の食物を一食だけ減らして、愛人の猿にやったりしてるんだ。ほんとに、そんなことやったんだろうか。いくら何だって、猿とさ。いけないか、いけなくないか、常識で考えたって、わかりそうなもんだ。その実例をあげて、『いずれの比丘といえども、不浄法を行ぜば、たとい畜生と為すとも波羅夷にして共住すべからざるものなり』と、わざわざ別に法律を一条、つくってるんだからな。そんなこと言ってたら、魚ともいけません、鳥ともいけませんと、一々、戒を殖やさなくちゃならないじゃないか」

「うん、そうなるんだ」

と、秀雄はあいかわらず、沈んだ顔つきをしていた。

「不浄法の戒律の中で、一ばん興味のあるのは、快感を感じたかどうかで、罪が決まるということなんだ。快感を感じたら、罰される。快感を感じなければ、許される。そうだろう」

「そう、そう」

と、柳は知ったかぶりして、うなずいた。

「男の生支を、女の生支の中へ入れれば、たとえ胡麻粒《ごまつぶ》一つほどの、ほんの少し入れても『行ずる』ことになる。パライになる。女には三つの入口があり、その三つのどれに入れても、罪になる。三つというのは、大便道と小便道と口である。これは、まぎらわしいところがなくて、はっきりしているね。しかし、規則によれば、男の生支を砂の中へ入れたり、泥の中に突っこんだりして、快楽を楽しんでもいけないことになっている。つまり、対象は何であれ、快感を感じるか、どうかという点が重大なんだな。水浴がすんだあとで、裸のまま、風に生支をなぶらせて、河岸に坐っている。その時に、相手は風にすぎないんだが、それで淫心をおこしたら、罪になるわけだからね」

あまりくわしく説明されると、柳は息ぐるしくなってくる。

「男の生支が作用を起すのは、五つの原因によるんだね。あたりまえの欲情によるほかに、大便、小便のさい。それから風に吹かれて、またはウッチャーリンガ虫に咬まれて。五つとは書いてあるけど、無数の原因があるだろうね。たとえば、林の中の涼しい樹蔭で、比丘が寝ているとする。暑いところだから、下半身を裸にしている。そこへ町や村の女がやってきて、彼の下半身の上に坐りこむ。つまり生支の上にまたがって、随意きままなことをして立ち去る。それでも、その比丘が、全く無意識、無抵抗で、快感など感じはしなかったとすれば、罪は犯さないことになるんだ。覚楽《かくらく》するか、しないか。そこが、分れ目なんだ」

「覚楽したとか、しないとか言っても、その分れ目はむずかしいだろうなあ」

と、柳は、たよりなげに言った。

「覚楽するにしたって、まず入時に覚楽することもあるだろう。入りおわりて、覚楽することもある。停住して、覚楽することもあるしね。出時に、覚楽することもあるわけだ。その、いずれの時によっても覚楽しなければ、パライにはならないんだな。そのかわり、四つの過程のどれか一つで、覚楽したとすれば、パライにならざるを得ないんだ」

自分の従兄《いとこ》が、「入る」だの「出る」だのという言葉を、使用するのを聴いているのは、柳には気持がわるかった。「生支」に関する話など、彼は少しもしたくなかった。だが秀雄の冷静な話しぶりには、猥談の気配など全くなくて、むしろ、きまじめな論理の網の目が、こっちを包みこんでくるようなので、柳はおとなしく聴き入っているより、仕方なかった。

「ああ、ああ、全くイヤになるなあ」

と、柳は言わずにいられなかった。

「泥だとか、砂だとか、風だとかさ。ウッチャーリンガ虫だとかさ。大便とか小便とか。そんなものまでが、みんなパライの原因になるんだとしたら、宇宙そのものが、戒律で充満してふくれあがってるみたいじゃないか」

「そうなんだ。そうなってるんだよ」

と、秀雄はしずかに言った。

「そこまで考えをひろげることは、容易なことじゃない。だから、人間の女に限って、この問題を考えても、さしつかえはないんだ。人間の女だけでも、実にさまざまなことを仕掛けてくるもんだからな」

「……ふうん、たぶん、そうだろうな」

「君には、まだ人間の女のことは、まるきしわかってはいないだろうが。河岸や林の奥で寝ころがって、風にさらしていても、牛飼いの女がソレをめがけてやってくる。精舎《しょうじゃ》の講堂の中で、休んでいても、僧園を見学する女が、やってくる。彼の知らないまに、彼の生支を好きなように活用して、淫楽にふけり『ああ、これぞ実に最上の丈夫なり』などと、感嘆して香華をささげて、帰って行く。信心ぶかい女の中には、『不浄法を施すものは、最上の布施をほどこすものなり』と信じこんでいる女も、いるんだよ。そんな女は『尊者、来れ、不浄法を行ぜん』と、好意から呼びかけてくるだろう。比丘の方では『いけません。妹よ、とんでもない』と答えるだろう。そうすると彼女は『胸にさわるだけなら、よろしいじゃありませんの』と言うわけだ。女の胸に関する規定が、まだ公布されていないとすれば、よかろうということになる。『さあ、尊きお方さま。おへそに、おさわり下さい。お腹《なか》のふちに、腰に、首に、耳の孔に、せめて指のあいだにでも触れてごらんなさいまし』。しまいには、『わたくしの手の中で、精液をおもらしなさいまし。そうすれば、罪を犯さないですみますわ』と言いだすんだ。手の中ならいいだろうと考えて、泄《も》らしでもしたら、どうなると思う。波羅夷にはならないが、僧残《そうざん》の罪を犯すことになる。そんな場合に、たった一つ安全無比な防衛手段は、快感を感じないことだけなんだ。

覚楽しさえしなければ、許されるんだ。

比丘が比丘尼と不浄法を行じても、快感を感じなければ、罪にはならないんだ」

「エッ、何だって」

「たとえば、強盗だとか、無頼漢だとかが、比丘、比丘尼の一団をつかまえて、何かおもしろいことをしようと考えるね。何がおもしろいと言って、比丘と比丘尼を性交させて見物することに及ぶものはない。そこで、性交しなければ殺すぞ、と命令する。そこで性交した比丘が覚楽したとすれば、言うまでもなくパライだ。しかし、覚楽さえしなければ、不犯《ふぼん》として許されるんだ」

「……ふうん、だけど、そんなこと、実際」

「強盗とか無頼漢だとか、言うけどね。インドの古代には、なかなか考えぶかい奴も、いたんだね。人の心臓を取って、神にささげる盗賊もいたそうだよ。そういう賊は、無防備の比丘を襲って、殺したあげく、心臓を取るわけなんだが。比丘を殺せば大罪になることは、承知しているんだな。だからまず、比丘に戒を破らせてから、殺すわけだ。まず彼らは、比丘を女性と性交させ、比丘としての資格を失わせてから、安心して殺したそうだね。そんな場合、ほかに女がいなければ、比丘尼をあてがったことも、大いにありうるわけじゃないか。性交をした比丘は、殺されて死んだ。性交された比丘尼の方は、どうなると思う？　彼女は、理由は何であれ、清浄なる仲間と、不浄法を行じたことは明らかだろう。その彼女が今後、教団にとどまることを許されるか、否か。それは、彼女がその瞬間に、快感を感じたかどうかに、かかっているわけなんだ」

「……感じたか、否かねえ。しかし、それは、あんまり」

「あんまり、どうなんだね。……」

「感じたか、どうかと言っても、あいまいな場合もあるだろうし。尼さんの場合なんか、なんだか、むごたらしいみたいな話だしな」

「しかし、感覚ぐらい明確なものは、ないはずだろう。理窟抜きで、感じるものなんだから」

「うん、それはそうだけど……。なるほど、感じたか、感じなかったかねえ」

「感覚を問題にして、裁くことが、むごたらしいと言うのかね」

「うん、むごたらしいのは、仕方ないとは思うけどさ」

柳は、講談雑誌やオール読物などで、「あわや落花狼藉《らっかろうぜき》」という挿絵を見るのが好きだった。美しいお姫様や町娘が、悪侍や籠カキなどに乱暴される、むごたらしい場面を見せられると、強く刺戟された。だが、それにしても、重大な戒律の第一条に、「快感」という生理的な肉の感覚が顔を出しているのは、いかにも危っかしい思いつき、あまりにも直接的で、おかしいような気がしたのだった。

「快感というのは、イイ気持ということだろう。つまり、イイ気持がしたか、どうか。そういうことだろう」

「そうだよ」

と、秀雄は冷たく答えた。

「イイ気持がしては、いけないわけだ。イイ気持がしなければ、いいわけだ」

「そうだよ」

「どうせ、そうでしょうよ」

「え？」

「ああ、イイ気持、イイ気持。そう感じたら、罪なんだよな。そりゃ、そうだろうさ。イイ気持がイイとなったら、何も出家したり、解脱《げだつ》したりする必要はないわけだからな。だからどうしたって、イイ気持はワルイ気持であらねばならないんだ」

「そう」

「イイ気持をワルイ気持だと、感じるその気持。ああ、それは全く、たいしたい、い、気持にはちがいないだろうさ」

「そうだよ」

「しかし。しかしだよ。イイ気持がぜんぶ反仏教的なものだとしたら……」

「困るかね」

「困るより何より、うまくいくだろうか」

「何がだね。何が、うまくいかなそうだと言うのかね」

「うん、まあ、その仏教がさ。いや或は、人間がさ。人間あっての仏教がさ。それで、うまくいくだろうか」

「うまくいくというのは、どういうこと」

「うん、つまり、それでモツだろうかということさ」

「モツか、モタナイか。うまくいくか、いかないか。そんなことは、あんまり心配してやる必要は、ないんじゃない？」

「それは、どういう……」

「人間という奴はね。かならず、うまく、モ、ツ、よ、う、に、工夫するものだからさ。自分の生き方、考え方が、どんな矛盾をさらけ出しても、何とかうまくモタせて、何とか生きのびさせて行くものだからな」

風は寒いが、午後の陽はまだ暖かだった。高い松の梢は、こすれあいながら、ときどき鳴っていた。

「もしかしたら、仏教においては」

と、冷たい風から蒼白い顔をそむけながら、秀雄は言った。

「すべてのことは、許されてあるのかも知れないんだ。何をやっても、さしつかえないと、説いているのかも知れないんだ」

「？……」

「すべての快感、すべての覚楽、すべてのイイ気持を否定する。これは、これ以上あり得ないほど厳格な規定だ。生きていることの感覚的事実を、すっかり否定することだからね。しかし、この厳格きわまる戒律の裏には、星も空気もない虚空のようなものが、ポッカリと大きな穴をあけていはしないだろうか。もし『生』にまつわる、すべての存在、行為、感情が無意味だとすれば、逆に言えば、あらゆる存在、あらゆる行為、あらゆる感情は、それが無意味であるがために、かえって全面的に許されていることになりはしないだろうか」

「わからんよ、ぼくには」

　迷惑させられたように、柳は首を振った。

「もしも、快感が無意味であり、むしろ悪だとすれば、家庭も、民族も、国家も、それから君の愛好している社会主義も、無意味であり、むしろ悪にすぎなくなる。これは、容易に認めにくい真理ではあるが、戒律の第一条、パライを認めるからには、どうしてもそうなってくるんだ。一たん、この真理（これがホンモノの真理であろうが、なかろうが、ぼくの知ったこっちゃないが）を認めたとすれば、快感が無意味であるのと全く同様に、地上の倫理道徳、それこそ善いこと、あっぱれなこと、けなげな努力、めざましい奮闘のすべてが無意味であると、まあ、考えざるを得なくなってくる。どうせ、万事が無意味であると決まったんなら、何をやろうと、何をしでかそうと、同じこと。つまり、すべては許されてあるということに、なるじゃないか」

「それじゃ、ニヒリズムじゃないか」

「そう、そうなんだ。さっちんは、仏教をできるものなら、社会主義化そうと考えているのかも知れないがね。未来へ向う流行の正義と、仏教の末法観《まっぽう》を、何とかして妥協させ、結びつけて、うまくモタせるのもおもしろいかもしれない。それはそれで、別に反対はしないよ。しかし、仏教のニヒリズムには、どうしてどうして底深い魅惑があって、これまた棄てがたいものなんだよ」

「深いニヒリズムなら、いいのかもしれないが、軽薄なニヒリズムっていうのは、どうも虫が好かないなあ。一ばんとっつきやすくて、一ばん使いやすいからなあ」

「そりゃ、そうだな。これがニヒリズムでございって具合に、見せびらかしたりするのはね。第一、ニヒリズムってものは、本来おそろしい物なんだから。とっつきやすいとか、使いやすいってもんじゃないしな」

「すると、仏教のある一面は、すごく恐しいものってことに、なるんだね」

「そうだよ」

「ふうん、そうか。恐しいもの……」

墓地を通りぬける人の気配に、柳は、斜めうしろをふり向いた。

寺の境内は、人通りの少い便利な近道として、利用されていた。夕暮まえは、買物に行くおかみさんたちも、石段を上り下りして、通りぬけて行く。

「ところで、ぼくの戯曲だが、それは森の中で強姦された美しい比丘尼をヒロインにしている」と、秀雄は話しつづけた。「幕があくと、彼女を裁くために開かれた教団の法廷の場面だ。教団の長老は、あまり気が進まないが、教団員たちの要請によって裁判が開かれている。はたして彼女が覚楽したか、しなかったか。それが彼女の有罪か否かを決定する大切なところである。『汝は強盗に強姦されたとき、覚楽をなしたか』『いいえ』『しかし、それをどうやって汝は証明することができるか』『私は、たしかに覚楽いたしませんでした』『だが、汝は何かを感じたであろう。何も感じないわけはない』『はい。感じました。しかし、感じたのは楽ではありません』『汝が、男と交接するのは、はじめてだとすれば、汝が感じたものが、楽なりや非楽なりや、どうして決定することができるか。それ故、汝が感じたとすれば、それは楽であるとせねばならぬ』彼女が覚楽したか否か、彼女自身にさえ、わからないかもしれない。まして裁判官たる長老には、彼女の告白が真実なりや否や、それを決定することはできない。強姦はすでに森の中で実行され、すでに完了している。それと同時に森の中での彼女の感覚も消え失せている。それ故、法廷で彼女の罪を決定するためには、再び森の中の出来事を実演してみねばならない。わざわざ、そのようなことを実演するのは、教団にあるまじきしきたりである。だが、教団を守り、堅固清浄なる掟を保ちつづけるためには、再演することが、どうしても必要になる。戒律を一度でもいい加減にすませることは、今後、それが無限にくずれてゆくことを意味する。教団員は長老に、それを行うことを要求する。パライによって犯人を追放するためには、パライか否かを立証してみせなければならない。だが、彼女が法廷で選ばれた男を相手に強姦され、それによって覚楽しなかったところで、第一回（森の中）のとき、覚楽しなかったという証明にはならない。また、法廷で覚楽したとしても、森の中で覚楽したという証明にはならない。また、その上に困ったことには、森の中で覚楽しなかった彼女が、法廷で、真実、覚楽し、それを教団員の前で告白したとすれば、今度は、新しい罪（再演しなければ存在しなかった罪）を現実に犯させることになる。今や、彼女がはじめて味わうことになった快感は、この法廷を開いた全教団員によって与えられることになる。しからば、全教団員もパライの罪によって追放されることになりはしないか。また、次のような厄介な難題にも直面する。彼女が森の中でも法廷においても、実は覚楽しているにもかかわらず、あくまで『私は覚楽しません』とシラをきったならばどうなるか。あるいは三回、四回と試みて、その結果をみようとしても、最後まで彼女がいつわりをいって真実を語らなかったならば……。ついには何十回、何百回ののちに、彼女は真実を語るをまたずして死にいたるであろう。しかも男性の教団員のすべては、比丘尼の性感覚について、全く無知なはずである。したがって、その無知なる男性は、彼女の供述なしには何事も決定できないのである。長老は戒律に忠実なるがために、大いに迷わなければならない。『もし、試すことができないならば、試さないまま、彼女を追放しよう。長老よ』と、教団の全員は主張する。『その方が試さないまま彼女を教団にとどめおくより賢い方法である』試験を行って失敗する危険を避けるため、長老もついに彼女に追放を申し渡す。覚楽しなかった（あるいは覚楽しなかったと称する）比丘尼は教団を呪っていう。『覚楽せざるわれを、覚楽したりとなすはいつわりなり。いつわりを口実として、非覚楽者を追放する教団は、いつわりの教団なり。われは別に一個の教団をつくらん。そは、強盗に強姦されるも、まことに覚楽せざる比丘尼の教団なり』かくの如くにして、非覚楽派の教団が、もとの教団から分裂し独立したという話である。それが教団の歴史において分派なるものが成立した最初のことである」

「……それで幕なのか」

「それで幕だよ」

「……一体、何が言いたかったのだ。おもしろい。たしかにこっけいで、おもしろくできている。だが、何を言いたくて」

「いかなる教団にも、分派が生ずる。しかも、妙な具合にしてそれが生ずるのだ」

「そんな妙な具合にして、分派というものは発生するものなのかな」

「いかにも妙に思われるのだが、決して妙ではないのだ。いかなる理由でも教団分裂の理由にはなり得るのだ。しかも、その理由たるや、どんなにはたから見て、こっけいな、愚劣な理由に見えようとも、当人たちにとっては、深刻にして必死のものなのだ。あらゆる人間集団は、その保持を計るためには、とんでもない掟をつくりだすものだ。掟に背くものは集団から追放される。しかし、その掟がやがては集団を分裂崩壊させるもとになるのだ」

「……君の言ってるのは、仏教教団に限った話ではないな。政党とか国家とか、いろいろな人間集団の全部について」

「そう。すべての人間集団についてだよ。仏教教団は、それらの集団の一部にすぎないし、その発生と発展、分裂と崩壊において、すべての人間集団と同じ運命をたどることになるのだからね」

秀雄は、のぞきこむようにして、柳の顔を見やった。

「だから、ぼくの言いたいのは、わが宗門のことばかりではない。君のいくらか関係のあるらしい革命党とやらいうものとも、これは大いに関係があるんだ。そして、そこに発生したものごと、分裂さわぎ、党内の激しい争いというものが、いつのまにか自分自身にも作用してくるということだ。実にくだらない、そのくせ、むごたらしい必死の争いというやつがね」

二人の会話している大きな墓の隣は、もっとひろい華族の墓であった。今は落ちぶれた華族の墓所は、墓石こそみすぼらしく崩れかけているが、小さな家なら三軒ほど建てられそうな、坪数を占めていた。荒れはてた地面には、枯草が倒れ伏している。足音は、その枯草をふんで近づいたのだった。

朽ちかしいではいるが、竹垣をめぐらしたその方角から、あたりまえの通行人が来るはずはなかった。

土方、人足、自由労働者。そういった、印ばんてんの若い男だった。

二人のいるのに気づいた男は、すばやい動作で、地下足袋の足をとめ、顔をそむけた。

「××さん」

と、柳が思わず呼びかけると、彼は口をへしまげて、鋭い眼つきを、なおさらするどくした。

彼は、あの張りきり屋の、若い刑事だった。変装していても、緊張しきっている姿で、柳はすぐさま、そう見破ったのだ。刑事は、片脚を歩きにくそうにしている。それは、逃亡した宮口につづいて、警察署の二階から飛び下りたさいの傷が、まだ全快していない証拠だった。

「××さん。柳ですよ」

「わかってるよ。忘れやしない」

油断もスキもない青年刑事は、柳のことなどかまわずに、秀雄の全身を、なめまわすようなやり方で、見調べていた。

「君たちは、こんな所で、何の相談をしていたんだ。人に隠れて、こんな所でコソコソと、どんな相談をしていたんだ」

「ただ、話し合っていただけですよ」

「だから、何の話をしていたんだ」

「イイ気持の話ですよ」

「何い！」

「イイ気持は、ワルイ気持であらねばならぬという、お話をしていたんです」

「ごまかすな。こいつら、墓地なら安全だと思いやがって」

「脚は折れたんですか」

「よけいなこと、きくな。それより、そっちの男は誰なんだ」

「西方寺の御住職ですよ」

「ふうん、そうか。住職か」

「宮口ですね。宮口を追っかけているんですね」

そう言われると、若い刑事は、ますますいらだった様子だった。

「お前と宮口が連絡があることは、こっちでもよくわかってるんだ」

「ありませんよ、そんなもの」

「ウソをつけ！　もし宮口が一週間以内に逮捕されなかったら、お前をまた、しょっ引いて行くから、そのつもりでいろよ」

「厭ですよ、そんなの」

「厭だったら、おれたちに協力しろよ。悪いようにはしないから」

「密告なんかしたら、おシャカ様に叱られますよ」

淋しげに色あせていた秀雄の口もとに、ゆるやかな微笑がひろがっていた。

「何を笑ってるか、こいつ」

それを見とがめた刑事は、とげとげしく秀雄に突っかかっていった。

「どのみち宮口の奴は、浄泉寺に立ちまわってくる。奴をかくまってくれる所なんぞ、他にあるわけがない。そうだ。拘留中にお前の所へやってきた、あの坊主。あのずうずうしい、右翼の坊主。あれ、何て言ったっけな」

「穴山ですか」

「そう、穴山だったか。あん畜生も、多少からんでいるんじゃないかな。ともかくな、柳、お前は二六時ちゅう監視されているんだからな。そのつもりでいろよ」

「わかってますよ」

「君らは、イイ気持の話をしていたんだって！　いいかげん、おれたちをバカにしていろよ。バカにする奴らは、それだけの報いを受けるんだからな」

「知ってますよ、そんなこと」

痛い片足を引きずって、長い石段を下りて行く刑事のうしろ姿には、脱走した政治犯人に対する憎悪の念が、背なか一ぱいに貼りついていた。爺やさんが落葉を焼く煙が、石段を横ぎって流れていた。舞いあがり、うすれひろがる煙の下を駈け下りて行くとき、彼の頭上には、枯葉が舞い下りていた。そして、うす青い煙に見えかくれしながら、遠ざかる青年刑事は、まるで自分の「憎悪」を陣羽織かなにかのように着こんで、歩いて行くように見えたのだった。そんな彼が、自分たち二人より、はるかに孤独な、不遇の青年のように柳の目にはうつった。

「警察は君を、泳がせているのかも知れないな」

と、秀雄はしずかに言った。

「釣りのウキのように、魚が近づいてくるのを見きわめるために、泳がせておこうとして、釈放したのかも知れないな」

「いやだなあ。ぼくはウキなのかい。釣針じゃないんだね」

二人は、まばらな敷石をふんで、裏路の方へ、墓地を通りぬけて行く。

墓石の前に据えられた、石の花立や石の水入れからは、腐った水の匂いがした。竹筒の花入れは、多くは石よりも、もっと古びて見えた。青々とした新しい竹筒に、まだしおれない生花が挿してあるのもあった。そんな場所だけは、花の色が目ざめるほど美しくて、わざとらしい感じがした。薬草のようにひからびて、醜く横にされた枯れ花や、黒く変色したシキビの枝もあった。燃えつきないで消えた線香は、赤い包紙がやぶれて、散乱していた。泥色をしながら、まだ泥になりきれない線香は、一本ずつに分れて、青苔の生えた石や、そのすきまに意地きたなく落ちていた。朝、掃ききよめた地面は、もう新しい落葉でおおわれていた。

墓石の一ぽん、一ぽんは石だった。やわらかい石、固い石、大きい石材、小さい石材と種類はちがっていても、要するに石にすぎなかった。そんな、きまりきった事実が、例によって柳の頭を、ものめずらしい新鮮な発見のようにして通りすぎた。石にはどれも、戒名や俗名が彫りつけてあった。だが柳は、ほとんど、それらの埋められた男女の顔も一生も知らなかった。知りたくもなかった。石は、いつも立ち並んでいた。横にされ、積み重ねられた石の群もあった。そして、それらの石にはさまれた狭い路を、自分が今、折れまがって歩いて行く。そのことがいかにも不思議な、悪夢のように鮮明で、しかも消えやすい画面でも見るかの如く感ぜられるのだった。

裏路は、ガスタンクをとりかこむ、深い林につづいていた。クヌギ、クリ、カシワ、カエデの落葉をふんで、二人はその林に入った。

「快感だって。快感があったかなかったかによって、罪がきまるのだって。……それに、仏教というものは、恐しいものだそうだな」

林の中に坐ると、ふくれあがったタンクの赤黒い胴体は、見えなかった。丈夫な笹の葉を背なかに感じながら、柳はぼんやりと、そう考えていた。

「片方は、何をやっても、いけない。片方は、何をやっても、すべては許されてある。この二つは、実は、正反対の考え方ではなくてね。案外、同じようなものなのかも知れないんだ」

「そこが、ぼくにはどうも、よくわからないんだよ。第一、すべては許されてあるなんてことが、許されるかね」

柳にはまだ、秀雄が一体なにを語りたいのか、わからなかった。

「なるほど仏教がニヒリズムだとすりゃあ、そりゃ理窟の上では、すべては許されてある、何をやろうと結局おんなじこったということに、なるかも知れないよ。だけど、実際生活で、そんなことできっこないだろう。パライ的な戒律はないにしたところで、法律もあれば、常識もある。人情もあれば、あたりまえの暮しの手つづきということもある。ニヒリズムをつきつめて行けば、早いところ自分を消滅させてしまえば、いいことになるんじゃないのか。自己抹殺が、一ばん徹底したニヒリズムの結論じゃないのか。ぼくは、自己消滅や、自己抹殺はイヤだなあ」

「そう、そう。そうだろうね」

と、秀雄は少しもかわらぬ、ゆっくりした調子で言った。

「なにしろ、みんな、生きてくのに忙しいんだからね。徹底したニヒリズムなんて、実際生活では、存在できるはずがないんだ。だからその意味では、仏教のある一面は、現実社会には、とうてい存在できっこないと、いうことにもなるんだ。にもかかわらず、仏教のふくんでいるニヒリズムが、ときどきぼくらを襲ってくるんだよ。フイッと隙間風のように、冷たい肌ざわりで、何をやったって同じこった、何をやろうと、すべては許されてある、という考えが吹きこんでくることがあるもんだ。『どうせ死んじまうんだから』というような、ヤケクソの気持からではなくてだよ。ただフッと、瞬間的に、現実のさまざまな色彩が、何かしら奇怪な、たった一つのぼやけた色に見えてくることがあるもんだよ。今までは確実きわまりない、しっかりした仕組であり、ゆるぎない組織であり、永久不変のカラクリのように感じられていたものが、急に、ほんのつまらないオモチャの仕掛のように、思われてくるもんなんだね。そういう感じは、長くはつづきはしない。そういう感じのまんま、働いたり、愛しあったりすることなんぞ、できるはずはないんだからね。だから、それがほんの一瞬しかつづかないことは、当然なんだよ。だけど、時たま、思いがけない具合にして、その感じがやってくる。まるで、あの世か、別の遊星からでもやってくるようにして、やってくるものなんだ。フサギの虫だとか、『ああ、おもしろくねえなア』というつぶやき。いろいろと実生活で壁にぶつかり、仕事や恋愛がうまくいかなかったりすると、暗い気分になる。それもニヒリズムのきざしには、ちがいない。だけど、ぼくの今言ってる『その感じ』は、それとちがって、たとえ万事がうまく行っても、時たま襲来してくる、気味のわるい感じのことなんだよ。そう。それは気味のわるいとしか、言いようのないものなんだね。だって、そうだろう。人間にとって、すべては許されてある、何をやらかそうとさしつかえない、よろしい、という『感じ』ぐらい、気味のわるいものはないはずだからね。東西南北、上下四方、どちらに向っても無限に自由に動くことが、許されてあるような空間、たとえばヌラリとした水中に投げ出されたと考えてごらん。その絶対自由の運動場では、自分の身体の骨組や、筋肉のつきぐあい、神経の配置までが、すっかり無意味で、矛盾したものであると、感ぜざるを得ないはずだからね」

気味がわるくなってきたのは、話を聴かされている柳自身だった。彼は、秀雄の秀麗な横顔を、うす気味のわるいものでも見るようにして、ぬすみ見ずにはいられなかった。

「ぼくは、むずかしいことを考えるのは、苦手なんだ」

柳は、寝ころがって、頭上にかぶさる林の枝葉を眺めていた。彼は、セーターとズボンにこびりついた枯葉や草の実を、むしりとっていた。彼の想像では、秀雄ではなくて、宝屋の姉妹のどちらか一人と、この林で寝そべっていた方が、ずっと楽しいのだった。

「仏教がニヒリズムで、あろうがなかろうが、ぼくの知ったこっちゃないんだ。ただ、ぼくはね、今の仏教が、もう少し役に立つものであって欲しいだけなんだ。もう少し、人間の心に、触れるものであってもらいたいと、考えているだけなんだ」

「そうか。そうだろうな」

和服の秀雄は、寝ころがることはしないで、枯葉の敷物の上に腰をおちつけたままでいた。

「いや、待てよ。ほんとは、そうじゃないのかも知れない」

と、柳は言いなおした。

「ほんとは、仏教なんか、あきらめているのかも知れない。とっくの昔に、アカの他人になってるのかも知れない。ブッキョウという名詞まで、きらいになっているのかも知れない。世界中のどんな人間よりも、仏教の坊主がイヤでイヤでたまらないのかも知れない。早いところ、みんな棄てちまって、サバサバした気分になっちまいたいのかも知れない」

「そうして、自分ひとりだけ、イイ子になろうとしてるんだな」

「そう。自分ひとりだけ、何とかしてイイ子になろうとしているんだろうな、きっと」

「いいさ。それだって」

と、秀雄はなだめるように言った。

「よくはないさ。よくはないけど、ぼくの心がどうしても、そうなっていくんだよ」

二人がだまりこんでいると、落葉樹の枯葉が、まるで神経質な男の呼吸のように、二人のまわりで鳴りさわいだ。

「ぼくは、自分が坊主であるあいだは、坊主の悪口は言いたくないんだ。ぼくが寺に住んでいるあいだは、寺院に矢を向ける言葉は吐きたくないんだ」

と、柳は言った。

「ぼくの知ってる、建築学科の助手がいるんだ。そいつは、寺の息子なんだ。寺の金で大学を卒業し、卒業したあと、大学に残って研究をつづけているんだ。もちろん、大学の助手の給料なんて、あってもなくても同じようなものなんだから、結局、彼の父である坊主から、金をもらって暮しているわけなんだ。もちろん、彼は、仏教や寺院を軽蔑しているんだ。それはそれで、当然のことなんだから、かまいはしないんだ。ところが彼の研究ばかりでなく、彼の食費、彼の交際費、彼の衣服、すべては、彼のけがらわしいと思っている寺院の経済から融通されたものなんだ。彼は、そんなことはオクビにも出さずに、最新式のコンクリート建築、ホテルや劇場やアパートの設計をやっているんだ。寺ですって？　あんなものは旧式で時代おくれで、未来の生活とは何の関係もありゃしません。彼は、そう言ってモダン紳士、進歩的知識人の自由と誇りを楽しんでいるんだ。その彼がだぜ、その卑しむべき坊主から、家賃まで支払ってもらっているくせに、そんなことはまるで当然の権利のようにふるまって、自分だけはその仏教的汚濁から脱け出して、清浄ケッパクな人間のような顔つきをしているんだ。卑しいのは、一体、どっちだというんだ。ぼくは、そういうふうには、なりたくない」

宝屋別荘は、熱海海岸の崖の上に、石垣にかこまれて立っていた。

バス道路から別荘まで、右左に折れ曲って下る、急な坂道には、車のすべりを止める、小さな切石がしきつめられてあった。坂の両側の、大小さまざまな別荘は、いずれも頑丈な石垣の上に乗っていた。とりわけ道のはずれの宝屋別荘は、明るい海の眺めを、ひとり占めにして、ハサミで切り取りでもするかのように、高い石垣の灰色のワクをめぐらしていた。

傾斜のはげしい、海への道に沿って、海に近いほど石垣は高くなり、石垣の上の土手、土手に茂る若い小松や、ふとぶとしい老松も、背たけを伸して、海の風に鳴っていた。

表門も、裏門も、あまり目だたない、くぐり戸が、風雅にとりつけられてあった。この二つの入口は、ともに石段をのぼる地勢で、石段の先には、さまざまに工夫をこらした敷石の小路がつづいている。三段に分けられた地形の、上の表口からは石の小路を降り、下の裏口からはおなじく石の小路を登らねばならない。したがって、庭そのものに石の配置が少いにかかわらず、この別荘は、どうしても「石の邸宅」のおもむきがあった。

「行った方がいいか。行かない方がいいか」

熱海までの列車の中で、冬の陽にかがやく海岸線をながめやりながら、柳は、何度も考えまどっていた。三等車を下りて、駅の階段を人ごみにもまれている時にも、まだふんぎりのつかない気持だった。あわただしい足どりで、指定の旅館へいそぐ、団体さんの男たちは、もう酔いどれていた。駅前には、旅館の客引きや、出迎えの者が、旗を立て、のぼりをかかげ、仲間の誰よりも早く、「相手」を見つけ出そうとして、顔を突き出していた。

「ぼくは、もう決まっていますから」

と、旅館の客引きの接近をさけながら、柳は、宝屋夫人の姿を探し求めていた。

「伊豆山のタカラヤ別荘」

と告げれば、タクシーの運転手は、すぐさま彼を案内してくれるはずだった。

別荘へ行くことが、あの美しい、危険な夫人に会いに行くことであることは、どう弁解しようもなかった。

「だが、ぼくが会いたいのは、奥さんの方じゃないんだ。奥さんの妹さんの、久美子さんの方なんだ。それも別に、色だの恋だののためじゃなくて、あの仏教好きの少女と、仏教問答をするためなんだ」

と、柳はくりかえし、自分自身に言いきかせていた。

暮から正月にかけて、毎年、宝屋の女たちは、あたたかい伊豆山ですごすならわしだった。したがって、熱海に来ることは、つまるところ、自分を待ちうけている姉妹に世話されるために来ることに、まちがいなかった。

「……だが、それにしても、ぼくは風景が好きなんだし、新しい風景を見るためだったら、どこへでも行きたがるタチなんだし、とりわけ海ときたら、たまらなく好きなんだから、女たちとのつきあいは、いいかげんにすませておいて、海辺の風景だけを相手にしていたって一向にさしつかえはないはずなんだ」

と、彼は、にがにがしい想いを咬みしめていた。

「そりゃあ、もちろん、いくら招待されたからと言って、若い坊主がぬけぬけと、金持の別荘の温泉につかりにくるなんて、おかしな話なんだ。芝の増上寺や、京都の知恩院の大僧正、枯れきって人間ばなれしている（実際は、そうではなかろうが）老僧だったら、信仰あつき檀信徒の、たっての願いによっておでかけになるのもよろしかろう。しかし、ぼくの場合は要するに、自分の思想と矛盾した、奇妙な、あつかいにくい状態の中へ入って行くことになるわけなんだ。自分を困惑させ、分裂させ、自分自身を裏切るために、わざわざ出かけて来たようなものではないか。だが、待てよ。そう臆病になる必要も、ないではないか。臆病になり、警戒心でちぢかまることが、仏教だとなったら、それはそれでつまらないことだ。まあまあ、地上の豪華とか贅沢とか、優雅とか豊富とか、そう言ったものだって、諸行無常の一つの存在形式なんだから、きたならしい貧民窟に入って行くのが許されるなら、こっちの金持階級の温室の方へ入って行くことだって、許されるはずではないか。プロレタリアとブルジョア、この二階級のどっちへ鼻さきをつっこんだにしろ、坊主が『異形《いぎよう》の者』であることにかわりはないんだ。

どっちの側からも、特殊あつかいされ、内心できらわれているのは、わかりきっているのだ。なんだか、自分の行為に、つごうのよい理窟をくっつけているようで、恐縮ではあるにしても……」

柳は、できるだけ坊主らしく見えないように、新調の背広を着こんでいた。

そのため、出迎えの宝屋夫人が自分を見のがしてしまうのではないかと、気づかったが、夫人は、皮肉そうに輝く眼で、すぐさま彼を人混みの中から選び出した。

みやげ物屋に三方をかこまれた、駅前の広場にひろがって行く、客たちにまじって、いかにも別荘の住人らしく、おちついている夫人の物腰は、目立っていた。それは、モノゴシの「腰」という字が、十九歳の柳の眼の中で、小さな火花を放ちそうなほど、あざやかな印象だった。中年婦人の、あまり肉づきの良すぎる腰は、彼を圧迫するはずであったが、身うごきのすばやい、宝屋夫人の腰つきは、和服に包まれていると、ほんものの裸より、もっと裸の美しさを示しているように感じられた。

「お父さまは、あなたが、こちらへ来るの、反対じゃなかったの」

「……よく、わかりましたね、そんなこと」

「ああ、やっぱり、そうだったのね。そうだと思っていたわ」

車の中でも、夫人の腰は、ひかえ目に器用に動いていた。

「でも、どうして、そんなことまで……」

「柳さんのお父さまは、とてもまじめな方ですもの。あんなまじめな方は、私どもの商売人仲間には、ひとりもいないわよ。お坊さんの仲間でも、ああいう、きまじめな方はめずらしいんじゃないの」

「そうです」

「わたくし、いつも、あなたのお父さんとお母さん、お二人の男女の組み合せはおもしろいなと思っているの」

「……そうですかね」

柳には、その意味がまるでわからなかった。彼は、まだ一度も、自分の両親のあいだがらを、男女関係として考えたことはなかった。そう考えまいと努めたわけではなくて、自然と彼は、その方面ではぼんやりしていたのだった。

車は、干魚《ひもの》の匂いのする路を、有名なホテルのある別荘街の方へ、すべりおりて行く。

「一つだけ、お願いしたいことがあるの。……久美子ね。わたくし、あの子のことが心配で」

「………」

「ああ、考えこんでばかりいたんじゃあ、今に、気ちがいにでもなるんじゃないかと、思って……」

「久美子さんが？　まさか……」

「いいえ。ほんとうなのよ。冗談じゃなく、わたくし心配してるの」

「そんな風に見えませんけどね」

「そう？　もっとも、あなたはあんまり他人《ひと》さまのことに、気がつく方じゃないから……」

「考えこむって、何を一体」

「仏教のことよ。仏教のことばっかり、考えつめているのよ」

「ああ、仏教のことですか。それだったら何も……」

柳は、期待はずれがしたように、かすかに笑った。

「仏教のことを考えつめて、気ちがいになるくらいだったら、たいしたものですけど。そんな話は、きいたことがありませんよ」

「そうかしら。でも、穴山さんの意見によると、仏教ってモノは、なかなかどうして危険な思想のようなお話よ。そうじゃありませんの？」

「まあ、それは……。一ぱんの信者が考えているのとはちがって、ニヒリズムとか何とか、色々まじっていますからね。そりゃあ、安全第一という思想じゃないでしょうけど。穴山は、ひとをおどかすのが、好きなタチだからなあ」

深遠な仏教の哲理とか、発狂という決定的な現象について、語るにはふさわしくないように、柳の声音は、軽々しくはずんでいた。恥ずかしいと思っても、夫人と片膝をふれあいながら、未知の世界へ入りこんで行くので、そうなるのを防ぐことはできなかった。

表口には、別荘の爺やさん、石畳をふんで行くと、二階家の前に女中さん、さらに石段を下りて中門をくぐると、ばあやさんが出迎え、母屋《おもや》の玄関には、留守をあずかる中年婦人が待ちかまえていた。

「お風呂が近いから、こちらがよろしいと思って」

と、夫人が案内したのは、海鳴りが迫っている、二間つづきの部屋であった。

細い竹や、花をつけた椿の植えこみの先に、松の巨木がすさまじく突き立っていた。庭から海への急傾斜が、数段に分れた石垣で支えられ、その段地のそれぞれに、「おどろおどろしい」感じで、立ちはだかっている松の群のため、古い城郭の突端にでも、坐らされているような気がした。

あまりとりすましていても、いけないし、かと言って、あまりくだけた態度も禁物だった。自分でもイヤなのであるが、檀信徒に接する職業がら、柳には、そんなことに気をくばるくせが、いつのまにか附いていていた。

「仏間《ぶつま》は、どちらでしょうか」

と、柳がたずねると、夫人はくすぐったそうな微笑をうかべた。

「仏間は、向うの二階家の方にありますけど。それ、お母様に言いつかって、いらっしゃったんでしょう」

その通りであった。法衣も数珠《じゅず》も、用意してきてあった。

「いずれ、お経はゆっくりあげていただきますわ。うちの母がこちらへ参ってからで、けっこうですけど。ああ、それから……」

女中さんは、久美子さまが、海の方へ降りているむねを、夫人に報告した。柳は、いそいそする夫人に、せきたてられ、浴衣に丹前を重ね、何か知らぬが重みのある鉄色の羽織まで着せられた。

「あら、あら。羽織の紐もロクに結べない方ですのね」

彼女は、そんな世話まで焼いた。

夕陽が、落ちかかっていた。遠くバス道路を越してつらなる丘の、冬の山にしては青みの濃い茂みが、黒ずむにつれ、空はうす赤く染められて、明るさを増した。天然の石のかたちをそろえた石段を、くだる。石垣の下の小路は、もはや暗くなりかけていた。松の列のあいだから見える海は、ひとしお明るかった。案内をことわったので、裏口の木戸から、石畳の歩道へ出ようか、それとも、松の枝の下にあぶなっかしく下る、泥の路をえらぼうか、柳はとまどっていた。木戸に掛けられた、二つの錠は、あけにくかった。清潔な灰白色の歩道へ出ると、まず目に入るのは、西洋中世のお城のように、塔をいただく、石づくりの別荘だった。大蔵大臣のもちものである、その「城」は、歩道と同じように、灰白色にしずまりかえっていた。大臣は、つい最近、暗殺されたばかりだった。そのせいか、ポオの怪奇小説の舞台にも似た、その大きな邸宅は、淋しく、冷たく、くすんでいた。

一人の通行者も、なかった。どこの別荘の窓からも、のぞいている人の眼はなかった。かなりはなれたホテルの、芝生にも部屋部屋にも、人影がなかった。ホテルの灰白色の煙突からは、かすかな煙がながれて、美しい空を濁していた。宝屋の畠が、海のへりに、白っぽく乾いていた。スイートピーや、里芋や、他の草花が、枯れたまま風にそよいでいる。冬の菜とネギの茎のみどりは、あざやかだった。そして、海は少しの荒々しさもなく、のびやかにひろがっていた。それは、たしかに、暖かそうな、おだやかな海面だった。

だが、崖のへりに、久美子のうしろ姿を見かけたとき、彼は、一種の寒気をおぼえた。畠地は、十五メートルほどの、切り立った石垣の上にあった。そこは二方を切石のへりで、ふちどられているので、海の色とは直線で分けられているのだった。

その直線すれすれに、今にも崖下に落下せんばかりにして、久美子はうずくまっていた。砂利や枯草をふむ足音も、ひそやかに、彼は近づいて行った。大声でもあげれば、少女の可愛らしい肉体が、もろくも、彼の眼前から消え失せそうに思われたからだ。

彼が崖のへりに立ったとき、彼女は、ゆっくりと振り向いた。なごやかな海の、ゆったりしたうねりを背景にして、少女の、よくととのった顔つきは、固く、きびしく見えた。

黄色いスカーフでくるんだ頭部も、かがめた腰も、ひざの上に重ねた両手も、いつもより小さく、小さく見えた。「自殺」という不吉なことばが、柳の胸をかすめたのは、とめどもなくひきしまって、若々しい想いが、ガラスか水晶の角度のように、むき出しになっている、少女の表情のためばかりではなかった。

足下の崖の高さ。海底の大石をも透かしている、よく澄んだ淡青色の水。岩のとげとげしさは、まるでなくて、白い貝殻を附けて、ルイルイと重なっている丸石。大島が見えないほどかすんでいる空は、はてしもない高みまで、かがやいているし、海は海で、崖下から沖へかけて、次第に濃青色の厚みをまして、かぎりなくひろがっている。少女と自分のたたずんでいる、庭下駄の下の地面まで、危っかしい泥土の一角として、ゆらぎ出しそうに思われる。それらすべてが、溶けあって、その不安を感じさせたのである。

「コンニチハ」

と、言いかけるより仕方なかった。

「よく、いらっしゃって下さったわね。昨日、お電話があってから、ずうっと楽しみにしていましたの」

気がねなしの、彼女の話しぶりには、いくら考え深そうにしていても、年寄りくさい所はなかった。

「ここは、いいなあ。ここで一日中、日なたぼっこしていたいなあ」

「ええ。ここに一人っきりでいると……」

「いつも、ここで、一人っきりで？」

「ええ、そうよ。ここに一人でいるの好きよ。柳さんも、こういう所、お好き？」

「もちろんですよ」

「そう。そんなら、よかったわね」

少女は、できるだけこだわらずに話そうとしていて、やはり横顔には、理解しがたい淋しさがただよっていた。女の髪の匂いが、あたたかい風にさそわれ、柳の首すじのあたりへただよう。それは彼女の姉とはちがって、小学生の体臭のように、きなくさかった。

「姉が、お出迎えに行ったでしょ？」

「ええ、そうです」

「あのひと、昨日から、大騒ぎだったから。……私、こんなにうまく、柳さんとお話ができると、思っていなかったわ」

「ぼくだって、そうですよ。心配だったんですよ」

「……心配だなんて、そんなこと。柳さんは、もう、悟っていらっしゃるんでしょ」

「そうじゃありませんよ」

「でも、私、そう信じてる」

あお向いて白い首すじをのぞかせ、ふっくらしたセーターの中で、身体をちぢかめるとき、久美子にも、姉と同じような、なまめかしさがあった。それが、柳を当惑させた。たとえ少女でも、なまめかしさを感じさせる相手と、仏教問答をするなんてことが、一体、今の柳にできることだろうか。

「やってるそうですね、仏教を……」

久美子は、恥ずかしそうに、だまっていた。

「……姉が、何か申し上げたのね」

「ききましたよ。偉いですよ」

「……あの音、何だかわかる？　ヘンな音がきこえるでしょう」

キイキイと、歯の浮くような音が、崖下からきこえていた。それは、丸石に附着した、ノリか他の海藻を、漁婦たちが削りおとす音であった。黒白だんだらの石と、白いしぶきをあげる海水の色に、まるで保護色の動物のように、溶けあっているので、彼女たちの仕事ぶりは、急には気づかれなかった。かさねた古着物に、すっかり着ぶくれ、ゴム長で腰まで漬かりながら、漁婦たちは、背なかを丸めていた。鎌や、小刀や、貝殻を手にして、石から石へ移動しながら、はたらきつづけていた。あまりトクになりそうにない、苦しげな労働だった。

「あんなことして、大へんだなあ。もうかるのかしら」

「毎日、やっているのよ」

柳は、またしても、階級対立とか、剰余価値とか、社会革命とか、そういう物々しいコトバを思い出さずにはいられなかった。いくら思い出したって、無意味なことは、わかりきっていた。だが、せっかくの温泉別天地に来てまで、そんなことを想い出して、わざと自分をいじめてやりたい気持も、あるのであった。留置場で知りあった、あの大物の宮口や、朝鮮人の土方は、今、何をやって忙しげに活動しているのだろうか。

「久美子さんは、ほんとに仏教がおもしろいんですか」

「よく、わかりませんけど。でも、仏教のこと考えると、ほかのことはみんな、つまらなくなるようで」

「そうかなあ。久美子さんみたいな、若い女のひとが、そんな気持になるって、どういうことなのかなあ」

「ですから、私、わからないの。わからないけど、ただ、考えずにいられないだけよ」

「うん、考えずにいられないってことは、たしかにいいことのはずなんですよ。仏教徒なら、仏教のこと考えると、ほかのことがつまらなくなるようじゃなきゃ、いけないわけなんだ。ほかのことは、無意味だと説くのが、そもそも仏教であるわけなんだから。ぼくら坊主なんて、なおさら、そうでなくちゃ、いけないんですよ。ところが、実際は、そうじゃない」

柳は、不必要に熱してくるようであった。

「そこが、苦しい。いや、苦しいなら、まだいい方なんだが。苦しみもしないで、すむようになってくるんですよ。だから、ぼくは、あなたが、そういう精神状態にあるってことに、反対はしません。反対どころか、大いに激励しなくちゃならないところなんだ。でも、何だか、ぼくは不安ですね。久美子さんが、仏教のおかげで、深い考えに沈みこんでいる。そうして、ある種の結果に到達する。そのことにぼくは、何だか責任が取りきれないような気がするんだ。ぼくに責任なんか、取ってもらわなくたって、あなたは、あなたの考えに沈んでいらっしゃれば、いいわけだ。だけど、それにしても、ぼくは……」

「ええ、わかっています」

と、少女は答えた。

「そんな風に言っていただけるひと、柳さんのほかにいないわ。私、だから、うれしいのよ」

「うれしいですって！」

と、柳は言った。

「うれしいとか、うれしくないとか言うこととは、全くちがった（不吉な、とは言えなかった）、香《かん》ばしくない予感があって、ぼくは言ってるんです」

二人が起ち上ると、下手の旅館の方で、にぎやかな客たちの笑声が起った。冬の海でキモだめしをしようと、駈けおりてくる、パンツ一つの男もあった。

「そんなに、急に、何もかもおっしゃらなくても」

漁をおわった船は、熱海より西よりの港へ、いそいで行く。夜の漁へ出る船団は、青黒い水のスジを引いて、東の方へすすんで行く。潜水艦か、水雷艇か、いつのまにか鉄の船が三隻、碇泊していた。そして、その甲板では、発火信号が、陸に向って明滅した。あたりかまわぬ、するどい汽笛が、ひびきわたる。熱海の街々にも、燈火がきらめきはじめた。レコード音楽が、海軍も戦争も知らぬげに、ながれてくる。

「……お嬢さまの、ホトケいじり」

「いや、ちがうんです。そうではなくて……」

柳は、具合わるくなって、新しい庭下駄のさばきも不自由になっていた。

「あなたが、あんまり真剣だから、だから」

「柳さんが、信用なさらなくても、私の方は柳さんを信じているんですから、何を言われても、私、かまいません」

「ぼくには、言うことなんか、ありゃしないんだけど、ただ」

「仏教は、ありがたいわ、底がふかいみたいで。柳さん、そうお思いにならない？　久美子は、ときどきこう考えるの。おシャカ様は、よくも、おそろしいことをお考えになりました。それは、それは、おそろしいことを……」

と、彼女は、つぶやいた。

二人が、裏口の木戸のあたりまで近寄ると、宝屋夫人の白い浴衣が、夕顔の花のように立っていた。


柳に対する久美子の接近の仕方は、たしかに精神的なものであった。

精神的な深さが、自分の中に在って、それに結びつこうとして、この美少女が自分に近づいた。自分には、それだけの心の魅力があったなどとは、柳にはどうしても信じられなかった。しかし、こちらはともかく、向うの気持が、そのように恋愛とか肉欲とか言った、息ぐるしい路ではなくて、もう少し理解しにくい、なまなましくない天空か谷底から舞いおりるか、湧きあがってきているかのように思われた。それは、ありがたいことであり、気楽なことであり、久美子とのつきあいで自分が、兄さんぶったり、先輩ぶることはあり得ても、いやらしい事態の中へひきずりこまれないですむという、予想はあった。

男女共学の小学生のように、こだわりなく、ぎごちない所もなく自由に女性と交際できることを、柳はどれほど望んだことであろう。

だが、女という女の顔を熟視することもせず、女性との会話も極度に避ける習慣の彼には、女とのつきあいの「こだわりのなさ」など、望めるものではなかった。それに、もともと「精神的なもの」に、それほど信用を置いているわけでもない彼にして見れば、いかに精神的らしい美少女に出遇ったところで、うまく「心の友情」が結べるとは思えなかった。久美子に対してさえ（夫人に対してと同様）、その心より先にまず、肉の美しさというものが匂ってきてしまって、例によって壁をつくるか、いっそのこと壁をぶちやぶるかといういらだちが、つきまとっていた。

それ故、彼は、久美子と夫人が待ちうけている食堂に入って行ったとき、先ほどの少女の「おシャカ様は、ほんとに恐しいことをお考えなさった」という、不吉なつぶやきなどは忘れてしまって、ひたすら二人の姉妹の美しさに驚いてばかりいたのだった。

香水線香をくゆらしていることは、柳の母が寺で愛用しているので、すぐにわかった。人糞の肥料を撒きちらした畠から、もどってきた父にあてつけるようにして、柳の母は、赤、緑、黒など色のちがった短い香水線香を、何本ももやすならわしだった。

きらびやかな和服など、好きそうもない久美子が、色どりのコッテリした、ごたいそうな着物に着かえているのは、姉の命令でそうしているにちがいなかった。若い妹に、そういうキメコミ人形のような衣地を何枚も重ねさせてしまえば、姉の方の、自由で単調な洋装が、きわだつのはわかりきっていた。ワンピース、ツウピースの区別もつかぬ柳にも、夫人の肉体をピッタリと包んで、胴体の線を明らかにしている、黒地の毛織物が、イギリスかどこかで特別につくられた、よく伸びちぢみする布地だとは察せられた。

「伊達《だて》のうす着」と称して、おしゃれ好きの東京女が、冬でも風邪をひきそうな服装を好むとは、母のいでたちから、柳も知らされていた。

襟元までキッチリした、夫人の「西洋式うす着」は、肌もあらわというドレスとは正反対だった。そのためかえって、肘《ひじ》から先の腕の白さや、充分にしめつけている毛織地の下の、両脚の長さや、腰のふくらみを突きつけるのだった。

大きな、厚いガラス戸の外に、嵐でもビクともしない板戸をたてめぐらした、食堂では、波の音もかすかである。

「もう、仏教問答、はじめたらしいわね。あんな寒い崖っぷちで、どんなお話をしていらっしたの」

柳も久美子も、だまって顔を見あわせていた。

「いつまでも、久美子みたいな気持でいられればいいんだけど。なかなか、そうはいかないから」

見た眼に綺麗な、こった日本料理は、あまり工夫をこらされ過ぎて、舌ざわりは冷たかった。

「宝屋の家系も、昔っから、並たいていじゃない罪は重ねていますけど。でも、久美子だけは、それとは無関係に、きれいな心で育っているのよ。それだけは、たしかなの。……でも、どうなのかしら。きれいな心で育っただけで、仏教がわかるものなのかしら」

「……仏教の話は、にがてだなあ」

「いいじゃありませんの。他に、お説教をきかせる人が、いるわけじゃなし。わたしたち二人だけですもの。どんなこと、おっしゃったって平気よ」

運ばれてきた吸物の椀や、紅白の刺身の鉢をすすめながら、夫人は、さりげなく言った。しかし、その口調には、計画をもった人の気のくばりが感じられた。

「困るんだなあ、ぼくは。ぼくは、とにかく……」

「それは、困らないはずは、ないでしょうけど」

と、夫人はいくらか悪戯《いたずら》っぽい微笑を、口紅の塗り方のうまい、脣のあたりにうかべた。

「まじめなお坊さんなら、ことに若いお坊さんなら、色々とお困りにならないはずはありませんもの」

「ええ、……つまり、棄てるってことが、どうしてもできないわけです。すべて、棄てるってことが、仏教の根本なんだけど、それができないから困るんですよ」

お人形のような和服を着せられながら、自分を包んでいる派手な服装とは、まるで無関係のようにして、彼を見つめている淋しそうな久美子がいるだけに、柳はなおさら話しにくかった。

「何もかもお棄てにならなくちゃ、ならないわけですのね」

「ええ、まあ……」

「そんなこと、誰にだって、できるこっちゃありませんわ」

姉の断言が、あまりハッキリしているので、久美子は、かすかに身ぶるいした様子だった。

「すっかり棄てたり、断ち切ったりできないからと言って、何も恥ずかしがることはありませんわ。人間に、そんなことできるわけがないわ。浄土宗や真宗では、昔っから、そうなっているんじゃないんですの」

夫人の言い方には、勢いこんだ節はなくて、自信を以て説ききかせているようだった。

「でも、やっぱり、覚悟だけは、棄てきるということになっていなくちゃ。それじゃなければ、万事ずるずるべったりと言った具合に、なりますからね。できる、できないは別にして、窮極の目標は、そこにあるんじゃないですか」

と、柳が答えると、久美子はかすかに、首をうなずかせたように思われた。

「そうねえ。それは、それでよろしいけど」

夫人は、反対の口調ではなく、むしろ子供たちをあやすように言った。

「でも、棄てきってしまって、一体、あとに何が残るのかしら。石や灰のようなものしか残らないんじゃ、つまらないじゃないの。それじゃ、仏教というものは、つまらないものと言うことになるんじゃないの？」

「つまらないことないわ。極楽というものが残るんですもの」

「ゴクラク？」

「そうよ」

久美子の言い方があまりに冷静で思いつめた口調なので今度は柳と夫人が驚かされた。ことに「専門家」のはずの柳は、いきなり胸元に、冷たい刃でもおしあてられた気がした。

「……ゴクラクねえ。極楽を持ち出されちゃ、私も参るわよ」

と、鼻白んだ夫人はそれでも妹をいたわるように言った。

「久美子なら、ほんとに極楽へ行けそうだものねえ」

「それは、そうよ。久美子、極楽が好きですもの。好きということが、大切よ。ほんとに好きでなければ、極楽へは行けないわ」

「いつのまに、どうしてそんなに、好きになったのかしら。この世が厭になるような苦労、なんにもしていないのに」

「どうしてだか、自分でよく考えたことありませんけど。でも、好きなのよ。極楽が好きということが、生きている人間にとって、いいことだか悪いことだかも、よくわからないの。それが、ただ善いことだとも、言いきれないわよ。こわいような、恐しいような所もあるでしょ。極楽が好きで、そのことばかり考えていることは、普通でないような気持もするし。……でも、やっぱり極楽があってくれないと、私は厭なの。もしなかったら、大へんなの……」

「あるわよ。大丈夫よ。あなたが、そうまで言うからには、極楽はきっとあるわよ」

と、姉は熱心に妹の表情を見守っていた。

「……そうね。極楽はどうしたって、なければならないものなのね。極楽がないのに、色々と棄てたりするはずがないんですもの。そのかわり極楽があるからには、何を棄ててもいいのよ。何もかも棄ててしまっていいはずなのよ」

「何もかも？……」

と、姉は、気づかわしげに言った。

「そうなのよ。何もかもよ。それこそ、すっかり、根こそぎ何もかもよ」

久美子は、あいかわらず落ちつきはらっていたが、眼の色や声音には、何かの想いに酔ったような所もあった。

「でも、好きなものを棄てることはつらいなあ。ことに、私なぞにとっては……」

「そうなのよ。お姉さまのおっしゃる通りなのよ。好きなものを棄てるのは、つらいことなのよ。もしも私が、お姉さまや柳さんに、二度と会えないことにでもなったら、私だって気が狂いそうになるわ。気が狂いそうになることは、凄いことよ。むろん、そうなのよ。でも、いくら気が狂いそうになるほど、凄いことでも、ウソのことは、ウソなんですわ」

「ウソだなんて、そんな……」

と、姉は眉をしかめて、つぶやいた。

「ウソというのは、虚仮《こけ》ということよ。仮りのもの、いつわりのものと言うことよ。まちがいなく存在しているように見えて、実は、迷いの眼に映った影みたいなものと言うことよ。もしも、極楽が実在するとすれば、他のものはすべて実在しないことになるのよ」

「確に、理窟では、久美子さんの言う通りなんだけど……」

まずい、とまどった言い方だと承知しながらも、柳はそう言わずにいられなかった。

「他のものはすべて実在しないなんてことを、確信するのはむずかしいですよ。それが確信できれば、極楽はありありと眼に見えてくるはずだけど。ぼくなんかは、どうしても、この世の魅力というものの方が、ありありと眼に入ってきて、どうにもならないんですよ」

彼が「この世の魅力」という言葉を使ったあと、夫人の大きな二つの眼は、はげしい輝きをました。それに気づいた柳は、それだけでもう頰も首すじも熱くなってきた。

「ぼくが、この世の魅力というのは、何も、性欲とか食欲とか言ったものに関係したことだけじゃありません。精神的なものもふくめて言ってるんです」

「わかっていますわよ」

と、夫人は落ちつきはらって言った。

「女のことしか考えていないような青年は、私だって軽蔑しますもの」

久美子は、唇を咬みしめるようにして、ジッと姉の顔を見すえていた。まるで、姉を敵視しているような、かなり青ざめた、きびしい顔つきであった。

「社会主義とか、立身出世とか、戦争とか、若い男の人には色々おありでしょうからね」

「……お姉さまは、柳さんの『この世の魅力』の、第一番目と自分で思っていらっしゃるのよ」

と、久美子は、低い声で、ハッキリと言った。

「おやおや。そうかしら。私、そんなにうぬぼれているつもりはないけれど」

夫人は、しなやかに席を起って、なめらかに受けながしたが、柳は身体を固くしているばかりだった。

「お姉さまの魅力は、いつわりの中のいつわり、虚仮《こけ》の中の虚仮なのよ。柳さんにとってばかりじゃありません。お姉さま自身にとっても、そうなのよ」

あいかわらず澄んだ声ではあったが、必死の想いがこめられているような声であった。

「私、柳さんを、お姉さまから守ります」

「どうぞ。お好きなように」

と、夫人は言った。

「久美子は仏教を持っているけど、私は、そんなもの持っていないんですもの。かないっこありませんけど」

守る？　守られる？　一体、どうやって、こんな年端もいかない少女が、ぼくを守るつもりなんだ。ばかばかしい、と柳は思った。第一、「守ってあげる」と言うのは、姉さんとあなたの関係を監視する、ひっつき合わないように邪魔をしてあげます、という意味ではないか。

「仏教のちからで、守ってさしあげます」きびしい眼つきで、少女が睨みすえているのは、憎しみのためばかりではなく（或は、憎しみのためだからこそ）、まさしく情熱のせいなのにちがいなかった。

「仏教で守ると言ったたって……」

柳は、久美子の視線を避けながら言った。

「守って下さるとか、なんとか。そんなことは、ぼく、いやですよ」

「いやでも、仕方がありません」

「そうよ、ね。柳さんが、いくらいやがったたって、久美子がそのつもりなんだから」

と、夫人は妹の情熱（つまりは憎しみ）の炎に、油をそそぐように、やわらかく言った。

「私がお姉さまを、憎んでいるなんて、お思いにならないでいただきたいの」

二本のおさげに編んでいた、ゆたかな黒髪が、ほどかれて、思いつめた顔から、やさしげな肩まで流れ下っているので、少女の表情は、神がかりの巫女《みこ》のそれに似かよっていた。そして、遠く、何かしら眼に見えぬモノを見つめるような眼つきも、怪しくかすんで来ているようだった。

「仏教では、ひとを憎むことは、大きな罪ですから。もしお姉さまを憎むようだったら、私はすぐさま罰せられますわ。もしも、少しでも私の感情に、やきもちとか、競争心がまじっていたら、もうそれで私の考えは、不浄なもの、みにくいものになってしまいますから。もちろん、私は、罪の深い女ですわ。それはそれは、おそろしいほど救いのない女ですわ。その私が、他人を責めたり、憎んだりすることなど、できるわけがないんですの。ですから、その私が、まして お姉さまを……」

「久美子には、罪なんてありませんよ。罪のことなんか、あなたはまだまだ考える必要ありません」

「……さあ、それはお姉さまの考えちがいじゃありませんの。発心《ほっしん》するということは、自分の罪を自覚するということですもの。そういう自覚には、若いとか年寄りとか、年齢の別なんてありませんわ。その証拠には、お姉さまが男好きの女であるように、私だって、男好きの女なんですもの」

「あら、そう? それじゃ困るじゃないの。それじゃ、あなたには私を批判する資格がなくなるわけね」

「ええ、そうよ。批判なんかしませんわ」

「だけど、あなたは、眼を光らせて監視するわけでしょう」

「…………」

言い争ってもムダだという様子で、少女は悲しげに口をつぐんだ。悲しげではあるが、少女のわがまま、意地っぱりのようなものが、眼の光にも口もとにもあらわれていて、可愛らしかった。

「そういう話は、久美子さんにふさわしくないように思いますよ。久美子さんが、そういう話をするのは、おかしいですよ」

沈黙した少女の助太刀《すけだち》をするように、柳は言った。

「おかしくても、かまいません。どんな人間だって、人間なら、おかしなもののはずですから」

「そういう言い方をするから、なおさらおかしいと言われるのよ」

と、姉は、妹の答えにおっかぶせるように言った。

「あなたは、私が、柳さんを誘惑すると思っているのね」

「ええ、そう。だって、そうにきまっていますもの」

「そして、柳さんについては、どう考えているの？　柳さんも、私に誘惑されそうになっていると、あなた、思ってるんでしょう」

「ええ、そうよ」

「だったら、柳さんは、他の女の人にも誘惑されるわけよ。私だけに眼を光らせて、私だけを防いだって、なんにもならないじゃないの」

「ああ、やめて下さい。やめて下さい。そんな話……」

と、柳は、叫び出さずにいられなかった。二人の美女にはさまれ、奪いあいされて「色男」ぶるのは、いくら彼でも恥ずかしかったからである。

「誘惑されるとか、防いでくれるとか、そんな風に、ぼくの意志を無視して、勝手にきめられるなんて、イヤですよ」

柳は、そのとき、盲腸炎の手術をされたさいの、友人の異常な感覚を想い出していた。メスを当てていいように、下腹部の毛を剃り落されるとき、友人は、自分の意志とは無関係に、自分の眼で目撃することもできないうちに、医師と看護婦の手で、彼と彼女の前に、路傍の雑草のように生えている、友人の「所有物」が、きわめて無造作に刈りとられて行くことに、たまらない悲哀、屈辱、そしてバカバカしさを感じたそうであった。今までは隠されていた、自分だけしかさわることのできなかった、肉体の芝生を、いきなり、どの部分を、何平方センチメートル消滅させてしまうか決定する、外部の（ハサミかカミソリの）力と無神経さに、腹が立ってきたという話だった。

この甘ったるい息ぐるしさ、くすぐったいような厭らしさは、柳が、黒大理石の湯船に全身を沈めてからも、なおつづいていた。よく選ばれた、かがやくばかりの石材の黒さが、豪華ではあるが、けばけばしくない、冷たい威厳も貯えていて、その黒にかこまれていると、自分の肉体が、いつもより白く、なまめかしく見えるのだった。

湯船からあふれ出た、澄みきった、あたたかい水は、おなじ黒い石の面を、彼の首の高さで流れていた。そのため、黒い光が、首の上と下で、水の内と外で、きらめいている。熱湯も、冷水も、湯船の底にちかい小さな孔から、自由に入れることができた。充たされているとは思えぬほど、温泉の湯が澄んでいるため、その見えない「充実」の中へ、更に、もっと熱い湯や、冷たい水を流入させると、不思議な感覚をおぼえるのだった。底の方から流入する熱湯も、冷水も、同じ「見えない流れ」なので、流れこんでいると感じるのは、視力のためではなくて、裸の脚や股の皮膚の感じなのである。熱くしたり、冷たくしたり、流入する液体を交替させ、そこへ自分の裸の各部分をさし向け、ちがった感覚を味わうのは、それだけでも楽しくなるのであるが、そうやっていると、例の甘ったるい息苦しさと、くすぐったいような厭らしさが、ますますひどくなるのである。

眼には見えないが、肌には感じられる、湯の性格の変化を享楽していると、湯の中でいくらか歪んで見える自分の肉体も、工夫によっては、「性格の変化」をゆらめかせることが、可能なような気がしてくる。

久美子から、あんなにまで「仏教的」な攻撃をかけられた直後だから、柳だって、湯の中の自分の肉と骨を、仏教的に観察しようと努めてみる。腰を、ねじる。両脚を、のばす。二本そろえてから、横に曲げる。股を、きつく、すぼめる。片腕だけ、湯船の外に出して、腋の下の毛をのぞき見る。湯の浮力を利用して、よじりながら全身を、水面まで上昇させる。

「ふうん、いい身体をしているなあ！」

と、自己満足したら、絶対に仏教にそむくことになるのは、わかりきっていた。仏教的になるためには、肉体の各部分を、まず「自分」という統一体ではなくて、バラバラの物体として観察しなければならない。そうだ。どうして、人間は、こんな脚を、二本、持っていなければならないのか。そもそも持つように、なったのか。ダーウィンの進化論によればだ。毛におおわれたサルから、毛のすくない人間に進化したからと言って、さほど驚くにはあたらない。しかし、鳥類というものが、ヘビやトカゲの爬虫類から発達してできたものだと考えると、気味がわるいな。たしかに、毛をむしりとられたニワトリの、あの細くクネクネした首のあたりは、亀やマムシの首のあたりにそっくりではないか。

どうして、足が八本に分裂したタコが醜悪で、美女（楊貴妃にしろ、クレオパトラにしろ）のハダカの二本の脚が美しいということが、許されるのか。

この貴重な、黒大理石の長方形の湯船が、実は、エジプト古代の王様の棺であると想像してみよう。そうすれば、湯気はゆらめき立っているし、乾いた屍臭もただよっていないが、ぼくはさしずめミイラ、生けるミイラということになるだろう。女の肌の匂いが魅力的で、屍臭がイヤな匂いだという判断が、そもそも迷いにすぎないんだから。

手の指が六本の幼児を見ると、ぼくだって身ぶるいするが、それは習慣で、そう感ずるだけなのであって、宝屋夫人が、すんなりした二本の脚を所有していることが、誇らしいという証拠は、どこにもないではないか。それはただ、彼女が二本に生れつき、みんなも二本しか持っていないし、もしも三本だったら奇怪だという、自分勝手な感覚から脱出できないだけの話ではないか。

どこの、どなた様が一体、「美」なんてものを保証して下さる、「美の審判官」であらせられるのか！

だが、待てよ。そうすると「仏教」は、人間世界の「美」を、嘲笑する教えということになるのかな。いや、おシャカ様は、まさか嘲笑はなさらなかったろう。しかし「批判」はした、いや、見抜いていられたのだ。そこでだ。もし「美」が無意味だとすると、「善」や「正義」の方も、あぶなっかしくなってくるのではあるまいか。

「おそろしいことを！」と、久美子さんは言っていたな。もし、美ばかりでなく、善も正義も意味がないとなったら、たしかに怖しいことだからな。おそろしい？　そうか。おそろしい？　ほんとうに、ソレは「おそろしいコト」なのだろうか。仁義道徳、人道主義、美しい心、正しい行い、それらが全部、結局は有っても無くても、かまわないということになったら？　いや、そこまで思いすごすことはあるまい。だって仏典には、「諸悪莫作《しょあくばくさ》」、悪いことをしてはいけませんと、ちゃんと示されているんだから。しかし、待てよ。「諸行無常《しょぎょうむじょう》」というのは、すべての物は変化するという教えなんだぞ。すべての物、なんだぞ。だとすれば、「悪」ばかりじゃなくて、「善」だって、変化するモノに過ぎないじゃないか。過ぎないというのは、つまるところ、たよりないものであるという意味だろう。たよりないというのは、また、いつ消滅するかわからない、否むしろ、消滅するに決まっている性格、運命ということじゃないのか。

それにしても、「どうせ死ぬんだから」という考え方は、いやらしいな。どうしても、いやらしいな。「どうせ」とタンカを切るところが、くせものだな。弱虫の強がり、怠けものの言いわけみたいだな。やけくその鉄火気分というのは、悟りとはちがうからな。「どうせ死ぬんだから、どうにでもなれ！」という悲鳴は、仏教的な精神状態ではないだろうな。仏教的な？ふうん、仏教的なか。だが一体、仏教的な精神状態とは、どんなものなんだい。無我の境地とか、いろいろ言うけれども。どうも、どんな「境地」でも、そもそも「境地」というのがあてにならないよ。疑わしいよ……。

廊下を鳴らすスリッパの音。重いガラス戸が、しずかにあけられた。しずかにとは言っても、重い、しっかりした木組の戸であるから、あける音は、湯船の中ばかりではなく、廊下の向うの方角にもひびくはずだった。忍び足という、内密な足音でもなかった。

浴室の内側の、もう一枚別のガラス戸は、厚いスリガラスだった。しかし、脱衣所は電燈で明るいから、入って来た人の衣服の色が、おぼろげにわかる。

夫人ではなくて、久美子だと見てとって、柳は安心と失望を感じた。だが脱衣所は、洗面所も兼ねているが、もう一つ別に、その種の設備はあるはずだから、特別の用事でもなければ、女性がそこへ入ってくるはずはなかった。東京からの電話なら、すぐ戸の向うで女中さんが、声をかけるはずだ。

久美子の和服の彩りが、ゆらめいていた。彼が入浴中のことは、男物のスリッパが、第二のガラス戸の外側にそろえてあるから、戸をあけずとも明白だし、脱衣所の棚を見るまでもない。着衣が脱ぎ落されるにつれ、スリガラス越しに、少し白くぼやけて、彩りが変化して、行く。浴室の天井には、巧妙にしつらえた通風口があるから、湯気はほとんど漂っていなかった。

柳は自分の眼つきが、決闘でもするときのように、険悪になって行くのをおぼえる。性的な興奮など起らずに、ひたすら対抗する気がまえで、相手をやっつけてやる名文句を探そうとする。沈黙戦術で、相手を石か木のように無視して、すれちがいに出て行くか。しかし、逃げるのは厭だった。されぱと言って、遠慮なく侵入してくる少女の裸身を、正面から見つめてやるのも厭であった。そんなことで動揺して、まごつく所を見せたくもなかった。

ガラスを透して、すっかり白一色を見せ、裸になった久美子は、しばらく立っていた。穴山だったら、こんな場合「さあ、どうぞ」と、自分の手で戸をあけてやるのだろうか。

久美子が戸をあけ、黒く光る石の床に歩み入る瞬間、柳は、横を向いていた。しかし、立ったまま身うごきしなくなった彼女を、見ずにいられなかったのは、自分の方が年長者であるからには、見てやるか、話しかけてやるか、何かしなければならないと思ったからだった。

彼女は、まっすぐに向けた、大きな眼で、彼の視線をうけとめていた。大胆とか、ふてぶてしいとかいう感じではなくて、真剣な、命令するようでもあり、命令されたがっているようでもあり、一種異様な眼つきで、まるで、自分の視線一本で、やっと直立した肉体を支えているみたいに、彼を見つめていた。

　彼女が湯船の傍に、倒れるようにしゃがんでから、脚をのばして湯につかった瞬間、彼は、湯船の外へ出た。彼女の片膝が、自分の眼の前で曲げられたとき、彼は彼女の肉体の細部を、見つめようとはしなかったし、事実、そんなにくわしく見てとったわけではなかったが、たしかに、眼のくらむほど美しいものの接近に圧倒された感じで、「ああ、これが久美子さんでなくて、新宿の花街の娼婦だったらなあ」と、思ったのだった。

「……私が来たのは、あなたのためよ。私のためではないのよ」

　あらかじめ予習してきた問題に、答えるように、やや機械的な口調で、彼女は言う。

「……いろいろと、考えつくしてから、こうするのが一ばん良いと思ったからよ」

「恋愛でも何でもないくせに、そんな……」

　柳は、彼女に背を向け、怒ったように言った。シャボンを使わずに、乱暴にタオルで下半身をこすったのは、シャボンの泡のなめらかさが、股のあいだに性欲をそそるからであった。

「恋愛でなくては、いけないの？」

「そんな、慈善みたいな」

「そんなら、恋愛だと思えばいいわ」

「だって、恋愛だったら、肉欲ですよ」

「だって、柳さんには、肉欲がおありでしょ?」

「肉欲なんか、いくらだってあるさ。あるからと言って、それが何ですか!」

「慈善じゃありません。あなたを救おうだなんて、そんな……。私はただ、あなたには私が必要かしらと、思っただけよ。あなたに、きらわれていないことは、知っていたし……」

「きらいなんかじゃありませんよ。きらいになるほど、君のこと知ってもいやしない」

このまま彼女の方はふり向かずに、出て行くつもりで、起ち上ろうとする柳の耳に、久美子のすすり泣きの声がきこえた。それは、男なら誰でも可哀そうに思わずにいられない、女らしい、やさしげな声であった。たとえ、裸同士で滑稽だとしても、泣いている美少女を見すてて置くよりは、何とか始末した方が、「兄さん」らしくもあり、またコトによったら「男」らしくもあると、柳は自分に言いきかせた。

彼は、溺れかかった幼児を救うため、急流を渡る勢で、水音すさまじく、湯の中にうずくまった彼女に近よった。

女同士、男同士なら何でもないことが、男女間では意味がありすぎて、態度がぎごちなくなる、その不自由さを股間に感得しながら、柳は、彼女の傍に坐った。少女の隣に坐ったとは言うものの、湯の浮力というものがある上に、色欲の「色《しき》」の字が視覚に関係している関係もあって、自分のも女性のも、共にハダカ(つまりは色)が、まる見えに見えてしまっているのであるから、「坐る」の意味も、便利なような不便なような、明確な感覚と、あいまいな酩酊《めいてい》がミックスされたようで、肉体ばかりでなく、精神までがあっけなく浮き上りそうなのであった。おまけに、老人でもない、十九の彼は、なが湯はきらいなのであるから、立ったままの方が助かるのであるが、やはり湯の中に沈んでいないと、相手をおどかすようで、気になるのであった。

「泣かないで、泣かないで。どうして泣くのかなあ」

久美子の首が、横ざまに彼の胸にもたれかかり、彼女の女くさい髪がこすりつけられたとき、彼はもう少しで身体を離れさせたいのを、やっと我慢していた。彼女のすすり泣きは、つづいていた。

「泣くくらいなら、はじめっから入って来なければいいんだ。あなたの仏教のために、お湯に入って来たんだとしても、男の入っているお湯に女が入りにきたのに、かわりはないんだもの。なにしろ、何と言ったって……」

彼が言葉を中断したのは、お湯の中で彼女の右手が、彼の左手をにぎりしめたからだった。

「……私は、悪いこころじゃなくて。私はただ、おシャカ様の教えを守って……」

しゃくり泣きながらの、美少女の告白が、ウソいつわりの言いわけでないことは、彼にもわかっていた。しかし、こんな具合にして湯に漬かった二人の状態が「仏教的なもの」とは、考えられないし、たとえ彼女が聖女だとしたところで、魔女と同じ作用を自分に及ぼすと、予想しないわけにはいかなかった。

自由な方の彼の手は、いつのまにか、久美子の頭部を、しずかになでさすっていた。それは、小学三年生のとき、悪童にいじめられた女の同級生（三年までは男女共学であった）をなぐさめるため、髪の毛をなでてやると泣き止んだ記憶が、はたらいていたのであるが。

だが、まずいことに（或は、感嘆すべきことに）、久美子の乳房は、ギリシアの愛の女神のように、立派に盛り上っていた。

「……私が悪い女で、私が悪いことをしていると思ったら、私をぶってもいいわ。私をぶっても、あなたは、おシャカ様に背くことにはならないのよ。私が、そうしてもらいたいんですから。私を抱いて下さって、好きなようになさっても、あなたの罪にはならないのよ。私は、仏教のために、そうされたがっているんですもの……」

「仏教の話なんか、こんな所でダメです」

「ダメじゃありません」

「ダメにきまってるじゃないか。バカだな、君は」

「バカでもかまいません。でも、私には信念があります」

泣き止んだあと、泣きぬれて輝いてる彼女の両眼には、明らかに「信念」の電圧が高まっているにちがいないが、こらえきれないほど骨のズイまで湯の熱気でほてってしまっている柳には、少女の電圧が何ヴォルトだろうと、かまったことではなかった。

「偉いよ。信念があるなんて、偉いことです。バカと言ったのは、失言だ」

「いつまでも、そんな口先ばかりのこと、おっしゃっていないで。あなたのなさりたいことを、なぜなさらないの」

「ぼくのなさりたいこと、知っているわけですね」

「……ええ。男のしたいこと、きまっているんでしょう」

「なさりたいことを、ぼくが……」

「ええ。……私にだったら、どんなことをなさっても、大丈夫ですから」

はるか下方の海面から、崖の松をくぐりぬけてきた風にあおられ、浴室の外の竹の葉が、板戸をこすっていた。

柳は、彼女の手をもぎはなし、折りまげた自分の両脚のひざがしらを、しっかりかかえこんだ。自分の腕で、自分の下半身を縛りつけでもしないかぎり、恰好のつかないことになりそうだった。だが、自分の腕と脚の筋骨が密着して、両側から力がこもると、かえって彼の肉欲は、四肢に充満してきた。

「そんなこと、なさってもダメよ」

淋しげな、低い声で、彼女はささやいている。もちろん、誇らしげではなかったし、誘惑をつよめるためでもなかった。まるで、さからいがたい「仏教の哲理」を教えさとすように、しずかな声であった。

こんな場合、いくら精神的な女性だとしても、女の方だけが仏教的で、男の方だけが非仏教的だという事態が、許されるのだろうか。いくらなんでも、そんな不公平なんて、あるもんじゃない。だとすれば、彼自身が肉欲のために、「仏教」なんか忘れかかっているのと同様、久美子だって「肉教の哲理」から、逃れられるはずはないぞ。

いや、待てよ。折り曲げた両脚を、ますます強く下腹部に押しつけながら、彼は、むりやり考えらしきものを絞《しぼ》り出そうと努めた。いや、もし肉や肉欲が存在しなかったら、仏教なんか生れなかったはずなんだから、肉や肉欲を充分に感得することも、仏教的なんじゃないのかな。さて、その感得の仕方はだな……。

「女」のやわらかい、香ぐわしい（と形容すべきか）両腕の肉が、彼の首をとりかこんだ。それにつれて「女」（つまり、久美子という個人名を失った）の腰が少し浮くようにして、彼の方に向きをかえ、まっ白な二本の太ももが、くっつきあったかたちで、彼の脚先のところへ廻ってきた。

「こいつめ！　大人の真似がしたいんだな。そんな奴は痛い目にあわせてやるからな」

彼は、そう叫ぶかわりに、彼女の胸のふくらみに、爪を立てるほどの力で、片手をあてがい、乱暴に乳房の一つをひっつかんだ。少女は（その瞬間、女は「少女」にもどっていた）、眼をつぶり、やや蒼ざめた顔をあおむけ、痛さをこらえていた。彼の片手が彼女の腰にまわり、おどろくほど成熟した肉（と錯覚した）の一部を、つねりひねると、彼女の眉はピクリと動き、彼女の顔はもっとあおむけになった。

「なさりたいことを、なされたいんだったら、痛くされたって仕方があるもんか」

ジャンヌ・ダルクのような「聖処女」だったら、たとえ火あぶりの極刑に遭わされようと、恍惚として苦痛に耐えるにちがいなかった。

彼が半分、自分の顔を湯に沈めて、久美子の乳首をかんだのは、歯ざわりの良さを楽しむためではなくて、いじめてやる、ひどいお仕置きに遭わせてやるためだった。

献身者、殉難者、けなげな犠牲者ぶっている少女を、そうやって崩壊させてやるためだった。彼が（女を殴ったりするのは、死ぬまでやるまいと誓っている彼が）、いくら押しひらいたり、押しつけたり、つかんだり、ひねったりしたところで、彼のやることには限度があった。柳は、美少女の首をしめることまでしたが、両手には、それほど力をこめることができなかった。

第一、ほんの一分か二分、少女の肉を「虐待」しただけで、彼は、うんざりするほど、精神的に疲れてしまう。おまけに、たったそれだけの行為をやるだけでも、自分が、ダイバダッタ

（シャカの敵）にさえ軽蔑される化物にでも変化するような、おびえがあった。

「かまわないのよ。どんなことを、されたって……」

痛みをこらえて、そうつぶやく久美子には、たしかに容易なことでは乱されない意志があるようだった。だが、彼の方には、バカバカしい怒気に似た衝動があるだけだった。

「君は、どうして、こんな……」

「いいの。あなたが、お苦しみになることは、ないの。久美子は、悪い女じゃありません。だから、安心なさってよろしいの……仏教のこと考えて、仏教のためだと考えて」

手術台で、医師のメスに全身を任せている患者。寝床に入るまえに、お母さん（この場合は、お父さん）の手で、寝巻に着かえさせてもらっている幼女。そのような無防備な、何もかにも信じきったような顔つきと姿態が、どう見ても彼の眼には美しいため、いじめている最中に、すでに、可愛がりたい欲望が盛り上ってくる。

「君の方が、恋愛も肉欲も感じていないのに、こんなことするのいやだ」

「……いやがらないで」

「いやがってるんじゃないよ。いやがりたいんだよ」

およそ熟練とか、器用とかいうものとかけはなれた二つの肉体が、何を目的にするのか不明なまま、からみあった。ぶざまな、その状態は、湯の中という特殊条件のため、具合のわるさを加えているので、柳は、快楽を味わうより先に、泣きたいほどの恥ずかしさで一杯であった。具合のわるさを、久美子の方も感じていることは、いかにもさばきにくそうな手脚の動きで、明らかであった。それが手にとるように（事実、手にとっているわけであるが）わかるため、性急になっていいのか、それとも、加減を見てゆっくりした方がいいのか、わからなくなるのであった。

頭上で、ベルが鳴った。

浴室から女中部屋へ、廊下から浴室へ、ベルの通信ができるようになっている。

「お姉さまだわ」

久美子が、彼の肩にしがみついたまま、ささやいた。

二回目のベルが鳴りひびくより前に、柳は、少女の肉体をもぎはなした。突きはなされた少女の眼には、怨《うら》めしげな、と言うよりむしろ、敵意と失望の色がきらめいた。その一瞬、姉に対する憎しみではなくて、柳に対する憎しみが、燃え上ったのかも知れなかった。

「入りますよ」

と、声をかけて、宝屋夫人は第一のガラス戸をあけた。

「久美子さんも、一緒なのね。いいのよ。別に、用があって呼びにきたわけじゃないから。よかったら、私も入らせていただくわ」

夫人の呼びかけは、いつもと少しも変らぬ、うきうきした声であった。

「だまっていらっしゃい。なんにも、言わないで」

と、少女は柳の耳の孔に、あたたかい息を吹き入れて、ささやく。

「三人一緒に、お風呂に入れるなんて、めったにないことですもの。おあがりにならないで、二人とも、待っていてちょうだい」

柳は、湯音をさせて起ち上った。

「だめよ。意地わるをしちゃ。二人だけで仲良くしたら、私、うらむわよ。三人の方が二人より、もっとたのしいわよ。ね、今すぐ入りますから、待っていて」

「シイッ。なんにも言わないで。だまって……」

おなじく起ち上った少女は、しつっこく命令する。

彼は、うなずきながら、無言で湯船を出る。

そして、非情な正確な直線をつなぎあわせた、黒く冷たい石の床の上に、すわりこむ。

夫人の肉体をしめつけている、女性用の衣服が、ガラス戸の向うで、一枚一枚、もぎ落されて行く気配を感ずる。

「今夜は、冷えこむわ。ゆっくり、あったまらなくちゃ」

夫人の事務的な声は、息をひそめた二人の心理を無視して、なめらかにつづく。

「二人とも、なんにもおっしゃらないのね。そんなに、仲良くしてるの。ああ、うらやましい。早く私も、お仲間入りさせてもらわなくちゃ、損してしまうわね」

久美子と柳が、顔を見合せてから、柳の方だけ視線をそらす。久美子は、柳が出て行こうとしないのを見とどけると、決意めいたもので、むずかしい顔つきになり、ふたたび湯に沈んだ。

久美子は、怒りの感情ひとつで、姉に対抗することができる。宝屋夫人は、妹に対しても、柳に対しても、男なれした（或は女なれした）態度で、からかうようにして、未熟な心理を支配することができる。しかし、柳には、そのような便利な対抗手段がなかった。手段（武装）がないからには、おなじ裸の三人の中でも、とりわけ彼が「はだか」なわけであった。おかしな話であるが、柳は、二重の「はだか」を着こんで、着ぶくれしてしまっているから、なおさら、寒いような、暑いような混乱に責められるのであった。つまるところ、彼の裸身は、アフリカの人喰人種のように、自信にみちた「はだか」ではなかった。されぱと言って、円盤や投槍を投げようとする、ギリシアの男性彫刻の如く、ある一つの目的に向って、神経と筋肉を集中させている、おもむきもなかった。

中学生のころ、太平洋岸の土用波の、白い歯をむいた、黒みがかった青の中へとびこんだり、灼《や》けつく砂の中へ全身をねじりこむようにして、寝そべったりした。そのとき、自分の裸体は、突進する者、激突する者の「はだか」だった。

今、女ふたりに挾まれた、彼の裸は、彼の内部でたるんでいた。しりごみする裸、一つの肉体の団結にまとまりそうもない、分裂した諸弱小国の「はだか」だった。

純白のタオルを前にあてがって、ガラス戸のこちら側に立ったとき、夫人の両眼は、そんな彼の「はだか」に吸いよせられ、熱っぽく輝いた。まったく「輝いた」としか言いようのないほど、強い意志と情熱で、光っていた。

したがって夫人の表情は、「何喰わぬ顔つき」と、言った種類のモノではなかった。湯でぬれた石の床に、すべらないようにするための、足指のふまえ方や、一歩ふみ出すにも、自然とねじれる両脚のつけ根の作用など、すべて、みずから楽しみ、みずから見せたがっているにちがいなかった。

「久美子さん。仏教のお話は、もうすんだの?」

しゃがんだ自分の身体に、湯を浴びせかけながら、夫人は言った。

「いいえ。まだよ」

「ああ、それじゃ、私が来ては邪魔だったの?」

「そうよ。邪魔ですわ。よくも、こんな意地わるが、おできになるのね」

三千の美姫を後宮にはべらせたと言われる、秦の始皇帝とか、トルコのサルタンなんて男は、一体どんな心理状態だったんだろうか、と柳は思う。数を割引きして、五百人、五十人の女としたところで、その種の「快楽」とは、人生にあって何を意味するのだろうか。

とにかく、たった一人の女と複数の女（二人でもだ）とでは、根本的に異なった情況が出現する（すでに、出現してしまった）のだ。たとえばアインシュタイン博士の相対性原理とかが、新しい四次元の物理学で、古い固定した物理学をすっかり動揺させ、変形させてしまったように、女が複数となれば、単数の場合の「物理学」は、もはや通用しなくなるのだ。

女の脣が二つ、別々に女の脚が四本、女の髪の毛が二束、女の背なかが二枚、女の呼吸と叫びが二つの方角から迫ってくるとして、そこに尋常の倫理（いや、快楽でさえ）が存在を許されるのか、どうか。

ことに、地球上の「美」の中で、もしかしたら柳の最も愛好しているらしい、女の脚の美が、もしも何十本、何百本の勢ぞろいだったら、かえって無意味な肉の白い洪水、滝となって、眼をつぶれば、しぶきを浴びるだけで、そう神経をつかれさせずにすむかも知れないが、四本だけ、つまり二組だけの女の脚なるものには、何かしら頑固な対立や、歯の浮くようなきしみ合いがあって、息苦しくなるのではあるまいか……。

だとすれば、この憎らしいほど美しい四本の足を、別々に縛りあげてしまわないかぎり（縛れば、肉に喰い入る縄やヒモのくびれで、ますます可愛らしくなるにちがいないにしても）、とても精神の自由も、肉体の行動性も発揮できそうにないのである。

おびえたように、寄せかけてきた少女の、やわらかい肉をかかえこんだとき、柳が「快楽」など感じられないのは、言うまでもなかった。

少女の押しつけてきた唇を、自分の唇で押しかえしたときにも、キッスとは何という荷厄介な、あるいは口さきだけの、小鳥と小鳥のクチバシの突っつき合いよりも、不自然きわまるものだろうかと感じられた。それに、彼の態度はすこぶる乱暴で、やさしみに欠けていた。

「やってるわね。いろいろと」

夫人の口からなめらかにもれてきた、「やってるわね」と言うことばほど、柳を気落ちさせ、憤慨させたものはなかった。彼は、その瞬間、まさしく、首狩りの夜襲に出た土人の如く、猛りくるいたくなった。「やってる」とは、何ゴトであるかという、屈辱の念。しかも「やってる」以外の何物でもないという灼けつくような自覚で、彼は、野蛮になるより仕方ないのであった。

「いくら、やろうとしたって、うまくいくはずがないわよ」

と、夫人は、悠々と湯につかりながら言った。

「そんなことしたって、あなた方、ちっとも楽しくないはずよ。止めた方がいいわ」

「えらそうなこと、言わないで下さい。何て言ったたって、男の方が強いんですから」

湯船を出た柳は、水道栓をひねった。冷水をかぶるつもりで、ひねった蛇口からは、熱湯がほとばしり出た。あわてて、別の蛇口の下に湯桶をあてがい、二、三杯の水を自分に浴びせかけた。

「そうよ。柳さんは、お姉さまのモノじゃありませんもの」

「では、誰のモノなの？」

「世界のモノよ。おシャカ様だって、誰のモノでもない、世界のモノですもの」

うわあ、ものすごいことになって来たぞ。このぼくは、世界人類のモノ、仏陀クラスの宝モノなのか。では、その種の世界的な、衆生《しゅじょう》の共有物なる、すばらしき男子は何をやらかしたらよいと言うのか。片ひざ立てて、水だらけになって思案している、柳の頭に、その瞬間「A計画」という、三つの文字がきらめいた。もともと複数の裸女に対抗するための、その場かぎりの思案にすぎないのであるから、流動する五色の泥沙が、行先も定まらないまま移動しているかたちで、その表面に「きらめいた」とは言っても、金属板に刻まれた明確な文字のようにではなく、ただほんの一瞬、「A計画」という言葉が、光の断片として、かすめすぎたのだった。Aにせよ、Bにせよ、察知しがたい秘密計画なるものに、好奇心が燃えたちはするものの、結局は、自分個人とは全く無関係に熟したり、変更されたり、進行したりしている或る種の行動については、ほとんど全く忘れかけていたのに、たとえ光の断片が泥沙の表面をかすめすぎたにすぎないとしても、それが念頭に浮んだのは、「A計画」なるものが男性的な企てにちがいないという予感が、あったればこそであった。柳は、自分が真に「男らしい男だ」という、幸福な実感を味わったことは、一回もなかった。けれども、この地上には「男らしい男」が生きており、そういう男たちには、まだ見ぬ先からあこがれたがる自分を、まちがっていると考えたこともなかった。勇気、決断、剛直、不屈、弱キヲタスケテ強キヲクジク。雄大なる目的のためには、死を怖れざる男児の気概。つまりは、女々《めめ》しさとは正反対の男らしさがなければ、男女両性に対して恥ずかしい。乱暴や粗野は、もちろん仏教的でないから拒否すべきだが、男らしさなら、仏教と無関係であるはずがない。ただし（ここまではいいのだが）、ただし、女性との性関係において「男らしさ」は、どのような恰好を保っていたらよろしいのか。接吻にせよ、性交にせよ、まず女性を満足させることが「男らしさ」であるにしても、満足させるために「男らしさ」を失ってしまうような事態が発生しても、それでもなお「男らしい」のだろうか。女に甘い、女に参ってしまう、女に屈服する、女にすがりつく、女に甘える、女の言いなりになる。そうすれば、女が満足してくれるにちがいないにしても、そのような女性奉仕だけで、男性主張が満足できるはずがないではないか。

「ぼくは、いやだぞ。ぼくは、いやだぞ」

冷水を浴びすぎて、冷えきった下半身を、固くひきしめながら、柳は声にならぬ声で叫びつづける。

「水を浴びるのは、止めてちょうだい。女性に対して失礼よ。しぶきがかかって、冷たいわよ」

「いいわよ。久美子も、柳さんと一緒に、水を浴びるわ」

姉に対して、あてつけがましく水を浴びはじめた少女と並んで、彼は、水浴びをつづける気になれなかった。彼は、裸女（すなわち仏敵）の魅力に挑戦するみたいにして、夫人の身体すれすれに、湯につかった。

「逃げないのは、おえらいわ」

「ぼくは、我慢してるんです」

「そうよ。我慢しなくちゃ、いけないわ。人間は、我慢していくうちに、えらくなるのよ」

「こういう我慢は、むだだと思いますか」

夫人の片腕が、彼の肩にまわされた。まるで安楽椅子の腕にもたせかけるように、こだわりなく自然に、彼女の腕は、彼の筋肉の上に乗ったのである。

「むだをしないで、生きていかれるつもりなの？　そうはいかないわよ。だって、人間は、むだをしつづけているあいだに、いつのまにか歳をとって、死んでくんですもの。おシャカ様のおっしゃってることだって、結局、人生はむだの連続だということじゃありませんの。むだだからこそ、お救いが必要になるんじゃないの？」

「ちがいます！」

と、叫んだのは、柳ではなかった。湯しぶきをあげて、湯船にとびこんできた久美子であった。

柳の上半身は、夫人の肉に、柳の下半身は、久美子の肉にはさまれていた。植物の吐き出す酸素で、密閉された温室の空気が、こもったり、むされたりするように、肉の温室、肉のガラス張りが、彼をとりかこんでいた。

頭上のベルが鳴った。息のつまりそうなほど、甘ったるさの濃くなった、浴室の空気を、うすめるようにして、金属とゴム皮の金属がふれあう音が、鳴りひびいた。

「奥さま。失礼いたします」

第一のガラス戸をあけた、留守居役の中年女の声が、礼儀正しくきこえた。

「近くが火事のようでございますので。お知らせいたします」

「はい、わかりました。すぐ出ますから」

夫人は、態度を一変して、事務達者な支配人のようになった。

「では、おねがいいたします。なにぶんにも寒うございますので、お風邪をおひきにならぬよう、注意なさって……」

ガラス戸は、ものしずかにしめられた。

火事だって？　火事なら、失礼いたしますも、お風邪をおひきにもあったもんじゃないじゃないか。脱衣所に走りこんだのは、あわてた柳が先頭だった。

二人の女性の、ゆっくりさ加減は、常識を絶していた。

「お姉さまの考えは、まちがっていますわ……」という久美子のつぶやきを、うしろに聴き流し、柳は、ぬれた身体に浴衣一枚ひっかけて、廊下に走り出た。

あけはなたれた玄関の向うで、石畳の路が、うす赤らんでいた。崖を吹き上ってくる、大幅な風のうなりにつれ、物の焼けはじける音がした。煙の匂いが、流れてくる。

「こちらでございます」

中年女は、防火頭巾もかいがいしく、柳を手まねきした。

庭下駄をふみしめ、石の段を駈けおりる。

「火事は、どこなんです」

火の粉が、光りながら、海に下る路を舞いおちていた。赤い光の破片は、松や竹の黒い影をくぐりぬけ、たえまなく吹き上げられる。火矢や、火のツブテのように、まっすぐ疾走する光もあった。

「あの、こちらでございます」

「そっちは、海じゃないか」

「はい。さようです。海が火事でございます」

夕暮れどき、久美子が立ちすくんでいた、あの崖上の畑のあたりには、煙と火の粉が渦まいては、ゆらぎのぼり、吹きはらわれては、噴き上っていた。なまめかしくも猛々しく、ちぎれとぶ白煙の幕と、焰の尖端は、まさしく宝屋別荘の方角をめざしていた。

数軒の旅館と別荘が、共同のゴミ棄て場にしている、崖下の一角に火が発したのである。ゴミとはいえ、庭の手入れのあと、樹木の枝を気まえよく投げ重ね、木箱や紙屑、燃えやすい品物が山をなしている。漁船の油でも、流れついたのか。それとも、棄てられた石油かガソリンの罐が、火を呼んだのか。ただごとならぬ火勢は、遠くひろがる海の黒と、白波の歯のかがやきを背にして、何ものかを呪い、襲い、ねらっているかのように見えた。

「こんなところに、突っ立ってたってしょうがない。それより、家の方を守らなくちゃ」

「はい、そのように、お願いいたします」

火光に照らされ、うかびあがった中年女の横顔は、微笑をただよわせているように見える。

「油断してたら、すぐ燃えつくよ。屋根にあがって、見張らなくちゃ……」

「はい、梯子その他、用意はしてございますから。御安心なすって」

煙に追われて、折れ曲る石の路をかけ登る。

「風呂場の屋根が、一ばん登りやすいんでございますの。ですから、そこから梯子へ……」

「風呂場ってのは、さっきぼくら（ラと言うとき、柳の舌先はしびれた）が入っていた、あの温泉の屋根のこと？」

「さようでございます。あの、実はうちの旦那さまが、先ほどから、あそこへお上りになっていらっしゃいますから」

「さきほどから？……」

「ええ、もう、だいぶ前からでございます。では、バケツをお持ちになって、どうぞ……」

「ああ、寒い。大丈夫かしら。ずいぶん火の粉が来るようだけど」

セーターの夫人の肩が、すりよって来た。

「御主人が、来ていらっしゃったんですか」

「そうらしいわ」

「奥さんは、御存じだったんですか」

「うん、電話はかかって来ていましたから。でも、何時に来るか、知らなかったのよ」

水をみたした大型のバケツを両手にさげ、しなう梯子をのぼる、柳の浴衣は前がはだけて、両脚が吹きさらしに、むき出される。

「奥さんは登らないで、いいですよ。すごい風だ。一たん燃えうつったら、こんなことやってもむだですがね」

「だから、さきほど、人間てものはむだなことばかりするもんだと、申し上げたのよ」

冷然たる夫人のことばが、あぶなっかしい彼の足もとを、一そうゆるがした。

P+D BOOKS ラインアップ

居酒屋兆治　山口 瞳　●高倉健主演作原作、居酒屋に集う人間愛憎劇

血族　山口 瞳　●亡き母が隠し続けた秘密を探る私

家族　山口 瞳　●父の実像を凝視する『血族』の続編的長編

江戸散歩（上）　三遊亭圓生　●落語家の〝心のふるさと〟東京を圓生が語る

江戸散歩（下）　三遊亭圓生　●〝意気と芸〟を重んじる町・江戸を圓生が散歩

浮世に言い忘れたこと　三遊亭圓生　●昭和の名人が語る、落語版「花伝書」

P+D BOOKS ラインアップ

P+D BOOKS ラインアップ

風の息(下) 松本清張 ●「もく星」号事故解明のキーマンに迫る!

廻廊にて 辻邦生 ●女流画家の生涯を通じ〝魂の内奥〟の旅を描く

夏の砦 辻邦生 ●北欧で消息を絶った日本人女性の過去とは…

海市 福永武彦 ●親友の妻に溺れる画家の退廃と絶望を描く

風土 福永武彦 ●芸術家の苦悩を描いた著者の処女長編作

夜の三部作 福永武彦 ●人間の〝暗黒意識〟を主題に描かれた三部作

P+D BOOKS ラインアップ

遠い旅・川のある下町の話	川端康成	川端康成 甦る珠玉の「青春小説」二編
親友	川端康成	川端文学「幻の少女小説」60年ぶりに復刊!
小児病棟・医療少年院物語	江川 晴	モモ子と凜子、真摯な看護師を描いた2作品
悲しみの港(上)	小川国夫	現実と幻想の間を彷徨する若き文学者を描く
悲しみの港(下)	小川国夫	静枝の送別会の夜結ばれた晃一だったが
罪喰い	赤江 瀑	〝夢幻が彷徨い時空を超える〟初期代表短編集

P+D BOOKS ラインアップ

（お断り）

本書は1979年に筑摩書房から発刊された「武田泰淳全集第十七巻」を底本としております。
あきらかに間違いと思われるものについては訂正いたしましたが、
基本的には底本にしたがっております。
また、底本にある人種・身分・職業・身体等に関する表現で、現在からみれば、
不当、不適切と思われる箇所がありますが、著者に差別的意図のないこと、
時代背景と歴史上の実際の事件、作品価値等を鑑み、また著者が故人でもあるため、原文のまま復刻しております。

武田泰淳（たけだ たいじゅん）
1912年(明治45年) 2月12日―1976年(昭和51年) 10月5日、享年64。東京都出身。1973年『快楽』で第5回日本文学大賞を受賞。代表作に『ひかりごけ』『富士』など。

快《け》楽《らく》（上）

2016年10月16日　初版第1刷発行

著者　武田泰淳
発行人　林　正人
発行所　株式会社　小学館
〒101-8001
東京都千代田区一ツ橋2-3-1
電話　編集　03-3230-9355
販売　03-5281-3555
印刷所　昭和図書株式会社
製本所　昭和図書株式会社
装丁　おおうちおさむ（ナノナノグラフィックス）

ISBN978-4-09-352282-3

P+D BOOKS